HENDRIK BERG

Dünenrache

AF186200

GOLDMANN

Hendrik Berg

Dünenrache

Ein Nordsee-Krimi

GOLDMANN

Für meine Mutter Sigi

Penguin Random House Verlagsgruppe FSC® N001967

3. Auflage
Originalausgabe März 2023
Copyright © 2023 by Wilhelm Goldmann Verlag, München,
in der Penguin Random House Verlagsgruppe GmbH,
Neumarkter Str. 28, 81673 München
Umschlaggestaltung: UNO Werbeagentur, München
Umschlagmotive: Alamy Stock Foto / Westend61 GmbH;
FinePic®, München
Redaktion: Heiko Arntz
KS · Herstellung: ik
Satz: GGP Media GmbH, Pößneck
Druck und Bindung: GGP Media GmbH, Pößneck
Printed in Germany
ISBN: 978-3-442-49399-9

www.goldmann-verlag.de

Kunst ist eine grausame Angelegenheit,
deren Rausch bitter bezahlt werden muss.

Max Beckmann,
Maler, Grafiker und Bildhauer

1

Der Sturm donnerte mit düsterem Grollen über die Insel, fuhr laut durch das hohe Schilf, schüttelte die alten Birken und fegte die letzten Blätter von den Ästen.

Die junge Frau lief den endlosen Weg am aufgewühlten Meer entlang. Allein, schluchzend, das Gesicht von Schlägen gezeichnet, stolperte sie durch die Nacht. Sie achtete nicht auf die wenigen beleuchteten Fenster der Reetdachhäuser auf dem hohen Kliff, hob nicht den Kopf, um zu dem roten Blinken der riesigen Windräder auf dem fernen Festland zu schauen. Während über ihr die schwarzen Wolken dahinrasten, tobte in ihrem Kopf ein zweiter Sturm. Sie war wie gefangen in ihrem Kummer, ihrem Elend und ihrem grenzenlosen Schmerz.

Schließlich verließ sie den Weg am Meer, wandte sich landeinwärts, ging vorbei an Dünen und Bäumen, die wie dunkle Geister ihre nackten, im Wind schaukelnden Äste nach ihr streckten.

Ein Geräusch ließ sie innehalten. Ein Knirschen im Sand. Nervös schaute sie sich um, lauschte, atmete die eisige Luft ein, den Duft nach Kiefern und Meer.

Hatte sie sich getäuscht?

Oder war er ihr gefolgt?

Wollte er sie nicht loslassen? Wollte er verhindern, dass sie ihre Qualen endlich beendete?

Für einen Moment hielt sie den Atem an. Doch außer dem Brausen des Windes war nichts zu hören, keine Schritte, kein Knistern von gefrorenem Dünengras unter schweren Stiefeln.

Also weiter. Wie im Rausch kämpfte sich die Frau durch die Nacht. Schon oft hatte sie diesen Weg genommen, hatte überlegt, doch im letzten Moment feige gezögert.

Aber nicht heute. Heute würde sie die Sache zu Ende bringen. Es gab keine Hoffnung mehr, dass er sich ändern würde, sosehr sie es sich all die Jahre gewünscht hatte. Ihre Mühen, ihre endlose Geduld waren umsonst gewesen.

Endlich, als der Mond eine Lücke in den Wolken fand, erreichte sie ihr Ziel: die Gleise, die von Sylt in einer schnurgeraden Linie über den schmalen Hindenburgdamm führten, jenen grünen Wall, gegen den jetzt auf beiden Seiten die tosenden Wellen der Nordsee krachten.

Sie schwankte benommen. Auf einmal erschien ihr alles wie ein Traum, wie eine erlösende Vision.

In der Ferne konnte sie bereits die Lichter des Zuges aus Niebüll erkennen, auf seinem Weg nach Westerland. Schnell kam er näher, in nur wenigen Augenblicken würde er hier sein.

Es war Zeit. Ein letztes kurzes Zögern. Dann der Entschluss. Die junge Frau holte tief Luft, schmeckte noch einmal das Salz des nahen Meeres. Der Wind zerrte an ihr, als wollte er sie zurückhalten.

Zu spät.

Sie machte einen Schritt, stellt sich breitbeinig auf die Gleise, blickte zu den Lichtern, die auf sie zurasten, immer schneller. Schon spürte sie das leise Beben der Bohlen unter ihren Füßen.

Auf einmal war alles still. Die Welt schien den Atem anzuhalten, die Möwen verharrten regungslos in der Luft, beobachteten von oben die Tragödie, die unter ihnen ihren Lauf nahm.

Sie streckte die Arme aus, schloss die Augen und wartete auf den Aufprall.

Das Ende.

Endlich.

Plötzlich wieder das Knirschen, ganz nah.

Der Geruch. Zu dem Salz des nahen Meeres nun auch Minze.

Ein Schatten löste sich aus der Dunkelheit. Und stieß sie in ein schwarzes Nichts.

2

Drei Wochen später

*Es war, als würden sie in den Schlund der Hölle hinab-
steigen. Vor ihnen hatte sich ein dunkles Loch aufge-
tan. Schon nach ein paar Metern verschwanden die
brüchigen Stufen im Nichts. Täuschte er sich, oder
drang der Geruch von Schwefel aus der Tiefe empor?*

Cliff blickte zweifelnd zu Noah. »Was meinst du?«

*»Wir sind richtig, los komm«, erwiderte der durch-
trainierte Soldat, zog seine kleine Taschenlampe hervor und leuchtete hinab in den Keller.*

*Gemeinsam tasteten sie sich vorsichtig nach unten,
beide mit gezogenen Waffen.*

*»Was, wenn das Schwein ein Nachtsichtgerät hat?«,
flüsterte Cliff.*

*»Dann sind wir am Arsch«, raunte Noah über die
Schulter zurück.*

*Cliff starrte vor sich auf die Stufen. Stolpern
konnte bei der steilen Treppe tödlich sein. Der Gestank
wurde immer unerträglicher, nahm ihm fast den Atem,
schien sich wie ein klebriger Schleim auf die Haut zu
legen.*

Was erwartete sie dort unten? Hatte Noah recht?

Würden sie in diesem einsamen Haus mitten im Wald endlich die entscheidende Antwort finden?

Noah presste die Armbeuge vor die Nase. »Was immer da unten ist, muss dort seit einer Ewigkeit liegen.«

Cliff sah Maden, die sich auf den brüchigen Kellerstufen wanden. Instinktiv wich er ihnen mit seinen schweren, vom feuchten Schlamm des Waldes beschmutzten Stiefeln aus, um sie nicht zu zerquetschen.

»Psst!« Noah blieb stehen, hielt plötzlich die Faust hoch, ein Kommando, das seine militärische Karriere bei der KSK verriet, der Befehl, sich nicht mehr zu rühren.

Cliff lauschte atemlos in die dröhnende Stille. »Was?«

Noah wartete einen Moment, schüttelte dann den Kopf. »Nichts. War bestimmt nur eine vollgefressene Ratte.«

»Was sollte die denn hier zu fressen bekommen?«

»Ich habe da so eine Ahnung!« Noah ging weiter voran.

Endlich waren sie unten angekommen. Cliff starrte angestrengt auf den Lichtkegel, den Noahs Lampe warf. Nicht zum ersten Mal auf ihrer Jagd spürte der Profiler die Gegenwart von Schmerzen, Qualen und Tod.

»Da, schau!«, rief Noah.

Cliff zuckte erschrocken zurück, der Anblick traf ihn wie ein Faustschlag.

Vor ihnen, unter der von Spinnenweben triefenden Decke des Kellers, stand ein steinerner Tisch.

Darauf lag ein Körper – ein menschlicher Körper, der nichts Menschliches mehr an sich hatte: der am Bauch geöffnete Leib einer Frau.

Cliff ächzte. »Wir sind zu spät. Schon wieder.«

Noah ballte unwillkürlich eine Faust. »Vielleicht. Aber dieses Mal kriegen wir den Kerl!«

Er beleuchtete die Wand hinter dem Tisch. Und nun sah Cliff es auch: Jemand hatte mit roter Farbe – oder war es das Blut der Leiche? – kryptische Zeichen auf den weißen Putz gemalt. Satanistische Symbole.

Darunter Koordinaten, Längen- und Breitengrade, da war Cliff sicher.

Noah grinste freudlos. »Jetzt haben wir das Monster!«

Ein Raunen ging durch den kleinen Saal. Zufrieden über die Wirkung seines Vortrags schaute Ferdinand Gröde in die Runde, betrachtete sein Publikum mit dem stechenden Blick seiner dunkelbraunen Augen. Seine kahler Charakterkopf glänzte, sein kurzer, frühzeitig ergrauter Bart zuckte. Schließlich nahm er mit einer theatralischen Geste die Brille ab.

»Meine Damen und Herren, ich danke für Ihre Aufmerksamkeit.«

Lauter Applaus setzte ein. Krumme sah ungläubig auf, betrachtete die begeisterten Gesichter des Publikums, das an diesem Mittwochabend in den Kulturspeicher am Husumer Hafen gekommen war. Viele Frauen, auch seine Freundin Marianne und seine junge Kripo-Kollegin Pat, saßen in der ersten Reihe. Männer waren nicht so zahlreich vertreten, junge Männer gab es praktisch gar nicht. Alle Augen waren auf den Bestsellerautor mit dem Sean-Connery-Touch gerichtet, der mit lässig übereinandergeschlagenen Beinen in seinem Lesesessel saß.

Krumme, der zur Rechten des Autors in einem weiteren Ledersessel Platz genommen hatte, rutschte nervös hin und her. Was hatte er hier nur verloren?

»Sie sind der Gaststar«, hatte ihm die junge Dame von einem großen Hamburger Verlag gesagt. »Vielleicht kann Herr Gröde von Ihnen als erfahrenem Kommissar ja noch etwas lernen.«

Krumme hatte die Anfrage natürlich abgelehnt. Was sollte der Quatsch? Ferdinand Gröde? Nie gehört! Erst der freundliche Druck seines Chefs bei der Husumer Kripo, Polizeirat Horst Krüger, war dafür verantwortlich, dass er jetzt hier vor ausverkauftem Haus im Rampenlicht saß. »Krumme, stellen Sie sich nicht so an«, hatte Krüger gesagt. »Ist doch eine tolle Gelegenheit, ein bisschen Werbung für die Polizei zu machen. Außerdem ist meine Frau ein Riesenfan von dem Kerl.«

Tatsächlich saß Frau Krüger ebenfalls im Publikum, genau wie ihr Gatte, was die Anspannung bei Krumme nicht unbedingt verringerte. Worüber sollte er hier bloß reden? Krumme hatte keine Ahnung.

Zur Linken des Autors saß Luisa Wilde, eine Journalistin aus der Kulturredaktion eines lokalen Radiosenders und Moderatorin dieser Veranstaltung. Wilde war eine attraktive Frau um die fünfzig. Sie hatte

Grödes Lesung mit einem aufmerksamen Lächeln und gelegentlichem Kopfnicken begleitet. Während der Applaus noch anhielt, setzte sie ihre Brille auf und blickte in ihre Notizen.

Vorläufig unterhielt sich Wilde nur mit dem Starautor. Es war sehr offensichtlich, dass die Frau nicht nur von seinem literarischen Werk angetan war. Ihre Augen leuchteten, als sie mit Gröde über seinen Bestsellerstatus und die hoffentlich baldige Verfilmung seiner Bücher sprach.

Mit einem koketten Lächeln strich sie sich die langen Haare hinter das Ohr. »Ein Grund für Ihren Erfolg ist sicherlich, dass Ihre Romane so intensiv und wahrhaftig wirken. Und genau darüber möchte ich gern mit einem ausgewiesenen Experten reden, den wir Ihnen zu Ehren eingeladen haben.« Damit zeigte sie endlich mit einem eleganten Schwung ihrer langen Arme auf Krumme, stellte ihn als erfahrenen Kripobeamten vor, der nicht nur in Berlin, sondern auch hier in Nordfriesland eine ganze Reihe spektakulärer Fälle gelöst hatte. »Stimmt es, dass Sie in St.-Peter-Ording beinahe von der Mafia verbrannt wurden und draußen auf dem Heverstrom Drogenschmuggler mit einem Krabbenkutter gerammt und dann festgenommen haben?«

Krumme sah sie verwirrt an. Wo hatte sie denn den Blödsinn her? Sie war doch Journalistin. Hatte sie nicht recherchiert? Er sah hilfesuchend zu Krüger, der allerdings mit Nachdruck nickte.

»Na ja, ganz so war es nicht«, stammelte Krumme,

ohne den Blick von seinem Chef zu nehmen. »Aber ein bisschen dramatisch geht es manchmal schon zu.«

Die Journalistin beugte sich vor. »Wie spannend. Eine Frage, die ich einem echten Kommissar wie Ihnen schon immer mal stellen wollte: Mussten Sie schon mal jemanden erschießen?«

Krumme seufzte. »Nein, also … zum Glück nicht.«

Die Frau wirkte enttäuscht. »Wirklich nicht? Oder dürfen Sie nur nicht darüber reden?«

Krumme lächelte verlegen, hob die Schultern und beschloss, lieber zu schweigen. Er blickte in die Runde. Vermutlich hatte auch das Publikum von ihm ein bisschen mehr Show erwartet.

Luisa Wilde setzte sich wieder aufrecht hin und zupfte an ihrem langen Rock. »Lieber Herr Kommissar, wie sieht es denn bei Ihnen mit Lesen aus? Welche Bücher haben Sie auf Ihrem Nachttisch liegen?«

Krumme räusperte sich und versuchte, sein störrisches Headset zu richten. »Eigentlich lese ich nicht so viel. Und im Bett schon gar nicht.«

»Ach was? Auch keine spannenden Krimis?«

»Früher habe ich Jerry Cotton ganz gern gelesen«, bekannte Krumme.

Schmunzeln im Publikum. Gröde lachte sogar laut auf, als wenn er nichts anderes erwartet hätte.

»Aber jetzt fehlt mir meistens die Zeit und die Muße zum Lesen«, fuhr Krumme fort. »Für Krimis vor allem.«

»Was? Das müssen Sie uns erklären.«

Krumme blickte nach unten in den Saal. Auf einer

Lesung zu sagen, dass man kaum las, kam nicht so gut an.

»Also, ich mag Bücher durchaus«, fing er deshalb an. »Aber Krimis sind mir oft zu unrealistisch.«

»Ach ja?« Luisa Wilde tauschte ein amüsiertes Lächeln mit Gröde.

»Na ja, ich habe nichts gegen Krimis, die sind völlig okay. Bücher und Filme, das sind ja keine Reportagen, die funktionieren ganz anders.«

»Hört, hört«, rief Gröde in spöttischem Ton, was Gelächter im Publikum auslöste.

»Aber wenn Sie mich als Polizisten so direkt fragen, dann würde ich mich manchmal über ein wenig mehr Recherche bei Krimis schon freuen.«

»Da bin ich ganz bei Ihnen, Herr Kommissar. Aber Herrn Gröde können Sie mit diesem Vorwurf ja wohl nicht meinen, oder?«

Auf einmal herrschte absolute Stille. Krumme schaute unsicher ins Publikum und spürte eine unangenehme Hitze in seinem Nacken.

»Nur zu, mein Lieber«, meldete sich Gröde. »Ich kann Kritik vertragen.«

Krumme zögerte einen Augenblick. Dann seufzte er. »Na schön, also … dass ein Profiler und ein KSK-Soldat gemeinsam ermitteln, habe ich in meiner langen Karriere noch nicht erlebt.«

»Kann ich mir gut vorstellen. Hier in Nordfriesland vertraut man noch dem braven Schutzmann.« Gröde lachte, aber zum ersten Mal lachte keiner im Saal mit. Krumme vernahm ein leises, aber empörtes Raunen.

Spott über ihre Heimat mochte hier im Norden niemand hören.

Sogar Frau Wilde kam ihm zu Hilfe. »Wenn ich richtig informiert bin, war Herr Krumme den Großteil seiner Karriere in Berlin aktiv. In Ihrer Heimatstadt, Herr Gröde.«

»Als Streifenpolizist?«, witzelte Gröde und suchte wieder erfolglos Gleichgesinnte, die mit ihm lachen wollten.

»Nein, bei der Mordkommission. Und viele Jahre bei der Sitte«, brummte Krumme.

»Da haben Sie sicherlich auch schlimme Dinge gesehen, oder?«, wollte Frau Wilde wissen.

»Allerdings …« Krumme zögerte. »Vieles davon werde ich nie mehr vergessen.«

»Ich bitte Sie, Herr Kommissar«, hakte Gröde nach, »jetzt müssen Sie uns aber schon ein bisschen mehr erzählen. Vielleicht kann ich eins von Ihren Erlebnissen sogar für mein nächstes Buch benutzen.«

Krumme blickte zu Marianne, die ihm ein mitleidiges Lächeln zuwarf. Er schüttelte den Kopf. »Nein, ich bitte um Verständnis, dass meine Erlebnisse für irgendwelche Krimis verwendet werden, das möchte ich lieber nicht.«

Gröde verdrehte die Augen. »Herr Kommissar, keine Sorge, denken Sie, Ihre Erlebnisse könnten mich schocken? Ich habe für dieses Buch eine ganze Woche in der Anatomie der Charité hospitiert.«

»Oh, interessant«, warf Frau Wilde ein. »Sie waren im Krankenhaus?«

»Einen Tag sogar in der Pathologie. Ich habe mit meinen eigenen Händen eine blutige, noch tropfende Leber aus einem Körper entnehmen und in eine Schale legen dürfen.«

Die Journalistin hielt sich die Hand vor den Mund. »Wie schrecklich.«

»Und dann durfte ich sogar ein echtes Herz in dünne Scheiben schneiden.«

Die Leute im Saal schnappten hörbar nach Luft. Auch Krumme verzog das Gesicht. Gröde lächelte ihn an. »Sie sehen, Herr Kommissar, Recherche ist für mich das Allerwichtigste. Wenn Sie irgendwelche Fragen haben, können Sie sich jederzeit an mich wenden.«

Krumme betrachtete den Bestsellerautor, schüttelte dann langsam den Kopf. »Ich glaube nicht, dass ich das tun würde.«

Wieder war es im Saal ganz still.

»Ich merke schon, Sie mögen meine Bücher nicht.«

Krumme zuckte mit den Schultern. »Ach, was weiß ich schon von Literatur. Wenn Menschen Interesse daran haben, Geschichten über das Ausweiden und das Auseinandernehmen von Körpern zu lesen, dann ist das so. Aber meine Aufgabe ist, alles zu tun, um solche Dinge zu verhindern, damit die Menschen sich über solche Verbrechen keine Sorgen machen müssen.«

3

Obwohl es bereits März war, hatte sich auch am nächsten Morgen wieder ein knackiger, trockener Frost auf die Marsch und die Felder Nordfrieslands gelegt. Auf den Inseln im Wattenmeer hatten die wenigen Schneewolken, die der Westwind in der Nacht von der Nordsee Richtung Festland getrieben hatte, für eine weiße Decke gesorgt. Doch für Husum hatte es nicht mehr gereicht. Als Marianne aus dem Fenster sah, war von Schnee nichts zu sehen.

Noch war alles still. Doch langsam wachte die Stadt auf. Einige Autos schlichen bereits über die vereiste Straße, aber Fußgänger waren nirgends zu sehen.

In der Wohnung war es kuschelig warm. Marianne hatte den *Morgenkurier* auf NDR 2 eingeschaltet. Zu den Klängen der üblichen Achtzigerjahre-Hits und den Staumeldungen aus dem Raum Hamburg bereitete sie noch im Morgenmantel das Frühstück vor, kochte Kaffee, wärmte Brötchen im Ofen auf und briet eine Portion Krabben in der Pfanne an. Und das alles, während sie mit dem zwischen Kopf und Schulter eingeklemmten Telefon mit ihrer Freundin Sabine plauderte.

»Ja, was für eine Katastrophe. Ich glaube, Theo und

Gröde werden nie wieder ein Wort miteinander wechseln.«

Sie schlug vier Eier in einer Schüssel auf und verrührte sie in der Pfanne. »Was der Mistkerl Theo später an der Bar alles an den Kopf geworfen hat, nicht zu fassen. Theo sei ein Kulturbanause und solle froh sein, dass er die Zeit bis zur Rente hier in Husum arbeiten dürfe ... Ja, schlimm, oder?«

Theo kam verschlafen gähnend, aber bereits fertig angezogen in die Küche und wurde sofort von ihrem Hund Sunny begrüßt. Das fast kalbsgroße Tier hatte bisher auf seinem Kuschelkissen, eigentlich eher einem Sack, gelegen und an seinem Lieblingsplüschhasen genagt. Nun sprang er aufgeregt um Theo herum. Marianne sah, dass ihren müden Freund so viel Zuneigung so früh am Morgen überforderte. Freundlich klopfte sie Sunny auf die Flanke und wies ihn mit einem Fingerschnipsen an, sich wieder hinzulegen, was er auch sofort tat.

»Du, Sabine, ich mache Schluss, wir sehen uns nachher in der Bibliothek«, sagte sie zu ihrer Freundin und stellte das Telefon zurück auf die Ladestation im Flur.

»Na, gut geschlafen nach der Aufregung von gestern Abend?«, fragte sie und kümmerte sich wieder um das Rührei.

Theo zuckte mit den Schultern und begann, den Frühstückstisch zu decken. »Was für eine Pleite«, brummte er schließlich. »Ich habe mich total blamiert.«

»Quatsch!«

»Warum habe ich mich nur von Krüger breitschlagen lassen? Ich hätte da nie hingehen sollen.«

Marianne betrachtete ihren Lebensgefährten voller Mitgefühl. Mit seinem vom Duschen noch abstehenden schütteren Haar machte er einen besonders niedergeschlagenen Eindruck.

»Wir haben doch gestern schon darüber gesprochen«, sagte sie und versuchte, seine widerspenstigen Haare glattzustreichen. »Du warst super. Die Leute waren alle auf deiner Seite.«

»Wirklich? Dann hast du Krügers Frau aber nicht gesehen. Die war total sauer, dass ich ihr Idol nicht mit mehr Respekt behandelt habe.«

»Unsinn. Ich habe mit ihrem Mann geredet. Der war auch der Meinung, dass Gröde sich respektlos benommen hat.«

Theo hatte sich hingesetzt. Erstaunt schaute er zu ihr auf, während sie ihm einen Kaffee eingoss. »Warum hat er dann nichts gesagt, als mir der Veranstalter praktisch Hausverbot erteilt hat?«

»Du übertreibst. Herr Petersen hat nur festgestellt, dass du bei Grödes nächster Lesung vielleicht besser nicht mit auf dem Podium sitzen solltest.« Sie beobachtete, wie Theo nachdenklich in den Milchschaum starrte. »Aber das würdest du ja eh nicht wollen, oder?«

Theo schüttelte den Kopf. »Ich ärgere mich am meisten über mich selbst. Ich halte mich für einen passablen Kommissar und bin eigentlich sehr zufrieden mit meinem Leben.«

»Nur eigentlich?« Marianne gab sich gekränkt.

Theo lächelte verlegen und drückte ihr einen Kuss auf die Hand. »Ich bin sehr glücklich mit meinem Leben, vor allem mit dem Teil hier in Nordfriesland. Ich habe tolle Freunde, komme gut mit meinen Kollegen im Präsidium klar. Gut, bis auf ein paar Schwachköpfe wie dem bescheuerten Friedrichs und seinen dämlichen Kumpel Ludwig, die immer ...«

»Theo, was willst du mir sagen?«

Er stöhnte leise. »Ich kann eigentlich gut mit fast allen Leuten. Aber bestimmte Typen machen mich einfach wahnsinnig.«

»Typen wie Gröde?«

Er nickte. »Ja, vor allem diese Künstlertypen. Dieses arrogante Gequatsche, das kann ich einfach nicht ab. Ich kam mir vor wie der letzte Trottel, bloß weil ich keine Zeit habe, Bücher zu lesen.«

»Zeit hättest du schon, aber leider schläfst du immer nach ein, zwei Seiten ein.«

Er nippte an seinem Kaffee und wich ihrem Blick aus. »Aber nur, weil ich so viel arbeiten muss.«

Sie betrachtete ihn mit einem freundlichen Lächeln, versuchte noch einmal, seine Haare zu richten.

»Apropos, musst du nicht gleich los?«

»Er ist schon ein Widerling, dieser Gröde, oder?«

Sie nickte. »Aber ich muss zugeben, ich fand seine Bücher bis jetzt nicht ganz uninteressant.«

»Im Ernst? Dieses blutrünstige Geschreibsel? Und immer geht's gegen wehrlose Frauen!«

Sie überlegte einen Moment und nickte dann. »Hast recht, manchmal sind seine Geschichten ein bisschen krank. Aber sein Stil und seine Sprache ...« Sie bemerkte Theos vorwurfsvollen Blick. »Aber dass er sich über deine Arbeit lustig gemacht hat, das war völlig daneben. Wenn er wüsste, was du hier schon alles erlebt hast. Du wärst fast ertrunken, verbrannt und sogar ...«

»Jaja, ist gut«, unterbrach er sie, »ich will da lieber nicht mehr drüber reden. Aber weißt du, was?«

»Was?«

»Eigentlich hat er recht. Grundsätzlich ist mein Job hier schon recht ruhig.«

»Husum ist eben nicht Berlin.«

»Allerdings nicht. Weißt du, was für Fälle ich aktuell auf dem Schreibtisch habe?«

Marianne schüttelte den Kopf.

»Einen Ehestreit in Schauendahl, der ein bisschen aus dem Ruder gelaufen ist. Und dann ist da noch der Hilfsarbeiter aus dem Außenhafen, der auf dem Markt in der Altstadt wiederholt die Hose runtergelassen hat.«

Sie lächelte. »Und dafür bist du als Kripokommissar zuständig?«

Er nickte. »Sind gerade viele krank. Da helfe ich eben.«

»Du Armer.«

»Ach was. Aber dieser Blödmann Gröde hat recht, hier ist es ruhig und friedlich. Kein Wunder, die Nordfriesen sind mit Abstand die glücklichsten Menschen von ganz Deutschland.«

»Aber du hättest schon gern wieder mal ein bisschen mehr Action?«

»O nein, nein, überhaupt nicht. So, wie es ist, ist es perfekt.«

Sie grinste. »Du wirst eben auch nicht jünger.«

»Ganz genau.« Er nippte an seinem Kaffee und lächelte. »Bitte keine Psychopathen mehr.«

Sie lachte. »Und was ist mit dem Hosenrunterlasser aus dem Hafen?«

»Ach, der war nur betrunken.«

Das Telefon im Flur klingelte.

Marianne wollte aufstehen, aber Theo war schneller. Sie lächelte ihn dankbar an. Dann legte sie sich Rührei auf ihr Brötchen und nahm einen herzhaften Bissen. Mit vollem Mund schaute sie aus dem Fenster, hinaus in den Wintertag, und freute sich, wie gut die Spatzen das Futter in ihrem Vogelhäuschen auf dem Balkon angenommen hatten.

Wie schön, dass Theo wieder gute Laune hatte und sich den gestrigen Abend nicht zu sehr zu Herzen nahm.

Aber wo blieb er denn? Normalerweise ließ er sich von keinem noch so wichtigen Anruf von seinem geliebten Krabbenrührei abhalten.

Seltsam, Theo war kaum zu hören. Marianne stellte das Radio leiser und lauschte.

Tatsächlich vernahm sie jetzt Theos gedämpfte Stimme am Telefon. Die meiste Zeit hörte er nur zu. Den paar Worten, die er erwiderte, konnte sie entnehmen, dass es kein angenehmes Gespräch war.

Besorgt erhob sie sich und ging zu ihm in den Flur. Und erschrak.

Theo saß vornübergebeugt auf dem kleinen Hocker neben der Garderobe, den Telefonhörer am Ohr. Er war ganz grau im Gesicht und schien sie gar nicht wahrzunehmen.

Mit wem um Himmels willen telefonierte er? Was war passiert? War etwas mit Maria geschehen, seiner Ex-Frau? Oder mit seiner Tochter Hannah, die mit ihrem Mann und ihrem Baby in Australien lebte?

Nein, es musste jemand anderes sein. Sie sah, wie Theo angestrengt versuchte, das Gespräch zu beenden.

»Nein, es tut mir leid«, sagte er mit belegter Stimme. »Ich kann Ihnen nicht helfen. Das ist Ihr Problem.«

Schließlich legte er auf und starrte nachdenklich an die Wand.

»Mein Gott, Theo, was ist los? Wer um Himmels willen war das?«

Doch statt zu antworten, sah er sie nur traurig an – und vergrub dann das Gesicht stöhnend in seinen Händen.

4

»Ist nicht so gut gelaufen gestern Abend mit Krumme, was?«, sagte Friedrichs mit seiner heiseren Stimme.

Pat stand mit ihm in der kleinen Küche im Flur des Präsidiums und wollte sich einen Kaffee holen, als ihr leptosomer Kollege aufgetaucht war. Dünne Arme und Beine, Kettenraucher, die Daumen seiner langen Spinnenhände selbstzufrieden hinter den Gürtel seiner grauen Stoffhose geklemmt.

Friedrichs. Kriminalhauptkommissar wie Theo und zusammen mit seinem Kumpel und Kollegen »Katsche« Ludwig immer auf der Suche nach einem Grund, Theo schlechtzumachen. Daran hatte sich in den über sechs Jahren, die er jetzt im Norden lebte, nichts geändert. Vorher hatte Theo, damals noch als Berliner Kommissar, während seines Urlaubs einen Fall hier in Nordfriesland auf spektakuläre Weise gelöst – einen Mordfall, an dem Friedrichs und Ludwig vorher kläglich gescheitert waren.

»Wie kommst du denn darauf?«, antwortete Pat auf seine Frage. »Ich fand den Abend sehr interessant.«

»Interessant?« Friedrichs kratzte sich mit seinen langen Raucherfingern an der Nase. »War doch ein totaler Reinfall.«

»Woher willst du das wissen? Du warst doch gar nicht da.«

»Nein, aber alle reden drüber. Dieser Schriftsteller soll Krumme total bloßgestellt haben«, sagte er mit breitem Grinsen.

»Ganz im Gegenteil. Der Kerl hat sich über uns Polizisten hier im Norden lustig gemacht. Theo hat ihm ordentlich Kontra gegeben.«

»Ach ja? Die Kollegen meinen, Krumme hätte uns alle blamiert.«

»Moin, Friedrichs, nichts zu tun?«

Kriminalrat Horst Krüger, der Leiter der Kripo Husum, trat in den kleinen Raum.

»Moin, Chef, ich wollte mir nur einen Kaffee holen«, murmelte Friedrichs, schnappte sich einen Becher und machte sich auf den Weg zu seinem Büro.

»Haben Sie nicht was vergessen?«, fragte Krüger.

»Wieso? Was denn?«

»Na, den Kaffee!«

Friedrichs wurde knallrot, goss sich schnell etwas ein und stakste dann mit langen Schritten davon. Pat lächelte, hätte Krüger am liebsten geknutscht. Was wohl okay gewesen wäre, schließlich war Horst Krüger ihr Patenonkel, was außer Theo aber niemand im Haus wusste.

»Ist Krumme schon da?«, erkundigte er sich.

Pat zeigte in den Flur. »Da kommt er gerade.«

Tatsächlich spazierte er in diesem Moment in seiner dicken Winterjacke durch den Gang, die Augen auf den Boden gerichtet, offensichtlich in Gedanken. Trotz ihres Winkens bemerkte er sie überhaupt nicht, sondern marschierte direkt in ihr gemeinsames Büro.

Pat und ihr Onkel folgten ihm. Als sie in das Zimmer kamen, hatte Theo seine Jacke auf seinen Stuhl gehängt und schaute mit starrer Miene aus dem Fenster, hinaus auf den Bahndamm, wo gerade ein Güterzug Richtung Hamburg vorbeifuhr.

»Da ist ja unser Medienstar«, begrüßte ihn Krüger.

Theo drehte sich abrupt um. Er hatte sie nicht kommen gehört.

Horst Krüger zeigte ihm eine Ausgabe der *Husumer Nachrichten*, die er bisher unter dem Arm getragen hatte. »Selbst die Zeitung schreibt heute über Ihren Auftritt.«

Pat blickte mit Theo auf die Titelseite. Es zeigte ihn und Gröde auf dem Podium zusammen mit der Journalistin, deren Namen Pat schon wieder vergessen hatte.

»Beeindruckend, oder?«, fragte Krüger.

»Na ja«, erwiderte Theo wenig begeistert.

Tatsächlich hatte der Schriftsteller die Arme verschränkt, sein Lächeln wirkte deutlich gequält. Theo daneben war anzumerken, dass er keine Erfahrung mit solchen Auftritten hatte. Er blickte mit angestrengter Miene in die Kamera, während er mit ungelenk verdrehten Händen in dem Sessel kauerte.

»Wie auch immer«, erwiderte Krüger, »danke, Krumme, dass Sie die Fahne der Kripo hochgehalten haben.«

Theo nickte nur und wich seinem freundlich-forschen Blick unsicher aus. Was war heute nur los mit ihm? Pat war gewohnt, dass ihr Bürokollege jeden Morgen erst einmal eine Weile brauchte, um in Schwung zu kommen. Doch so zerstreut und abwesend hatte sie ihn noch nie gesehen.

Das schien auch ihrem Patenonkel aufzufallen. »Alles in Ordnung, Krumme?«

»Jaja, klar, war nur ... in Gedanken«, erwiderte Theo. Er setzte sich auf seinen Bürostuhl und betrachtete den vertrockneten Ficus auf dem Schreibtisch, um zu vermeiden, sie anzuschauen.

Pat tauschte einen Blick mit Krüger.

Der räusperte sich. »Krumme, raus mit der Sprache, was ist los? Sie sehen schrecklich aus.«

Theo schaute überrascht auf. »Mir geht's gut, wirklich. Draußen ist es bloß ziemlich kalt, vielleicht ...« Er schwieg und gab vor, sich auf seine Unterlagen auf dem Schreibtisch zu konzentrieren.

»Hören Sie, ich weiß, vielleicht ist gestern Abend nicht alles so gelaufen, wie wir uns das vorgestellt haben. Aber Sie müssen sich keine Gedanken machen, Sie haben sich gegen diesen Kerl gut geschlagen. Das hat sogar meine Frau gesagt und die ...«

»Herr Krüger, bitte«, fuhr Theo ungeduldig dazwischen, »richten Sie Ihrer Frau herzliche Grüße aus, aber ich muss mich jetzt auf ein Verhör vorbereiten ...«

Das Klingeln des Telefons unterbrach ihn. Pat nahm ab, meldete sich und erkundigte sich, worum es ging.

Dann hielt sie die Hand vor die Muschel und wandte sich an ihren Kollegen.

»Ein Herr Maurer aus Sylt. Er möchte dich sprechen.«

Zu ihrer Überraschung reagierte Theo entsetzt, geradezu panisch. »Nein, nicht, ich will nicht mit dem Kerl reden!«

»Aber er sagt, es ist wichtig«, sagte Pat verwundert.

»Aber nicht für mich!«, stieß Theo hervor und riss ihr das Telefon aus der Hand. »Hallo, Herr Maurer, oder wie auch immer Sie sich jetzt nennen!«, bellte er in den Hörer. »Ich habe Ihnen gesagt, Sie sollen mich in Ruhe lassen! Rufen Sie mich nie wieder an! Verstanden?«

Theo knallte den Hörer auf die Gabel.

Pat sah hilfesuchend zu Krüger, der Theo mit gerunzelter Stirn musterte.

Theo schien erst jetzt bewusst zu werden, wie sonderbar er sich verhalten hatte. Er stöhnte leise, blätterte in seinen Unterlagen und schwieg, wissend, dass er seinen Kollegen eine Erklärung schuldete.

»Ein Herr Maurer aus Sylt«, wiederholte Krüger misstrauisch. »Etwa Adrian Maurer?«

Worum ging es hier? Pat blickte verwirrt von ihrem Patenonkel zu Theo. Der holte tief Luft und nickte langsam.

»Krumme«, sagte Horst Krüger und war auf einmal nur noch strenger Chef, »raus mit der Sprache, was ist hier los?«

5

Eigentlich hatte Krumme gehofft, dieses für ihn so unangenehme Thema vor Pat geheim halten zu können. Und vor allem ihr Patenonkel sollte nichts davon erfahren. Aber als guter Kripochef war er wohl auch über Fälle der benachbarten Zweigstellen bestens informiert. Und nachdem er nun schon den Namen erfahren hatte, gab es keinen Sinn mehr, länger zu schweigen.

»Das war Adrian Maurer, ein Kunstmaler aus Sylt«, erklärte er und sah Pat an. »Er hat mich heute Morgen zu Hause schon mal angerufen. Da habe ich ihm bereits gesagt, dass ich ihm nicht helfen kann.«

»Helfen? Wobei?«, fragte Pat.

Krumme holte tief Luft, schloss für einen Moment die Augen, bevor er fortfuhr. »Er lebt in Keitum, einem kleinen Künstlerdorf in der Nähe von Westerland, wo ...«

»Ich glaube, wir wissen alle, wo Keitum liegt«, unterbrach ihn Krüger ungeduldig.

»Er hat dort sein Atelier, malt Ölbilder oder so. Marianne kennt ihn, meint, er wäre berühmt, eine richtige Legende im Norden.«

»Und da hat sie recht«, sagte Krüger. »Wir haben

einen Kunstdruck von ihm bei uns im Wohnzimmer hängen.«

»Ach ja?« Krumme schaute ihn überrascht an. »Ich hab seinen Namen vorher noch nie gehört. Wie auch immer. Seine Frau ist jedenfalls vor zwei Wochen verschwunden. Die Polizei glaubt, er hätte sie umgebracht.«

Pat, die an ihrem Schreibtisch, Krumme gegenüber, Platz genommen hatte, sah ihn verwundert an. »Sie glaubt? Gibt es denn keine Beweise?«

»Er sagt, nein. Trotzdem sitzen die Kollegen ihm angeblich im Nacken. Aber noch haben sie nichts gefunden, was eine Verhaftung rechtfertigen würde.«

»Was genau haben sie denn gefunden?«

Krumme goss sich ein Glas Wasser ein. »Irgendwelche Blutspuren, keine Ahnung. So genau wollte ich es gar nicht wissen. Ich habe ihm gleich gesagt, dass ich ihm nicht helfen kann und dass er mich nie mehr anrufen soll.«

»Aber warum ruft er ausgerechnet dich an? Und was soll das für eine Hilfe sein?«, fragte Pat.

»Na ja, er hat gesagt, er hat schon viel von mir gehört, von *uns*, von den Fällen, die wir in den letzten Jahren gelöst haben. Und da er nicht glaubt, dass die Kollegen aus Flensburg ihn unvoreingenommen behandeln, wollte er wissen, ob ich nicht nach …«

»… nach Sylt kommst und ihm hilfst?« Pat schüttelte den Kopf. »Wie schräg ist das denn?«

Krumme blickte zu Krüger, der ihn aufmerksam beobachtete.

»War das wirklich alles, Krumme?«

Er zögerte, dann gab er sich einen Ruck. »Nein, tatsächlich kennen dieser Maurer und ich uns schon von früher. Aus Berlin.«

»Aber Sie haben doch eben gesagt, Sie haben noch nie von ihm gehört?«

Er nickte. »Seine Stimme kam mir sofort bekannt vor. Dieser schnarrende Bass und diese arrogante Art ... immer von oben herab.«

»Raus damit, Krumme. Woher kennen Sie den Mann?«

Er trank einen Schluck Wasser, auf einmal hatte er einen völlig trockenen Mund. »Vor dreißig Jahren in Berlin, ich war noch ganz neu bei der Kripo in Neukölln, da haben wir in einem Mordfall in einer Kleingartensiedlung am Reuterkiez ermittelt. Eine Lehrerin. Es war schrecklich. Maurer war der Hauptverdächtige.«

»Adrian Maurer? Der Künstler aus Keitum?« Krüger setzte sich auf einen der Besucherstühle und sah Krumme fragend an.

»Maurer ist ein Pseudonym. Damals hieß er Gerhard Fichte und war genau wie das damalige Opfer Lehrer an einer Schule in Neukölln.«

Krüger lehnte sich zurück. »Maurer ist der Mordverdächtige von damals?«

Krumme nickte. »Zu der Zeit war er Kunstlehrer.« Er trank noch einen Schluck, schaute, wie das Wasser im Glas sprudelte. »Jedenfalls wurde er am Ende vom Gericht freigesprochen. Die Beweise reichten nicht aus.«

»Und der Mörder der Lehrerin …«

»… wurde bis heute nicht gefunden.«

»Und weil Sie ihn damals nicht überführen konnten, hofft dieser Fichte oder Maurer, wie er jetzt heißt, dass Sie dafür sorgen, dass es die Kollegen aus Flensburg bei dem neuen Fall auf Sylt auch nicht schaffen?«

»Was für eine bescheuerte Logik!«, fand Pat.

Krumme seufzte. »Na ja, nicht ganz.« Wieder nippte er an seinem Glas. Dann sah er von Pat zu Krüger. »Es war *meine* Aussage, die damals dafür gesorgt hat, dass er freigesprochen wurde.«

»Was?«

Krumme spürte ein Zucken im Nacken, wie immer, wenn er über ein unangenehmes Thema sprechen musste. »Ich habe zugegeben, dass ein Indiz, das für seine Schuld sprach, falsch war.«

»Was heißt ›falsch‹?«, wollte Pat wissen.

Krumme seufzte. »Wir, die Kollegen und ich, waren damals zu hundert Prozent sicher, dass Fichte der Mörder war. Aber wir hatten keine Ahnung, wie wir das beweisen sollten. Wir waren verzweifelt, haben jeden Tag bis spät in die Nacht geschuftet. Schließlich haben wir keinen anderen Ausweg mehr gesehen.«

»Was habt ihr getan?«

»Wir haben einen entscheidenden Hinweis gefälscht, um Fichte hinter Gitter zu bringen.«

Pat sah ihn mit offenem Mund an. »Ihr habt das Gericht betrogen?«

Krumme nickte. »Wir haben es so arrangiert, dass

seine Fingerabdrücke am Tatort waren. Obwohl nach der Tat alles abgewischt worden war.«

»Du sagst ›wir‹. Das heißt, du hast da wirklich mitgemacht?«

Er zögerte. »Ich war noch jung, ich gehörte nicht zum inneren Kreis der Kollegen, die diese Entscheidung gefällt haben. Aber kurz vor der Gerichtsverhandlung wurde ich eingeweiht. Also ja, ich war mitverantwortlich.«

Krumme schnaufte müde und wischte sich mit der Hand über die auf einmal verschwitzte Stirn. »Meine Güte, die arme Frau war damals regelrecht massakriert worden. Und alle Indizien sprachen eindeutig für Fichte als Mörder. Aber es fehlte der endgültige Beweis. Was sollten wir tun? Der Kerl durfte einfach nicht davonkommen …«

Er brach ab, versunken in seine Erinnerungen.

»Weiter«, forderte Krüger ihn auf.

»Tatsächlich sah es vor Gericht aus, als wenn Fichte für die Tat verurteilt würde. Alles sprach gegen ihn, dazu hatte er ein klares Motiv und überhaupt: Er hat die Zeugen beschimpft und sogar die Richterin beleidigt. Aber dann hat uns sein Anwalt in die Mangel genommen und …« Er schwieg, schaute aus dem Fenster nach draußen, wo es zu schneien begonnen hatte.

»Und *was*?«, fragte Krüger.

»Schließlich musste auch ich in den Zeugenstand.«

»Und was hast du gesagt?«

Er sah die wie immer komplett in Schwarz gekleidete Pat traurig an. Ihr vorwurfsvoller Blick machte ihm ein bisschen Angst. So empört hatte er sie noch nie gesehen.

»Ich habe schließlich zugegeben, dass der entscheidende Beweis fingiert war. Damit konnte Fichte die Tat nicht nachgewiesen werden. Dieser widerliche Kerl hat das Gericht als freier Mann verlassen.«

Für einen Moment herrschte Stille in dem kleinen Büro. Krumme blickte nur auf den vertrockneten Ficus, schob den Topf auf dem Tisch herum.

»Und der Mord an der Lehrerin wurde bis heute nicht aufgeklärt?«, fragte Pat.

Krumme schüttelte den Kopf.

Sie stöhnte. »Gut, jetzt verstehe ich, warum er dich wieder haben will. Er will, dass du ihn wieder raushaust.«

»Was haben Sie ihm gesagt?«, wollte Krüger wissen.

»Na, was wohl? Natürlich habe ich ihm gesagt, dass ich ihm nicht helfe! Niemals! Verrecken soll er!«

6

Dieses Pochen! Es machte sie wahnsinnig! Seit Stunden hörte sie es immer wieder. Gleichmäßig, schmerzhaft laut. So laut, dass sie am Morgen mit einem leisen Schrei aus dem Schlaf geschreckt war. Zuerst hatte sie geglaubt, nur geträumt zu haben, doch dann hatte das Klopfen nach ein paar Minuten wieder eingesetzt.

Es war noch dunkel gewesen, sieben Uhr am Morgen, bis auf die kleine Nachttischlampe auf der Kommode vor dem Kleiderschrank gab es kein Licht. Und die Fensterläden des Schlafzimmers waren den ganzen Tag über geschlossen, seitdem die Fotografen mit ihren Teleobjektiven in das Nachbarhaus eingezogen waren.

Zuerst hatte sie sich die Ohren zugehalten und dann die Daunendecke über den Kopf gezogen.

Nach einer Weile war das Pochen verstummt. Erleichtert hatte sie ihr Kissen gerichtet und an die dunkle Decke blickend versucht, ihre Gedanken zu sortieren. Nach einer Weile war sie wieder in einen leider nur leichten Schlaf geglitten, wie immer erfüllt von wirren Träumen, in denen helle Vergangenheit und trübe Gegenwart auf unangenehme Weise zusammenflossen.

Doch dann hatte das Klopfen wieder eingesetzt. Als wenn ein riesiger Specht von außen gegen die Haustür hämmern würde.

Benommen richtete sie sich auf. Sie wusste, dass sie sich manchmal Dinge einbildete, Geräusche hörte, wo nur Stille war. Mit den Jahren passierte ihr das öfter. Konnte es sein, dass auch dieses Klopfen gar nicht existierte?

Oder stand womöglich jemand vor ihrer Tür? Wer immer sie so früh störte, sie würde ihm nicht öffnen. Sie erwartete niemanden, keiner hatte sich angemeldet, und die Kurierfahrer wussten, dass sie Pakete nur vor die Tür stellen sollten.

Oder waren da wieder Kinder aus dem Dorf, die sich einen Spaß daraus machten, die verrückte Frau aus dem einsamen Haus in den Dünen zu erschrecken? Je mehr sie darüber nachdachte, desto wahrscheinlicher erschien ihr diese Möglichkeit. Diese verdammten Bengel! Immer wieder hatten sie in der letzten Woche Schneebälle an ihre Tür geworfen und waren dann grölend davongelaufen. Ob die Reporter sie dafür bezahlten? Um sie so aus dem Haus zu locken? Möglich war's.

Für eine Weile herrschte wieder Stille. Endlich entschloss sie sich aufzustehen. Für einen Moment verharrte sie sitzend auf der Kante des großen Bettes, zog sich dann ihren seidenen Morgenmantel über, schlüpfte in ihre warmen Hausschuhe und ging die alte knirschende Holztreppe hinunter ins Erdgeschoss. Noch waren alle Fenster geschlossen. Auf einen Knopfdruck hin fuhren die Rollläden des Panoramafensters zur Terrasse leise nach oben und gaben den Blick auf die Winterlandschaft frei. Der gefrorene Rasen, die sanften, von Puderzuckerschnee bedeckten Hügel der Sylter Dünen vor dem hell leuchtenden Himmel des nordfriesischen Winters. Und dahinter das wie ein schwarzer Spiegel schimmernde Meer.

Sie seufzte, von Melancholie und zugleich grenzenloser Liebe zu dieser Landschaft erfüllt.

Kein Klopfen mehr. Und keine Kinder oder andere unerwünschte Besucher. Auf dem Weg, der von dem Friesenwall in einem langen Bogen hinauf zu ihrer Haustür führte, waren im frischen Schnee keine Spuren zu sehen. Sie war allein und das war gut so. Denn allein sein, bedeutete, die Kontrolle zu behalten, und sei es nur die Kontrolle über die Erinnerungen ihres an Erinnerungen reichen Lebens.

Für eine Weile stand sie reglos da und schaute hinaus in ihren Garten. Der zugefrorene kleine Teich neben ihrer großen Terrasse glänzte golden im Licht der Sonne.

Schließlich wandte sie sich ab und ging in die Küche. Sie kochte sich einen Tee und nahm aus dem Schrank über der Spüle eine halb volle Schachtel mit Schokoladenkeksen, die ihr ein Kampener Konditor regelmäßig schickte. Gratis! Nur damit er gegenüber seiner Kundschaft behaupten konnte, dass sie ein Fan seines Gebäcks war.

Schließlich kehrte sie zurück ins Wohnzimmer. Sie setzte sich in ihren alten Sessel, ein Geschenk ihrer

Mutter, die schon lange tot war. Früher hatte er fast hundert Jahre in einem Schloss im Allgäu gestanden, nun war er für sie wie ein guter Freund, der ihr immer wieder Zuflucht vor den Zumutungen und Schrecken der äußeren Welt gewährte.

Sie nahm ihre Decke, legte sie sorgfältig um ihren schlanken Körper, denn in einem kalten Winter wie diesem wurde es in dem großen Haus selten richtig warm.

Sie nippte an ihrem Tee und schaute nachdenklich aus dem Fenster. Von hier oben konnte sie bis hinunter zum Strand sehen. Im Sommer führte die Segelschule, die sich rechts am Hafen befand, Kurse für Kinder durch. Dann war die Bucht gefüllt mit lauter kleinen Optimistenseglern, die kreuz und quer über das blaue Wasser glitten. Wie sie es liebte, die Jungs und Mädchen zu beobachten! Sie hatte sich extra ein Fernglas gekauft, um alles genau betrachten zu können.

Doch nun war Winter und die Segelschule geschlossen. Der Hafen und der Strand wirkten wie ausgestorben. Nur selten wanderten einsame Spaziergänger an dieser abgelegenen Stelle am Ufer entlang.

Sie griff nach ihrem Fernglas und versuchte, etwas Interessantes zu entdecken, konnte in der Ferne aber nur einen einzelnen Kutter auf der Nordsee sehen, der seine Netze durch das dunkle Meer zog. Dahinter sah man die riesigen Windräder auf dem Festland.

Sie blickte wieder zum Strand und beobachtete drei große Silbermöwen, die miteinander um eine Muschel stritten. Direkt daneben saß eine weitere Möwe auf einer Holzbohle mit vom stürmischen Wind zerzausten Federn.

Eine stille Idylle. So etwas sollten die Paparazzi aus dem Nebenhaus lieber fotografieren, statt ihr auf so schändliche Weise Tag und Nacht aufzulauern.

Aber hier konnten sie ihr nichts anhaben. Hier war sie in Sicherheit.

Sie setzte das Fernglas ab, lehnte sich seufzend in ihren Sessel zurück und lächelte, als sie in einen der Schokoladenkekse biss.

Alles war gut. Hier war ihre Heimat, ihr Zuhause. Hier hatte es sie hin verschlagen, nach einer langen, bewegenden Reise voller Abenteuer, und hier würde sie irgendwann auch sterben, davon war sie überzeugt.

So war nun mal das Leben.

In diesem Augenblick fing es wieder zu klopfen an.

7

Während des Vormittags hatten Krumme und Pat überraschend viel zu tun. Zunächst musste Pat die Aussage des Hafenarbeiters aufnehmen, der auf dem Markt die Hose runtergelassen hatte. Derweil schrieb Krumme den Bericht über die Ermittlungen im Fall der häuslichen Gewalt in Schauendahl. Papierkram, etwas, das er überhaupt nicht mochte. Zusätzlich musste er mehrere Anrufe wegen einer Einbruchsserie in der Husumer Altstadt führen.

Routinearbeit. Aber Krumme war über jede Beschäftigung froh, die ihn und Pat davon abhielt, über das zu reden, was er ihr und Krüger vorhin gebeichtet hatte. Immer wieder bemerkte er, wie seine Kollegin während ihres Gesprächs mit dem Hilfsarbeiter mit ernster Miene zu ihm auf die andere Schreibtischseite blickte.

Dann schaute er jeweils noch konzentrierter in seine Unterlagen oder auf den leeren Bildschirm seines Computers – und war in Gedanken doch ganz woanders, nämlich bei Fichte auf Sylt. Er ärgerte sich über sich selbst, dass allein die Stimme des Mannes ihn derart aus dem Gleichgewicht gebracht hatte. Dreißig Jahre war das Ganze jetzt her, und ein Anruf reichte, dass er sich wieder wie der Anfänger fühlte, der er damals gewesen war. Verrückt, dabei hatte Fichte selbst erklärt, dass er in den Zeitungen nur Gutes über ihn und seine Arbeit hier in Nordfriesland gelesen hatte. Deshalb hatte er sich ja offensichtlich an ihn gewandt. Trotzdem hatte Krumme am Telefon deutlich die Geringschätzung spüren können, die herablassende Missachtung, die dieser Drecksskerl für seinen Beruf und überhaupt alle Vertreter der Behörden empfand.

Endlich hatte der Hafenarbeiter alles erzählt, was er zu erzählen hatte, doch Pat hatte Mühe, den redseligen Kerl loszuwerden. Als sie ihn schließlich hinauskomplimentiert hatte, war Krumme gerade am Telefonieren und überlegte verzweifelt, wie er seinen Anruf bei dem Juwelier in der Rosenstraße noch etwas in die Länge ziehen konnte. Aber schließlich gab es nichts mehr zu sagen, er musste auflegen. Geschäftig rückte er seine Lesebrille zurecht und gab vor, seine Informationen in den Computer zu tippen.

»Wollen wir noch mal über die Sache sprechen?«, fragte Pat ihn.

»Welche Sache?«

»Na, welche wohl? Die Falschaussage. Und warum du mir noch nie von dieser Geschichte erzählt hast.«

»Weil sie schon eine Ewigkeit her ist, deshalb.«

»Trotzdem, das ist doch …«

Das Telefon unterbrach sie. Pat nahm ab, hörte einen Moment zu und legte dann wieder auf. Und schwieg. Krumme hasste es, wenn sie beim Telefonieren nicht laut den Namen des Anrufers sagte und er anschließend umständlich nachfragen musste.

»Wer war das?«

»Horst. Er möchte, dass du zu ihm kommst.«

»Wann?«

»Jetzt sofort.«

»Warum?«

»Hat er nicht gesagt.«

Krumme stutzte. Gab es jetzt eine Standpauke? Vorhin hatte Krüger ohne einen Kommentar das Zimmer verlassen.

Leise seufzend stand Krumme auf und machte sich auf den Weg in die obere Etage.

»Ah, Krumme, wie schön, dass Sie so schnell Zeit haben«, begrüßte sein Vorgesetzter ihn, als er in sein Büro trat, und forderte ihn auf, sich auf den Stuhl vor dem großen, perfekt aufgeräumten Schreibtisch zu setzen.

Krumme blinzelte. Die Wintersonne hatte einen Weg durch die Wolken gefunden und leuchtete nun strahlend hell durch das Panoramafenster, das einen weiten Blick bis zur Altstadt am Husumer Hafen bot.

»Kaffee?«

Krumme schüttelte den Kopf. Krüger hatte als Einziger im Präsidium eine schicke italienische Kaffeemaschine, doch Krumme stand nicht der Sinn nach Espresso.

Krüger bereitet sich eine Tasse zu und setzte sich dann an seinen Schreibtisch. Er nippte an dem Tässchen und betrachtete ihn dabei mit seinen klaren blauen Augen. Krumme senkte verlegen den Blick.

»Ich wusste natürlich von dieser Fichte-Geschichte«, sagte Krüger schließlich.

Krumme schaute überrascht auf.

»Als sie vor sechs – oder sind es schon sieben? – Jahren von Berlin hierhergekommen sind, habe ich mich selbstverständlich über Sie informiert.«

»Sie wussten von der Gerichtsverhandlung, in der …?«

Krüger nickte. »Von der Gerichtsverhandlung. Von dem gefälschten Beweis und von Ihrer Aussage.«

Krumme war verwirrt. »Und trotzdem wollten Sie …?«

»Erfahrene Beamte können wir im Norden immer gebrauchen«, unterbrach Krüger. »Immerhin waren Sie am Ende doch ehrlich. Und ich nehme mal an, die Reaktion Ihrer Kollegen war damals schon Strafe genug, habe ich recht?«

Krumme dachte an die Zeit, als die anderen Beamten im Neuköllner Präsidium ihn geschnitten hatten. Als in der Kantine niemand an seinem Tisch sitzen wollte. Nur sein Kumpel, Kriminalhauptkommissar Jahnke, hatte damals zu ihm gehalten. Er nickte.

»Was ich allerdings nicht wusste«, fuhr Krüger fort, »dass aus Fichte Adrian Maurer wurde und er jetzt schon so lange als Kunstmaler auf Sylt lebt.«

»Ja, was für ein Zufall«, sagte Krumme leise.

»Verrückt, in der Tat. Insgesamt eine sehr unerfreuliche Geschichte. Umso erstaunlicher, dass dieser Mann Ihnen nach all den Jahren immer noch vertraut.«

»Ich weiß auch nicht, womit ich das verdient habe.«

Krüger musterte ihn. »Und jetzt ist er schon wieder des Mordes angeklagt. Er soll seine Frau umgebracht haben. Aber das wissen Sie ja alles selbst.«

Krumme zuckte mit den Schultern. »Nicht im Detail.«

Krüger nickte. »Die Kollegen aus Flensburg versuchen alles, um ihn zu überführen, hatten bisher aber keinen Erfolg. Das Problem ist, dass es zwar jede Menge Indizien für einen Mord gibt, aber eben – keine Leiche. Seine Frau gilt als vermisst.«

Krumme sah seinen Chef irritiert an, schwieg jedoch. Was sollte dieses Gespräch? Er wollte mit Fichte nichts mehr zu tun haben. Nie mehr.

Krüger räusperte sich und stand dann auf. »Krumme, ich würde Ihnen gerne jemanden vorstellen.« Er trat hinter seinem Schreibtisch hervor und ging zur Tür. »Kommen Sie.«

Zu seiner Überraschung führte Krüger ihn in den Konferenzraum. Nur ein einsamer Laptop stand auf dem Tisch. Krüger forderte ihn auf, an der Stirnseite Platz zu nehmen und machte sich dann an dem Computer zu schaffen. Es dauerte eine Weile, bis er es schaffte, die Videokonferenz in Gang zu bringen, für die sie offenbar gekommen waren. Mit Genugtuung registrierte Krumme, dass sich sein Chef auch nicht viel geschickter anstellte als er, wenn es um »Medien« ging.

Schließlich erschien auf der Leinwand an der Wand gegenüber das in zwei Fenster geteilte Computerdisplay. Man sah zwei Männer, die offenbar in ihren jeweiligen Büros saßen.

»Mein lieber Krumme, ich möchte Ihnen zwei Kollegen vorstellen«, begann Krüger. »Kriminalrat Jens Schlüter von der Kripo in Flensburg und auf der rechten Seite Lothar von Lahn, Kriminaldirektor im Landeskriminalamt in Kiel.«

Krumme starrte auf die Leinwand. Schlüter hatte ähnlich wie Krüger volles graues Haar. Sein Kollege Lothar von Lahn dagegen sah mit seinem kahl rasierten Schädel aus wie ein picklicher Jean-Luc Picard, der legendäre Kapitän des Raumschiffs *Enterprise*. Zwei Top-Beamte, das konnte man sofort sehen. Krumme ärgerte sich, dass er nicht auf Marianne gehört hatte und gestern vor der Lesung zum Friseur gegangen war. Im Vergleich zu den beiden Herren musste er wie ein alter Zausel aussehen. Da half es wenig, dass die beiden sich voller Anerkennung über seine bisherigen Erfolge in Nordfriesland äußerten.

Nach den üblichen Höflichkeitsfloskeln kam Krüger schließlich zur Sache. Er wandte sich an Krumme. »Nachdem Sie mir vorhin verraten haben, woher Sie Adrian Maurer – oder besser Gerhard Fichte – kennen, habe ich sofort mit meinen beiden Kollegen gesprochen. Wie Sie ja wissen, wird gegen Herrn Maurer auf Sylt in einem Mordfall ermittelt. Leider gestaltet sich die Untersuchung auf der Insel schwierig.«

»Tatsächlich stecken wir in einer Sackgasse«, verriet Schlüter, der Kollege aus Flensburg, und nippte an einer winzigen Espressotasse. »Obwohl unsere besten Leute vor Ort sind, können wir den Sack einfach nicht zumachen.«

»Ähnlich wie damals in Berlin«, ergänzte Krüger, »als Sie schon einmal mit ihm zu tun hatten.«

Von Lahn in Kiel nickte. »Das Hauptproblem ist der, sagen wir, komplexe Charakter des Hauptverdächtigen.«

»Ja, komplex, das ist er. Und verdammt schlau«, murmelte Krumme, der auf einmal ein unangenehmes Gefühl im Bauch hatte. Er ahnte, in welche Richtung sich dieses Gespräch entwickeln würde.

Krüger nickte. »Genau. Sie wissen, worüber wir hier sprechen. Wie es scheint, hat aktuell niemand einen so guten Zugang zu dem Verdächtigen wie Sie.«

»Aber das ist alles viele Jahre her, und ich …«

Krüger ließ ihn nicht ausreden. »Und doch hat er sich wieder an Sie gewandt, Krumme. Er vertraut Ihnen.«

»Glauben Sie mir, der vertraut keinem …«

Aber Krüger ließ sich nicht beirren. »Krumme, stellen Sie Ihr Licht nicht immer unter den Scheffel. Sie sind mein bester Mann, haben die größte Erfahrung. Und deshalb möchten wir Sie um Ihre Hilfe bitten.«

8

»Was für ein wundervoller Anblick«, staunte Marianne, als das vereiste Wattenmeer an ihrem Wagen vorbeizog. »Ich war ja schon ein paarmal auf Sylt, aber noch nie im Winter.«

Krumme nickte, auch er musste zugeben, dass die Aussicht ein Traum war. So früh am Morgen lag noch ein leichter Dunstschleier über Nordfriesland. Rechts von ihnen glitt ein Gaffelschoner wie der Fliegende Holländer durch eine Nebelbank. Auf dem Watt in der Nähe der Küste hatte der Frost Eisschollen übereinandergeschoben, und in der Ferne ragten bereits erste Friesenhäuser wie kleine Trutzburgen aus den Dünen.

Mit gedankenverlorener Miene lehnte Krumme sich zurück und betrachtete die spektakuläre Natur, die sich ihnen auf beiden Seiten des Hindenburgdamms präsentierte.

Hinter ihnen auf dem Rücksitz hockte Sunny. Mit leisem Wimmern legte er seinen Kopf auf Krummes Schulter. Der Arme. Krumme wusste, dass Sunny nicht gern in dem engen Golf fuhr. Noch schlimmer musste es für ihn sein, in einem engen Auto zu sitzen, das sich auf einem laut ratternden und leicht hin und her schwankenden Zug befand.

Sie waren schon um sieben Uhr in Husum losgefahren und dann in Niebüll auf den Autozug umgestiegen. Sunny zuliebe hatten sie überlegt, den Umweg über die dänische Insel Rømø und die Autofähre nach List an Sylts Nordspitze zu nehmen. Doch das hätte zu lange gedauert – und Sunny hätte eine Stunde länger im Auto sitzen müssen.

Marianne streichelte ihm freundlich über den riesigen Kopf. »Keine Angst, dauert nicht mehr lange! Und dann machen wir einen schönen Spaziergang. Ich bin sicher, du wirst Sylt lieben. Oder was meinst du, Theo?«

»Bestimmt.« Er seufzte.

Marianne betrachtete ihn. »Entschuldigung, ich rede, als wenn wir die Reise nur zum Vergnügen machen würden. Dabei musst du arbeiten.«

Krumme zuckte die Schultern. »Aber ihr könnt euch ja trotzdem ein paar schöne Tage machen.«

Tatsächlich hatten seine drei Vorgesetzten alles getan, um ihm den heiklen Fall schmackhaft zu machen. »Stellen Sie sich vor, Sie machen Urlaub«, hatte Kriminalrat Schlüter aus Flensburg vorgeschlagen.

»Sie können Ihre Freundin gerne mitnehmen«, meinte Krüger. »Und Ihren Hund natürlich auch. Der freut sich bestimmt über den Tapetenwechsel.«

»Alles, was Sie tun müssen, ist, den jungen Kollegen auf der Insel ein paar Tipps zu geben, wie sie diesen Maurer oder Fichte oder wie auch immer er sich nennt, anpacken müssen.«

»Aber natürlich geht es um einen Mord an einer

jungen Frau. Sie könnten helfen, den Täter zu schnappen«, hatte Krüger an seine Berufsehre appelliert und damit Erfolg gehabt. Krumme hatte sich schließlich bereit erklärt, den Kollegen zu helfen. Zur Belohnung hatte von Lahn, der Kriminaldirektor aus Kiel, seine Beziehungen spielen lassen und ihnen ein Hotelzimmer im schicken Kampen reserviert, eine vornehme Unterkunft, in der auch Hunde erlaubt waren.

»Das Hotel ist natürlich toll«, sagte Marianne jetzt, »aber wie können Sunny und ich Spaß haben, wenn du dich die ganze Zeit mit deinen Kollegen vor Ort herumplagen musst.«

»Warum sollte ich mich mit ihnen plagen? Ich soll sie nur ...«, er zögerte, »beraten. Was Fichte angeht.«

»Ach ja? Sie haben es nicht geschafft, den Täter zu überführen. Und jetzt sollst du ihnen Beine machen, obwohl es eigentlich gar nicht dein Fall und dein Revier ist.«

Krumme zuckte mit den Schultern. Sie hatte ja recht, besonders wohl war ihm nicht bei dieser Reise. Er hätte sich umgekehrt ebenfalls geärgert, wenn ihm bei einem Fall auf einmal Kollegen einer anderen Zweigstelle zur Seite gestellt worden wären. Kollegen mit nicht ganz klaren Kompetenzen, wie es bei ihm jetzt der Fall war.

Krumme schaute aus dem Wagenfenster. Sie standen mit ihrem Golf auf der oberen Spur des Zuges, hatten von hier eine besonders gute Aussicht. Mittlerweile hatten sie Sylts östliche Landzunge erreicht und passierten gerade den kleinen Ort Morsum. Anders als das Festland war die Insel nur zum Teil von Schnee bedeckt. Dafür konnte er überall zwischen den Dünen erkennen, wie der stürmische Seewind Schneewehen zusammengetrieben hatte. Dazwischen die mit Reet gedeckten, einen warmen Frieden ausstrahlenden Friesenhäuser. Ein Wintertraum. Wie schade, dass er nicht wirklich nur für einen Urlaub hierhergekommen war.

Als sie Keitum passierten, wischte Krumme über die beschlagenen Fenster, um besser sehen zu können.

»Hier wohnt irgendwo dieser Verrückte, oder?«, fragte Marianne und reckte den Hals, um etwas zu erkennen, was wegen der vielen Bäume, die hier bis an die Gleise reichten, kaum möglich war.

Er nickte.

Sie sah ihn nachdenklich an. »Macht die Sache dir Angst?«

»Wieso?«

»Nun, er scheint ein sehr gefährlicher Mann zu sein. Gefährlich und irre. Also ich hätte Angst.«

Krumme schüttelte den Kopf.

»Obwohl …«, fuhr Marianne fort, nachdem sie schon die Außenbezirke von Westerland erreicht hatten, »irgendwie scheint er auch ein Genie zu sein. Seine Bilder sind wirklich beeindruckend.«

»Ach ja?«

Sie nickte. »Wir vom Kulturverein haben bereits mehrmals versucht, eine Ausstellung mit ihm zu organisieren. Aber er hat nicht einmal auf unsere Anfragen reagiert. Ich würde ihn gern fragen, was er sich dabei gedacht hat.«

Krumme sah sie an: »Nur damit das klar ist, du wirst dich schön von diesem Kerl fernhalten.«

»Keine Sorge, ich werde ihn schon nicht besuchen. Aber falls wir uns zufällig über den Weg laufen, dann ...«

»Nein!«, unterbrach er sie. »Ich will nicht, dass du ihn triffst, mit ihm redest oder sonst wie mit ihm zu tun hast. Der Mann ist ein Psychopath!«

»Aber auch ein begnadeter Künstler.«

»Nein! Halt Abstand von Fichte, sonst muss ich dich wieder zurück nach Husum schicken, ist das klar?«

Marianne lächelte und strich ihm zärtlich über die Wange. »Ist ja gut, Theo, mach dir keine Sorgen. Auf der Insel gibt's für Sunny und mich so viel Aufregendes zu entdecken. Deinen Fichte hast du ganz allein für dich.«

Krumme nickte, schaute wieder nach vorn aus dem Fenster und umklammerte den Lenker, obwohl es noch eine Weile dauern würde, bis sie den Zug verlassen konnten.

Er erinnerte sich daran, wie er Fichte gestern Abend angerufen und ihm erzählt hatte, dass er jetzt doch auf die Insel kommen werde.

»Sehr gut, Krumme«, hatte der Maler mit seinem wie immer leicht spöttischen Tonfall gesagt. »Hat sich Ihr Pflichtbewusstsein also doch durchgesetzt, wie?«

Was für ein Mistkerl, dachte Krumme. Nicht, dass er von Fichte Dank erwartet hatte. Aber bei seinem letzten Anruf hatte diese Kröte fast um seine Unterstützung gebettelt.

»Nur damit Sie es wissen: Ich komme nicht, um Ihnen zu helfen. Sondern um die Kollegen der Kripo Flensburg bei ihrer Arbeit zu unterstützen.«

»Jaja, schon klar. Jetzt spielen Sie sich nicht so auf. Lassen Sie uns erst mal reden. Dann werden Sie schon kapieren, was hier abgeht.«

Endlich erreichte der Sylter Shuttle-Zug den Bahnhof von Westerland im Zentrum der Insel. Es dauerte nicht lange, bis sie den nur zur Hälfte gefüllten Autozug verlassen konnten. Viele Wagen mit Hamburger und Berliner Kennzeichen, aber kein Vergleich zur Hochsaison, wenn hier am Bahnhof den ganzen Tag über hektischer Betrieb herrschte.

Krumme drehte sich zu Sunny um und klopfte ihm freundlich auf die Flanke. »Bald hast du's geschafft, mein Kleiner!« Tatsächlich wirkte der Hund bereits ruhiger, als sie vom Bahnhofsgelände fuhren und von den Zügen nichts mehr zu sehen war. Der Plan war, Sunny und Marianne erst einmal ins Hotel zu bringen.

Krumme war in all seinen Jahren in Nordfriesland nur zwei Mal auf Sylt gewesen, jeweils im Sommer. Das erste Mal hatten Marianne und er in einer Ferienwohnung in Westerland gewohnt, das zweite Mal hatten sie zu den Horden gehört, die mit einem Neun-Euro-Ticket auf der Insel eingefallen waren.

Krumme musste zugeben, dass Sylt wunderschön und – wie alle nordfriesischen Inseln – auf eine ganz eigene Art faszinierend war. Aber sein Herz hatte die

Insel bisher nicht wirklich gewonnen. Zu viel Tourismus, zu viel Trubel, zu viel Schickimicki.

Doch an diesem kalten Morgen erlebte er Sylt auf eine völlig neue Weise. Während der Fahrt aus Niebüll hatten noch graue Wolken am Himmel gehangen. Aber nun war die Wolkendecke aufgebrochen, und die Sonne ließ den feinen Schnee, der auf der Insel lag, funkeln und die hinter den Dünen auftauchenden Friesenhäuser wie Schlösser wirken. Kein Wunder, dass hier so viele Promis wohnten.

Ihr Hotel befand sich nach einer kurzen Fahrt vorbei am Flughafen und dem Badeort Wenningstedt nicht weit vom Kampener Ortskern entfernt, auf der östlichen Seite der Hauptstraße, die im Norden weiter nach List führte. Krumme war kaum ausgestiegen, als Sunny sich erleichtert bellend aus der offenen Tür quetschte. Endlich frei! Aufgeregt sprang er auf dem Kies des Parkplatzes herum, warf Krumme vor Freude fast um, als er ihren Koffer ächzend aus dem Wagen hob. Doch eine kurze Ansage von Marianne reichte und der große Hund beruhigte sich und wartete freundlich hechelnd neben ihr auf neue Anweisungen. Wieder einmal sah Krumme mit einem Anflug von Neid zu seiner Freundin. Wieso gehorchte Sunny bei ihr sofort, bei ihm dagegen nur nach Lust und Laune?

Krumme schaute einmal mehr auf seine Uhr.

Marianne hatte es gesehen. »Schon klar, du musst nicht bei uns bleiben. Fahr mal zu deinen Kollegen«, sagte sie und schnappte sich den Koffer. »Wir beide kommen schon allein klar.«

Krumme sah sie fragend an. »Soll ich uns nicht noch schnell anmelden? Und den Koffer ins Zimmer tragen?«

»Nicht nötig. Wozu hat er Rollen? Ich seh doch, du bist in Gedanken schon bei der Arbeit.«

»Aber ...«

Marianne legte ihm lächelnd den Finger auf den Mund und brachte ihn so zum Schweigen. »Mach, was immer du machen musst. Wenn du zwischendurch Zeit für einen Kaffee hast, melde dich einfach. Wenn nicht, dann nicht. Wir sind ja auf einer Insel, da werden wir uns schon wieder über den Weg laufen.«

Er lächelte dankbar, verabschiedete sich mit einem Kuss bei Marianne und mit einem Klaps auf den Rücken bei Sunny. Dann stieg er wieder in den Wagen. Er musste zurück nach Westerland, wo die Soko der Kollegen ihr Büro in der Sylter Wache hatte.

Er startete den Motor und beobachtete, wie Marianne und Sunny im Hotel verschwanden. Dann schaltete er sein Handy an, um sich vom Routenplaner den Weg zeigen zu lassen. Pat hatte ihm bereits mehrmals gezeigt, wie die App funktionierte, aber es war noch immer Glückssache, ob Krumme die richtige Seite fand. Dieses Mal schien es zu klappen. Er wollte gerade die Adresse eingeben, als ihm eine andere Idee kam.

Egal, was die Kollegen sagten, er wollte unbedingt noch einen kleinen Umweg machen.

9

Krumme fuhr von der Hotelauffahrt herunter und zurück ins Kampener Zentrum – zu erkennen an der hohen Dichte teurer Boutiquen und angesagter Cafés und Kneipen, vor denen auch zu dieser Jahreszeit viele Mercedes-, BMW- und Volvo-SUVs standen. Doch statt hier wieder die Hauptstraße Richtung Süden nach Westerland zu nehmen, entschied sich Krumme für die kleinere Straße nach Braderup und dann weiter zur östlichen Küste der Insel nach Munkmarsch. Schließlich erreichte er nach einer kurzen Fahrt über eine schmale Straße, mit dem Meer auf der linken und der weiten Ebene des Flughafens auf der rechten Seite, das Dorf Keitum.

Der Routenplaner hatte ihn bis in die Ortsmitte geführt. Krumme war überrascht. Bei seinen früheren Besuchen hatte es nie zu einem Abstecher in das bekannte Künstlerdorf gereicht. Wie er jetzt feststellte, befand sich der Ort nicht wie die anderen Orte der Insel in einer Dünenlandschaft, sondern in einem Wäldchen auf einem Kliff, von dem aus man einen weiten Blick auf die Ostküste hatte.

Krumme stellte den Wagen auf einem Parkplatz vor einem Café ab. Zwischen einer schweren Mercedes-

Limousine und einem Audi Q7, beide in Mattschwarz, sah der weiße Golf wie ein Kinderspielzeug aus.

Kaum war er ausgestiegen, wurde er von einer eisigen Brise erfasst, die durch einen von Bäumen und Sträuchern umwachsenen Hohlweg direkt von der weiter unten gelegenen und zum Teil gefrorenen Nordsee kam. Krumme holte seine Winterjacke aus dem Kofferraum, zog den Reißverschluss bis zum Kinn hoch und stapfte dann einen kleinen Weg entlang, immer mit dem Handy in der Hand, um die richtige Adresse zu finden.

Keitum war ein bildschönes Dörfchen und mindestens so mondän und wohlhabend wie das nördlicher gelegene Kampen. Ausschließlich prächtige Reetdachhäuser, und überall standen teure Limousinen herum, obwohl der Ort auf der Insel doch als Künstlerkolonie galt. Krumme schaute sich interessiert die vielen Schaukästen und Werbetafeln an. Ihren Häusern nach zu urteilen, schien es den Töpfern, Malern und Kleinkunsthändlern ausgezeichnet zu gehen.

Es dauerte nicht lange, dann war er an seinem Ziel. Krumme blieb ein bisschen auf Abstand, um nicht entdeckt zu werden. Aber doch nah genug, um sich in aller Ruhe einen ersten Eindruck zu machen, die Stimmung aufzunehmen, so wie er es an jedem Tatort vor Beginn seiner Ermittlungen machte. Und genau das war es, was er hier sah. Einen Tatort. Hier war ein Mord geschehen.

Vor ihm, am Ortsrand, direkt über dem Keitumer Kliff und verborgen hinter einem zugewucherten

Friesenwall aus glatten Steinen und zum Teil verdeckt von riesigen Rhododendronbüschen, stand ein großes Friesenhaus. Mit seinen von Efeu bedeckten Mauern und seinem bis auf den Boden reichenden Dach, ging etwas Verwunschenes von ihm aus.

Sehr passend, fand Krumme. Denn in diesem Haus wohnte Gerhard Fichte. Der Mann, der vor dreißig Jahren einen dunklen Schatten auf seine, Krummes, Karriere und sein Leben geworfen hatte. Wegen Fichte war er lange Jahre von den Berliner Kollegen geschnitten worden.

Rückblickend und mit den Erfahrungen in Nordfriesland im Kopf war Krumme sicher, dass er ohne diesen Mann damals ein ganz anderer Mensch geworden wäre.

In diesem Moment spürte Krumme, wie eine besonders eisige Brise an ihm zerrte. Krumme sah sich instinktiv um. Vielleicht handelte es sich ja um einen späten Gruß der armen Frau, die damals in dem Berliner Kleingarten so brutal ermordet und deren Mord bis heute nicht gesühnt worden war. Krumme schwor sich, dass das nicht wieder passieren würde. Dieses Mal würde er alles geben, um den Tod dieser anderen Frau aufzuklären. Und falls Fichte der Täter war, würde er dafür bezahlen. Noch einmal würde er nicht ungestraft davonkommen.

Als Krumme noch seinen Gedanken nachhing, öffnete sich plötzlich auf der Stirnseite des Hauses, im Dachgeschoss, eine Tür, die auf eine Art Feuerleiter führte – und der Hausherr trat hinaus.

Krumme wich erschrocken einen Schritt zurück. Wieso gab es ausgerechnet da, wo er stand, keinen Busch, hinter dem er sich verstecken konnte? Stattdessen brauchte Fichte sich nur in seine Richtung umzudrehen und würde ihn allein auf dem Spazierweg sofort entdecken. Trotzdem rührte Krumme sich nicht. Wie gelähmt stand er in der eisigen Kälte und starrte nach oben zu der Treppe.

Fichte war nur mit einem dunklen Pulli und einer weiten Stoffhose bekleidet. Jetzt holte er aus der Hosentasche eine Packung Zigaretten hervor und steckte sich hinter vorgehaltener Hand eine an. Er war älter geworden, seine immer noch kräftigen Haare waren ergraut, genau wie der Vollbart, den er damals nicht getragen hatte. Etwas kompakter war er geworden, sah jedoch für sein Alter, immerhin fast siebzig Jahre, erstaunlich fit aus mit seiner von der Nordseesonne gebräunten Haut. Mit seiner Zigarette in der Hand lehnte er sich an das Treppengeländer und schaute hinab in den Garten.

Aus Angst, dass Fichte ihn entdecken und dann sogar erkennen könnte, entschied Krumme, langsam den Weg zurückzugehen, den er gekommen war. Aus den Augenwinkeln bemerkte er, dass Fichte jetzt in seine Richtung blickte, aber er schien nicht zu ahnen, wer der unbekannte Spaziergänger in der Winterjacke mit der zugeknöpften Kapuze war. Denn im nächsten Moment wandte er den Blick wieder Richtung Meer und beobachtete mit der Zigarette im Mund, wie sich eine Maschine vom nahen Flughafen in den Himmel schraubte.

Auf einmal hörte Krumme ein leises Klingeln. Er brauchte einen Moment, bis er begriff, dass es sein Handy war, das tief in seiner Jackentasche steckte. Sollte er es klingeln lassen und schnell weitergehen?

Nein, das wäre noch auffälliger, als einfach abzunehmen. Hastig fummelte Krumme mit seinen dicken Fäustlingen in der Jackentasche herum und schaffte es endlich, das Handy herauszuholen. Er nahm das Gespräch an.

»Ja?«, zischte er leise im Gehen.

»Kriminalhauptkommissar Theo Krumme?«, fragte eine junge, weibliche Stimme.

»Ja?«

»Hier ist Kriminalhauptkommissarin Emily Böhme von der Kripo Flensburg. Wo bleiben Sie denn, Herr Kollege? Wir sitzen hier alle in der Soko-Zentrale und warten auf Sie.«

10

Sie blinzelte, so sehr blendete sie das Licht der Scheinwerfer. Alle waren gekommen, um sie zu feiern! Sie sah die erhobenen Champagnergläser, hörte den Applaus, die Hurrarufe! Spürte die grenzenlose Liebe, die von diesen vielen Menschen ausging, von denen sie die meisten noch nicht einmal kannte.

Was für ein Triumph! In ihrem edlen Abendkleid von Dior, das ihre schlanke Figur betonte, stand sie oben auf der Treppe und breitete glücklich die Arme aus, um ihre Gäste willkommen zu heißen und …

Das Pochen riss sie aus ihren Gedanken. Verdutzt schaute sie sich um. Und erkannte, dass sie sich wieder in einem Tagtraum verloren hatte.

Sie stand oben auf der weit geschwungenen Treppe. Aber sie war allein, die Eingangshalle mit den edlen Marmorfliesen verlassen und leer.

Benommen schüttelte sie den Kopf, immer noch gefangen in ihrer Erinnerung. Sie seufzte. Ihr war sehr bewusst, dass es mit ihrem Verstand nicht zum Besten stand. Die Realität entglitt ihr immer mehr. Irgendwann würde sie nur noch in der Vergangenheit leben und wie ein Gespenst der grauen Gegenwart für immer Lebewohl sagen.

War das ein Fluch oder ein Segen?

Sie wusste es nicht. Es gab Momente, in denen sie überlegte, allem ein Ende zu machen und den letzten Schritt zu tun. Hinüberzutreten in eine Welt, in der das Gestern und das Heute eins waren. In der sie nicht mehr einsam war und wo die alten Freunde schon auf sie warteten.

Wo Dylan auf sie wartete.

Aber sie war kein gläubiger Mensch. Was, wenn es diese Welt nicht gab? Und sie nur in das dunkle Nichts fiel?

Nein, das Risiko wollte sie nicht eingehen. Sie hatte so viel erlebt, so viel gesehen. Das atemberaubende Licht an der Côte d'Azur, Tanzen mit Dylan unter dem Eiffelturm. Die schwül-warmen Nächte in Bangkok, Surfen an den weißen Stränden von Acapulco, die vielen Partys in den prachtvollen Gärten von Beverly Hills – es gab so viele Erinnerungen, die nicht vergehen durften, die bewahrt werden mussten und wenn auch nur für sie.

Wieder das Pochen!

Nicht mehr lange, und sie verlor komplett den Verstand!

Immerhin, mittlerweile hatte sie herausgefunden, was der Ursprung dieses Geräusches war. Trotz der Kälte und der lauernden Reporter hatte sie sich hinaus auf die Terrasse getraut, war um die Ecke gegangen und hatte gesehen, dass oben das Fenster ihres Dachbodens offen stand und im eisigen Wind hin und her schlug.

Natürlich hatte sie sofort Gustav angerufen, damit er vorbeikam und sich darum kümmerte. Aber auch Gustav war inzwischen ein alter Mann. Seine Frau hatte ihr mitgeteilt, dass er nach einem Herzinfarkt in Husum in der Nordfriesland-Klinik lag.

Was sollte sie jetzt nur machen? Einen anderen Handwerker anrufen? Niemals, seit dreißig Jahren hatte sie immer auf Gustav, die treue, bescheidene Seele, vertraut, auch wenn der sich mittlerweile eine Wohnung auf Sylt nicht mehr leisten konnte und aufs Festland nach Niebüll gezogen war. Ein neuer Handwerker von der Insel? Nein, sie war sicher, dass der nur versuchen würde, sie auszunutzen und zu betrügen.

»Geht es denn nur darum, das Fenster zu schließen?«, hatte Gustavs Frau vorsichtig gefragt. »Können Sie das nicht selber schaffen?«

Wie sich herausstellte, war die Frau fast achtzig Jahre alt. Wie peinlich, die nette Dame bot ihr sogar noch ihre Hilfe an: »Ich würde ja auch kommen, aber mein Knie ist nach einer OP steif geblieben, und das Treppensteigen fällt mir seither schwer. Ich könnte meinen Sohn fragen. Der wohnt allerdings in Bredstedt, aber vielleicht hat er Zeit, zu Ihnen auf die Insel zu fahren.«

Natürlich lehnte sie ab. Nicht nur weil auch Gustavs Sohn schon fast sechzig Jahre alt war. Sondern weil sie nach ein bisschen Nachdenken sicher war, dass es ihr auch ohne Hilfe gelingen würde, das Fenster zu schließen. Selbst wenn es sich auf dem Dachboden befand. Um dahin zu gelangen, musste sie im Obergeschoss nur die steile Leiter herunterlassen und dann hochklettern.

Das hatte sie noch nie getan, aber sie würde es schon schaffen. Auch wenn ihr Kopf nicht immer wie gewünscht funktionierte, körperlich war sie noch recht rüstig. Also hatte sie heute Morgen beschlossen, sich selbst darum zu kümmern.

Sehr zufrieden mit ihrer Entscheidung begann sie, entsprechende Vorbereitungen zu treffen. Da war zunächst einmal die Kleiderwahl. Sie entschied sich für eine dünne Strickjacke und eine lange Stoffhose für die nötige Bewegungsfreiheit. Dazu wollte sie zuerst Sportschuhe anziehen. Doch ihre teuren Schuhe von Adidas waren ihr viel zu eng geworden. Ihre Füße schienen in der letzten Zeit größer geworden zu sein. Sie schaffte es zwar, die Schuhe mit einiger Anstrengung anzuziehen, fühlte sich aber wie eine fernöstliche Geisha und konnte nur schmerzhafte Tippelschritte gehen.

Also doch lieber ihre bequemen Prada-Hausschuhe. Schließlich hatte sie ja nicht vor, das Haus zu verlassen oder über die Insel zu spazieren.

Im Keller fand sie nach langem Suchen – das letzte Mal war sie vor drei Jahren hier unten gewesen – den Stockhaken, um die Deckenklappe im Obergeschoß zu öffnen.

Alles keine große Sache. Wenn sie bei der Treppe nur nicht wieder ins Träumen geraten wäre …

Aber jetzt war sie ja da und völlig klar im Kopf. Tatsächlich schaffte sie es beim ersten Versuch, die Klappe zu öffnen und mit ein bisschen Kraft sogar die Klappleiter herunterzuziehen.

Jetzt galt es.

Sie holte tief Luft und stieg vorsichtig nach oben. Und steckte schon nach wenigen Augenblicken ihren Kopf in den staubigen Dachboden. Staubig, aber aufgeräumt. Gustav war der Letzte gewesen, der vor einigen Jahren hier heraufgekommen war, um nach einer Stromleitung zu schauen. Ansonsten wurde die Dachkammer nicht mehr benutzt und war bis auf ein paar alte Kartons leer.

Aber kalt war es hier oben. Jetzt sah sie auch das offene Fenster, das im eisigen Wind gegen den Rahmen schlug. Nicht nur der Wind drang herein, inzwischen lag sogar Schnee auf dem Boden.

Der Rest war einfach. Der Dachboden war hoch genug, dass sie aufrecht über die knirschenden Holzdielen zu der Wand gehen konnte. Nun musste sie sich nur kurz hinausbeugen, das Fenster heranziehen und es dann mit dem Riegel fest verschließen. Der war verrostet, aber mit ein wenig Kraft ließ er sich bewegen. Sie drückte ihn ein bisschen zur Seite und war sicher, dass er jetzt geschlossen bleiben würde.

Auf einmal war wieder alles ruhig. Sie platzte fast vor Stolz. Das hatte sie großartig hinbekommen.

Voller Euphorie kehrte sie zurück zu der Öffnung im Boden. Und schwankte erst einmal erschrocken einen Schritt nach hinten. Von oben wirkte die Leiter entsetzlich steil und tief, das war ihr beim Hinaufsteigen gar nicht aufgefallen.

Vorsichtig ging sie in die Knie, tastete mit den Füßen nach der ersten Stufe. Es dauerte einen kleinen Moment, bis sie das Gefühl hatte, wirklich das Gleichgewicht halten zu können. Langsam begann sie mit dem Abstieg, hörte, wie die Leiter knirschte und knackte, spürte, wie das alte Holz wackelte.

Und dann passierte es.

Lag es an ihren ungeübten Händen oder an den Hausschuhen? Die waren von Prada und hatten vor zehn Jahren in einem kleinen Geschäft in Mailand über vierhundert Euro gekostet. Obwohl sie mittlerweile recht abgetragen waren, liebte sie das weiche Leder über alles. Leider hatte sich beim linken Schuh inzwischen die Sohle ein wenig gelöst. Gustav hatte versucht, sie zu kleben, aber er war nun einmal Klempner und kein Schuster.

Ausgerechnet jetzt blieb sie mit der losen Sohle an einer Stufe hängen. Plötzlich verlor sie den Halt, rutschte mit den Händen vom glatten Holz – und stürzte mit einem lauten Schrei in die Tiefe.

11

Die Fahrt von Fichtes Haus nach Westerland dauerte keine halbe Stunde. Die Soko befand sich nicht im prachtvollen Altbau der Sylter Polizeiwache aus der Gründerzeit, sondern in einem hässlichen Bürocontainer direkt daneben. Geleitet wurde sie von KHK Emily Böhme und KHK Bernt Laue, beide von der Kripo aus Flensburg. Unterstützt wurden sie von insgesamt vier weiteren Beamten der Kripo und der Schutzpolizei aus Sylt. Als Krumme den Raum betrat, saßen bereits alle an dem langen Konferenztisch und musterten ihn argwöhnisch.

»Wie schön, Herr Kollege, dass Sie es doch noch geschafft haben«, begrüßte ihn KHK Böhme mit kaum verhohlenem Spott und wies auf den Platz an der Stirnseite des Tisches.

Krumme setzte sich. Er war überrascht, wie jung die Leiterin der Soko war. Auf den ersten Blick hätte er die zierliche, attraktive junge Frau auf Mitte zwanzig geschätzt. Erst bei genauerem Hinsehen verrieten erste Falten in der Augenpartie, dass sie wohl doch schon Anfang dreißig war. Die immer noch junge Dame trug ein sportlich-elegantes Kostüm, das nicht recht zur Jahreszeit passte. Ihr langes rotes Haar war zu einem Dutt zusammengeknotet, was ihr das Aussehen einer strengen Lehrerin verlieh.

Krumme fühlte sich sofort genötigt, sich wie ein Schüler für sein Zuspätkommen zu entschuldigen.

»Tut mir sehr leid, ich wollte sofort kommen«, flunkerte er. »Aber ich musste vorher meine Lebensgefährtin und unseren Hund beim Hotel in Kampen abliefern.«

»Aha«, sagte KHK Laue. Wie seine Kollegin war er höchstens Anfang dreißig. Er war groß gewachsen und kräftig. Mit seinem Dreitagebart, dem vollen, gegelten schwarzen Haar und dem lässig offenen Hemd hätte er auch die Hauptrolle in einem amerikanischen Actionfilm spielen können. »Wir haben schon gehört, wo von Lahn Sie untergebracht hat. Wie schön, Kampen. Wir wohnen leider nur in einer Pension hier in Westerland.«

»Ist doch auch schön«, erwiderte Krumme verlegen.

»Sie sind offenbar noch nicht oft auf Sylt gewesen«, sagte Böhme. Sie tippte etwas auf der Tastatur ihres aufgeklappten MacBooks und schaute mit angestrengter Miene auf den Bildschirm. »Sie kommen eigentlich ja auch aus Berlin ...«

»Wohne aber schon seit über sechs Jahren in Nordfriesland«, warf Krumme ein.

Böhme nickte, blickte dabei weiter auf ihren Bildschirm. »Aus Berlin. Und dort haben Sie auch unseren gemeinsamen Freund Adrian Maurer kennengelernt.«

»Der damals aber noch Fichte hieß. Gerhard Fichte. Und er ist nicht mein Freund.«

»Ach nein?« Die junge Frau gab sich überrascht. »Ich dachte, das ist der Grund, warum Sie uns hier so kurzfristig unterstützen sollen? Weil Sie ein … ganz besonderes Verhältnis zu dem Mann haben.«

Krumme ballte unwillkürlich die Fäuste. Was sollte das Gerede? Saß er hier etwa auf der Anklagebank?

»Vielleicht ein besonderes Verhältnis, ja. Aber wir waren ganz bestimmt keine Freunde. Im Gegenteil: Ich konnte den Kerl nicht ausstehen.«

»Aber Maurer hat Sie angerufen, weil er sich wie damals Ihre Hilfe erhofft?«, fragte Laue, musterte ihn dabei mit verschränkten Armen.

»Ich habe ihm damals nicht *geholfen*«, sagte Krumme mit vor Empörung leicht bebender Stimme.

Böhme lehnte sich zurück und griff nach ihrer Kaffeetasse. »Vielleicht erzählen Sie uns zunächst einmal in Ihren eigenen Worten, auf welche Weise Sie Maurer damals kennengelernt haben.«

Krumme seufzte. Er war überzeugt, alle hier am Tisch wussten genau, was damals passiert war.

Trotzdem erzählte er ihnen von dem brutalen Mord an der Lehrerin in der Kleingartensiedlung in Neukölln und warum sie gegen Maurer – der in seinem Kopf immer nur Fichte heißen würde – ermittelt hatten. Er berichtete von den damaligen aufwendigen Untersuchungen und wie kompliziert am Ende die Beweislage gewesen war. Und schließlich verriet er sogar, warum sie in der Soko den schwierigen Entschluss gefasst hatten, ein »wichtiges Detail in einem anderen Licht darzustellen«.

»Sie haben einen Beweis gefälscht?«, hakte ein Kollege der Sylter Kripo nach, der wohl nicht älter war als Krumme damals in Berlin.

Krumme nickte. »Bedauerlicherweise, ja. Wir wussten einfach nicht, wie wir Fichte – oder Maurer – überführen sollten. Denn wir waren alle hundertprozentig davon überzeugt, dass er der Mörder war.«

»Aber dann haben Sie vor Gericht Ihre Meinung geändert, die Fälschung zugegeben und so dafür gesorgt, dass er freigesprochen wurde?«, fragte Böhme. Sie blickte ihm direkt in die Augen, während sie gedankenverloren mit einem ihrer glitzernden Ohrringe spielte. Krumme dachte an Pat. Was für ein Unterschied! Seine junge Kollegin trug praktisch immer schwarze Klamotten, T-Shirt, Jeans und Chucks. Er vermisste sie schon jetzt.

Alle Blicke ruhten auf ihm. Krumme wusste, dass Böhme keine Antwort von ihm erwartete. Er holte tief Luft.

»Okay, ich habe Ihnen alles erzählt«, sagte er schließlich. »Wie wäre es, wenn Sie mir jetzt umgekehrt verraten, wie der aktuelle Ermittlungsstand ist. Wer genau ist das Opfer? Und was sind die Beweise, die gegen Fichte sprechen?«

Natürlich war ihm das meiste bereits aus seinem Gespräch mit Krüger und den anderen Herren in Husum vertraut. Aber sicher konnte es nicht schaden, noch einmal eine kurze Zusammenfassung zu hören.

Böhme sah ihren Partner Laue an. Wie alle Kollegen am Tisch hatte auch er ein Laptop vor sich stehen. Er schaute auf den Bildschirm. »Das Hauptproblem bei diesem Fall ist, dass wir – wie Sie wohl wissen – keine Leiche haben, sondern nur einen Tatort.«

Der Kriminalhauptkommissar erzählte, dass Fichtes Putzfrau am Mittwoch vor zwei Wochen einen großen Blutfleck in der Küche gefunden habe, dazu Spuren eines Kampfes. Die Blut- und DNA-Analyse ergab eindeutig, dass die Spuren von Karina Maurer stammten, Maurers mehr als dreißig Jahre jüngeren, russischstämmigen Frau. Maurer selbst lag betrunken oben in seinem Atelier, gab später zu, dass es einen Streit mit seiner Frau gegeben habe, dass sie sich anschließend aber wieder versöhnt hätten.

»Ein Blutfleck? In der Küche?«, fragte Krumme. »Könnte es dafür nicht eine andere Erklärung als Mord geben?«

»Es war mehr als nur ein kleiner Blutfleck. Wir fanden Blutspuren überall in der Küche, auf einem großen Kochmesser und auch an einer von Maurers Jacken.«

Krumme nickte. »Welche Indizien gab es noch?«

»Die halbe Insel wusste, dass es zwischen dem Ehepaar ständig Streit gab. Maurer soll seine Frau immer wieder brutal geschlagen haben, Nachbarn und Kollegen berichten von Hämatomen im Gesicht und an den Armen.«

»Und vorher wurde nichts unternommen? Keine Ermittlungen wegen Körperverletzung und häuslicher Gewalt?«

Laue schüttelte den Kopf. »Die beiden hatten ein

kompliziertes Verhältnis. Karina Maurer scheint ihrem Mann geradezu hörig gewesen zu sein. Wenn sie nach ihren Verletzungen gefragt wurde, behauptete sie, sie sei gestürzt oder habe sich irgendwo gestoßen. Anschuldigungen von ihrer Seite hat es praktisch nie gegeben. Und Maurer hat natürlich sowieso alles abgestritten. Vielleicht gab es mal eine Ohrfeige, hat er zu Protokoll gegeben, aber bei einer großen leidenschaftlichen Liebe würden Streitereien ab und zu eben dazugehören. Sonst wäre es keine echte Liebe.«

Krumme nickte. Dämliche Sprüche wie diese passten zu Fichte.

»Okay, er hat seine Frau geschlagen«, sagte er. »Aber solange es keine Leiche gibt, gibt es auch keinen Mord.«

»Er wurde gesehen, wie er die Leiche zum Watt gebracht hat«, platzte eine der jungen Schutzpolizistinnen aufgeregt dazwischen.

»Tatsächlich?«

Böhme nickte. »Ein Zeuge hat in der betreffenden Nacht einen Mann gesehen, auf den Maurers Beschreibung zutrifft. Er soll mit einer Schubkarre und einem großen … Sack Richtung Meer gegangen sein. Wir nehmen an, dass sich darin die Leiche befunden hat.«

Krumme sah sie verdutzt an. »Ja und? Haben Sie den Sack gefunden?«

Böhme schüttelte den Kopf. »Nein, obwohl wir das Watt mit einer Hundertschaft abgesucht haben. Nichts. Bis jetzt. Aber wir suchen weiter.«

»Außerdem war der Spaziergänger sich nicht sicher«,

ergänzte Laue. »Es war Nacht, es hat geschneit, und Maurers Gesicht hat der Mann nicht eindeutig erkennen können.«

»Und die Schubkarre?«

»Die haben wir am Ufer gefunden. Sie gehört auch tatsächlich Maurer. Aber er behauptet, er hätte sie nicht dahingebracht.«

Krumme kratzte sich am Kopf. »Vielleicht fehlt noch der entscheidende Hinweis oder ein Geständnis. Aber das Blut, das Messer, die Schubkarre am Strand … das sollte doch wohl reichen, um ihn wenigstens in Untersuchungshaft zu stecken.«

Laue seufzte. »Da war er auch. Aber nur kurz. Sein Anwalt hat ihn rausgeholt. Weil Maurer ein Alibi hat.«

»Er hat ein Alibi?«

»Zumindest für die Zeit, in der der Spaziergänger ihn am Watt gesehen haben will. Also um elf Uhr abends.«

»Aber um die Zeit war Maurer nicht zu Hause«, fügte Böhme hinzu. »Er hat zunächst einen Freund in Tinnum besucht. Um kurz nach elf war er dann an einem Kiosk in Westerland und hat sich Schnaps gekauft. Wir haben die Aufnahme der Überwachungskamera und sind die Strecke abgefahren. Eine Viertelstunde für die Strecke nach Keitum ist nicht ganz unmöglich, aber schon sehr sportlich, vor allem bei dem Schneegestöber, das in der Nacht herrschte.«

Krumme machte sich Notizen, wie immer in ein kleines Notizheft. »Aber nach dem Shopping-Ausflug ist er wieder zurück nach Hause?«

»Ja, behauptet er zumindest.«

»Und das viele Blut ist ihm nicht aufgefallen?«

»Nein, er sagt, er ist nicht in die Küche, sondern direkt nach oben in sein Atelier gegangen. Um noch zu arbeiten.«

Krumme nickte. »Und hat sich nicht gefragt, wo seine Frau ist?«

Laue schüttelte den Kopf. »Er dachte, sie sei schon schlafen gegangen. Er selbst lag am Morgen im Bett, als die Putzfrau das Chaos in der Küche entdeckt und die Polizei gerufen hat.«

Krumme überlegte, schaute dabei nachdenklich zu den Eisblumen, die sich an dem kleinen Containerfenster gebildet hatten.

»Und was sagt Fichte zum Vorwurf, er hätte seine Frau ermordet?«

»Was schon? Er streitet alles ab, ist sich keiner Schuld bewusst. Schimpft und pöbelt. Behauptet, jemand will ihm was anhängen.«

»Jemand?«

»Na, wir, die dämliche Polizei. Die Nachbarn, die alle neidisch auf seinen Erfolg sind. Aber vor allem natürlich Karina.«

»Seine Frau?«

Böhme verzog das Gesicht. »Maurer behauptet, Zitat, ›die Schlampe‹ will ihm einen Mord anhängen und hat sich längst wieder nach Russland abgesetzt.«

Krumme nickte. »Ja, er ist wirklich kein angenehmer Mensch.«

»Nein, ist er nicht. Aber wir sind sicher, dass es nur

eine Frage der Zeit ist, bis wir das Schwein überführen«, sagte Böhme, der anzusehen war, wie nahe ihr der Fall ging.

Krumme erinnerte sich daran, wie sie sich damals in der Neuköllner Soko genauso über den ehemaligen Lehrer aufgeregt hatten. Ein paar Kollegen hatten sogar überlegt, dem Mann einen Besuch abzustatten, maskiert, um ihn ordentlich zu verprügeln.

»Gibt es auch Spuren, die in andere Richtungen gehen?«

»Was soll das heißen?«

»Na, haben Sie auch nach anderen Verdächtigen gesucht?«

Böhme räusperte sich. »Meinen Sie, wir machen das hier zum ersten Mal?«

»Das wollte ich damit nicht sagen, aber …«

»Natürlich haben wir in alle Richtungen ermittelt!«, unterbrach ihn Böhme. »Wir haben praktisch ganz Keitum auf der Suche nach Spuren auseinandergenommen. Wir haben mit allen Nachbarn gesprochen, mit Karinas Kollegen, mit Maurers Freunden in Kampen, oder besser Bekannten, denn echte Freunde hat der Kerl nicht. Wir haben Täterprofile angelegt, diverse Genproben untersucht …«

»Schon gut, schon gut«, unterbrach Krumme. »Ich bin sicher, Sie haben gut und sorgfältig gearbeitet.«

»O ja, das haben wir, auch wenn das die Herren in Flensburg und Kiel nicht glauben. Auf unserem Server befinden sich alle Vernehmungsprotokolle und Berichte, die können Sie jederzeit einsehen.« Böhme blickte auf sein kleines Notizheft. »Ich hoffe doch, dass Sie auch Ihren Computer mit auf die Insel gebracht haben? Oder sind Sie ausschließlich analog unterwegs?«

Krumme sah sie verwirrt an. »O ja, natürlich habe ich einen Computer. Ist im Hotel. Ich war mir nicht sicher, ob ich ihn heute schon gebrauchen würde.« Verlegen blickte er in die Runde und kam sich erneut sehr alt vor.

Böhme nickte. »Gut. Wäre schön, wenn Sie sich bis zum nächsten Treffen ins Thema einarbeiten.«

»Selbstverständlich.«

»Wir können hoffentlich davon ausgehen, dass Sie die bisherigen Ermittlungsergebnisse streng vertraulich behandeln?«, fragte sie, und schaute ihm dabei misstrauisch in die Augen.

»Wie meinen Sie das?«

»Nun, wie immer Sie zu Maurer stehen – *er* hält Sie offenbar für seinen Verbündeten.«

Krumme schüttelte den Kopf. Er seufzte. »Ich kann nicht glauben, dass ich das wirklich noch sagen muss, aber ich will wie Sie, dass Fichte ins Gefängnis geht.«

»Dann ist ja gut.«

»Im Übrigen bin ich nur als Berater hier.«

»Mit Ihrer Lebensgefährtin und Ihrem Hund, um nebenbei ein bisschen Urlaub zu machen«, warf Laue ein.

Krumme sah, wie die Kollegen grinsten.

»Weil ich diesen Mann schon von früher kenne«, fuhr er fort, ohne auf den Spott einzugehen. »Ich soll nur helfen und habe nicht vor, mich in Ihre Ermittlungen einzumischen.«

Böhme lehnte sich vor und sah Krumme eindringlich an. »Ganz so einfach ist das aber nicht. Schließlich hat der Mann sich bei Ihnen gemeldet und will nur mit Ihnen reden. Warum?«

Krumme wurde rot. »Das wüsste ich auch gerne.«

Alle sahen ihn schweigend an. Offenbar glaubten sie, er enthielte ihnen wichtige Informationen. »Noch einmal«, sagte er schließlich, »ich habe den Kerl seit dreißig Jahren nicht mehr gesehen. Wenn es nach mir gegangen wäre, hätte ich ihn auch die nächsten dreißig Jahre nicht mehr gesehen. Aber Ihre Vorgesetzten in Flensburg und Kiel waren anderer Meinung und nur deswegen bin ich hier.«

Erneut herrschte Schweigen. Krumme beobachtete, wie Böhme und Laue einen Blick tauschten. Böhme holte schließlich tief Luft und atmete wieder aus.

»Na schön, Herr Kollege, dann …«

Das Klingeln von Krummes Handy unterbrach sie. Er schaute auf das Display und zog die Augenbrauen hoch. »Das ist Fichte.«

Er wollte gerade rangehen, als Böhme die Hand hob. »Mit Lautsprecher, bitte.«

Er nickte und nahm das Gespräch an. »Ja?«

Fichtes Stimme erfüllte den kleinen Raum der Soko: »Krumme, mein lieber Freund, da sind Sie ja!«

»Hallo, Herr Fichte. Wie …«

Aber der Maler ließ ihn nicht ausreden. »Wo stecken Sie?«, fragte er.

»Wieso? Ich bin hier auf Sylt.«

»Das weiß ich doch. Hab Sie vorhin vor meinem Haus gesehen. Dachte, Sie klingeln jeden Moment und habe uns schon mal einen Kaffee gekocht. Tee mögen Sie ja nicht so gerne, oder?«

Krumme blickte verlegen in die Runde. Er räusperte sich, hatte auf einmal einen trockenen Hals. »Hören Sie, ich bin hier gerade bei den Kollegen in Westerland und ...«

Fichte unterbrach ihn wieder. »Ach, schau an? Dann haben Sie die Bande schon kennengelernt?«

Krumme wusste nicht, was er sagen sollte. »Also tatsächlich sitzen wir hier gerade zusammen und reden über Sie.«

»Das kann ich mir denken. Aber lassen Sie sich nicht beirren. Der reinste Kindergarten, sage ich Ihnen.«

»Hören Sie, Herr Fichte ...«, stammelte Krumme, aber Fichte ließ sich nicht aufhalten.

»Diese kleine rothaarige Hexe ist die Schlimmste. Hübsch ist sie ja, hat einen süßen Arsch, ist aber total unfähig. Ich habe keine Ahnung, wie die so jung Kommissarin werden konnte. Vermutlich Frauenquote.« Er lachte so heftig, dass er husten musste. Raucherlunge, dachte Krumme.

Er sah zu Böhme, die keine Regung zeigte, ihn nur weiter mit zusammengepressten Lippen betrachtete. Er wollte etwas sagen, aber Fichte kam ihm zuvor.

»Und ihr Freund, dieser Schwarzenegger-Verschnitt, das ist ebenfalls eine Niete. Wie heißt er noch, helfen Sie mir auf die Sprünge, Krumme?«

Krumme hüstelte. »Vielleicht meinen Sie Kriminalhauptkommissar Laue, aber ich …«

»Genau«, rief Fichte. »Der Kasper sitzt da auch nur zur Dekoration rum und …«

»Herr Fichte, bitte«, zischte Krumme, »genug jetzt!« Er strich sich mit der Hand über die Stirn. Sie war schweißnass.

Für einen Moment herrschte auf der anderen Seite Schweigen. Dann verstand Fichte. »Sagen Sie bloß, die ganze Bande hört mit?«

»In der Tat.« Krumme seufzte. Alle sahen ihn wie versteinert an. Nur die junge Kollegin der Sylter Schutzpolizei konnte sich ein Grinsen nicht verkneifen.

Fichte musste laut lachen. »Na ja, dann Hallo in die Runde. Ich hoffe, Sie haben meinem Freund nicht zu viel Schwachsinn erzählt?«

»Wir gehen hier gerade nur die Fakten durch, Herr Maurer«, sagte Böhme mit eisiger Stimme, ließ Krumme dabei aber nicht aus den Augen.

»Fakten? Am Arsch«, schimpfte Fichte. »Für euch Büttel steht bereits fest, wer der Mörder ist, oder nicht?«

Krumme versuchte es mit ruhigen Worten. »Nun, Herr Fichte, ich habe den Eindruck, dass hier sehr professionelle Kollegen an der Arbeit sind und dass bei der jetzigen Beweislage …«

Doch Fichte fiel ihm ins Wort. »Von wegen Beweislage. Die sollen ihre Arbeit machen, dann würde ihre Beweislage auch anders aussehen. Aber diese Kinder daddeln lieber an ihren Handys rum, statt wirklich zu arbeiten.«

Krumme bemerkte, dass zwei der jungen Kollegen tatsächlich ihr Telefon in der Hand hielten, es nun aber hastig auf den Tisch legten.

»Herr Maurer«, meldete sich jetzt wieder Böhme, »mir ist schon klar, dass Sie bei Ihrem Freund punkten wollen. Aber das ändert nichts an unseren Ermittlungsergebnissen.«

»Schon gut, Frau Kommissarin.« Fichte zog ihren Titel wie Kaugummi in die Länge. »Wir müssen hier nicht lange plaudern. Alles, was ich Ihnen zu sagen habe, habe ich Ihnen bereits gesagt. Krumme, sind Sie noch da?«

»Natürlich.«

»Dann sehen wir uns also später, wenn Sie fertig sind, oder wie sind Ihre Pläne?«

Krumme blickte hilflos zu seinen Kollegen. »Wir sollten uns unterhalten, ganz bestimmt.«

»Sie brauchen nichts zu sagen, mein Freund. Feind hört mit, richtig? Also dann, Sie wissen, wo Sie mich finden können. Ich stelle schon mal die Kaffeemaschine an.«

»Nicht nötig, ich …«

Aber Fichte hatte bereits aufgelegt.

Krumme nahm betreten sein Handy vom Tisch und steckte es in seine Jackentasche. Dann sah er in die Runde. Alle blickten ihn mit starren Mienen an.

Er sah zu Böhme, dann zu Laue. »Um das noch mal klarzustellen – er ist nicht mein Freund!«

12

Das Hotel war entzückend. Ein bisschen kitschig eingerichtet, mit dem schrägen Charme der frühen Siebzigerjahre. Schon in der Lobby hatten überall Porzellanfiguren auf den Tischchen gestanden. Ziemlich gewagt, fand Marianne, schließlich waren in diesem Hotel ja auch Hunde erlaubt. Aber die Eigentümer hatten offenbar nicht an so große Exemplare wie Sunny gedacht. Die junge Empfangsdame hatte denn auch etwas verhalten reagiert, als sie gemeinsam das Hotel betreten hatten. Tatsächlich hatte Sunny sich nur durch wiederholte strenge Ansagen davon abhalten lassen, aufgeregt herumzulaufen und alles zu beschnuppern, und selbst am Boden liegend war er mit seinem hin- und herschwingenden Schwanz noch eine Gefahr für die vielen Blumenvasen, die überall herumstanden.

Als Marianne dann den Schlüssel für das Apartment bekam, konnte sie es kaum glauben: Theos Vorgesetzter hatte für sie eine richtige Suite reserviert, mit Wohnraum und getrenntem Schlafzimmer, zwei Bädern und einem großen Balkon. Alles mit Liebe zum Detail eingerichtet und wunderbar geräumig. Kaum zu glauben, dass es innerhalb dieses Hotels, bei dem es sich im Grunde um einen großen Friesenhof handelte, so großzügige Räumlichkeiten gab.

Glücklich ließ sie sich auf das große Bett fallen. Sunny folgte ihr sofort, aber sie schob ihn lachend wieder runter.

»Nein, nix da, du hast deine eigene Kuschelecke.« Vor der Balkontür lag ein großes Kissen. Nicht so groß wie sein Schlafsack in Husum und eigentlich ein bisschen zu klein für Sunny, aber wie nett, dass hier sogar an so etwas gedacht wurde.

Krüger und seine Kollegen mussten wirklich eine gute Meinung von Theo haben, wenn sie ihm so eine teure Unterkunft bezahlten.

Sie dachte an seine betrübte Miene auf der Herfahrt und bekam sofort ein schlechtes Gewissen. Während sie sich hier auf dem Luxusbett wälzte, musste der arme Theo sich seinen Dämonen stellen. So in sich gekehrt und nachdenklich hatte sie ihn lange nicht mehr erlebt. Der Anruf in Husum hatte ihn richtig geschockt. Sie hatte mit ihm darüber reden wollen. Aber Theo mochte nicht so gerne reden. Und über seine Probleme schon gar nicht.

Sunny drückte seine große Schnauze in ihre Seite. »Schon klar, mein Kleiner«, lachte sie, »du willst endlich raus. Kein Wunder nach der langen Fahrt.« Sie schnappte sich die Leine und warf sich ihre Winterjacke über. »Komm, mal gucken, was hier in der Gegend so los ist.«

Als sie mit Sunny die Treppe in die Lobby herunterkam, stand eine ältere Dame in einem eleganten Wintermantel an der Rezeption. Sie machte einen aufgelösten Eindruck, schien den Tränen nah.

»Aber das kann nicht sein, ich habe doch noch letzten Monat mit ihr gesprochen«, sagte sie mit bebender Stimme.

»Tut mir sehr leid, Frau Lohrberg, aber Freifrau von Hasselt ist ganz plötzlich und unerwartet verstorben«, erklärte die junge Empfangsdame.

»Oh, wie furchtbar. Und im Sommer sind wir noch zusammen zum Kurkonzert gegangen ...«

»Tja, so schnell kann es gehen«, seufzte die Empfangsdame mitfühlend.

Marianne beobachtete, wie die ältere Dame für einen Moment hilflos dreinschaute und sich dann niedergeschlagen verabschiedete. Nach einem letzten traurigen Lächeln zu Sunny verließ sie das Hotel.

»Die arme Frau. Was ist denn passiert?«, erkundigte sich Marianne bei der Empfangsdame.

»Ach, das war Frau Lohrberg. Sie war gut befreundet mit einem Stammgast unseres Hauses, Freifrau von Hasselt«, sagte sie. »Sie waren letzten Winter schon einmal gemeinsam hier und für dieses Jahr wohl wieder verabredet. Leider ist die Freifrau inzwischen verstorben.«

»Eine Freifrau?«

»Landadel. Sie kam schon seit vielen Jahrzehnten nach Kampen. Früher hat sie sich mit dem Jetset an der Buhne 16 amüsiert. Zum Schluss hat es nur noch für einen Piccolo mit Frau Lohrberg im Gogärtchen gereicht.«

Marianne hatte nur eine grobe Ahnung, wovon die junge Dame, die sich als Tina vorstellte, sprach, wollte das aber lieber nicht zugeben. Stattdessen ließ sie sich von ihr erklären, wo man hier am besten spazieren gehen konnte.

»Gehen Sie einfach auf dem direkten Weg zum Meer, da ist auch der Hundestrand. Heute weht natürlich eine ziemlich steife Brise und kalt ist es auch. Aber ich glaub, das macht Ihrem Hund bestimmt nichts aus, oder?«, sagte sie, während sie sich hinunterbeugte, um Sunnys breiten Hals zu kraulen.

Die beiden kamen ins Plaudern, und schließlich zeigte die junge Frau Marianne, wo sie am Abend essen konnte, und gab ihr ein Faltblatt mit dem Kulturprogramm des nächsten Monats.

»Wie nett, es gibt auch Lesungen«, freute sich Marianne. Sie staunte. »Oh, sogar Ferdinand Gröde kommt hierher.«

Tina nickte. »Ja, toll, nicht wahr?«

»Wir haben ihn vorgestern im Kulturspeicher in Husum gesehen.«

»Und wie war's?«

Marianne dachte an den kleinen Schlagabtausch mit Theo. »Ich glaube, als Mensch ist er nicht ganz einfach.«

Tina lachte auf eine Weise, die Marianne ganz reizend fand. »Kann ich mir gut vorstellen. Mein Lieblingsautor ist er nicht. Zu viel Mord- und Totschlag. Ein bisschen mag ja gut für die Seelenhygiene sein. Aber eine zu hohe Dosis bekommt mir nicht.«

Mariannes Blick fiel auf ein Gemälde an der Wand des Flurs. »Ist das ein Bild von Adrian Maurer?«

Tina nickte. »Aber nur ein Druck. Ein Original von ihm können wir uns nicht leisten. Es hing eine Weile im Restaurant, bis einige Gäste sich beschwert haben. War ihnen zu ... intensiv.«

Marianne ging zu dem Bild und schaute es sich genauer an. Es zeigte einen Schiffsuntergang in stürmischer See. Keines der üblichen maritimen Bilder mit stolzen Windjammern oder alten Dampfern auf den Meeren dieser Welt. Das Bild hatte etwas Verstörendes. Es zeigte ungeschönt die brutale Gewalt der See – alles in flammenden Farben, die das Meer wie eine feurige Hölle zeigten. Eher expressionistisch als realistisch, aber ein von der Takelage enthaupteter Matrose, dessen Blut aus dem Hals spritzte, war deutlich zu erkennen. Marianne fröstelte unwillkürlich. Andere Bilder von Maurer mochte sie lieber. Kein Wunder, dass die Gäste so etwas nicht sehen wollten, wenn sie hier fein zu Abend aßen.

Sie bemerkte, wie Tina sie beobachtete. Offensichtlich hatte die Hotelangestellte etwas auf dem Herzen. Marianne lächelte sie freundlich an.

»Ich weiß, warum Sie hier sind«, sagte Tina, »oder zumindest Ihr Mann.«

»Ach ja?«

Tina zeigte auf das Ölbild. »Ihr Mann soll den Maurer schnappen, habe ich recht?«

Marianne nickte unsicher. Sie fühlte sich nicht befugt, zu dem Thema etwas zu sagen.

Tina stellte sich neben sie und senkte die Stimme. »Kriminaldirektor von Lahn ist Stammgast in unserem Haus. Nur das beste Zimmer für Herrn Krumme hat er zu mir gesagt. Und dass wir Ihnen alle Wünsche erfüllen sollen.«

»Wie nett.«

Die Hotelangestellte betrachtete sie auf einmal mit seltsam distanzierter Miene. Als würde sie überlegen, ob sie ihr trauen konnte. Schließlich fuhr sie fort: »Hier sind alle überzeugt, dass Maurer es gewesen ist. Dass er seine Frau umgebracht hat.«

Marianne seufzte. »Ja, eine schlimme Geschichte.«

Tina nickte. »Die Leiche wurde noch nicht gefunden. Aber die Küche soll über und über mit Blut bespritzt worden sein.«

»Ihh!«

»Ja, ekelig.«

Marianne blickte zu Sunny. Eigentlich hatten sie ja spazieren gehen wollen. Aber solange Tina ihn streichelte und kraulte, schien für ihn alles in Ordnung zu sein. Vielleicht schaffte sie ja, etwas über den Fall zu erfahren, um Theo ein wenig zu helfen.

»Kennen Sie ihn, diesen Maurer?«, fragte sie die junge Frau.

»Ein bisschen. Hier in Kampen ist er eine große Nummer. In fast jedem Hotel, Café oder Restaurant hängt ein Bild von ihm. Wir haben hier auch mal eine Ausstellung mit ihm gemacht. Da habe ich ihn kennengelernt.«

»Und? Wie ist er so?«

Sie lächelte. »Nett, sehr nett. Er hat mir an der Bar einen Gin Tonic ausgegeben, und wir haben ein bisschen geplaudert. Über Kunst und so.«

»Ach ja, über Kunst?«

»Ja, warum denn nicht? Denken Sie, ich habe keine Ahnung, nur weil ich hier im Hotel arbeite?«

Marianne sah sie überrascht an. Warum der plötzliche Stimmungswechsel? »Nein, das glaube ich bestimmt nicht. Ich dachte nur …«

»Was?«

»Ich dachte, Herr Maurer wäre ein … ein gefährlicher Mann.«

Tina schüttelte den Kopf. »Ja, das sagen viele. Aber nur weil sie ihn nicht richtig kennen.«

»Im Gegensatz zu Ihnen?«

»So lange haben wir auch nicht gesprochen. Trotzdem war da sofort eine … Verbindung zwischen uns. So was wie eine …«

»Seelenverwandtschaft?«, half Marianne.

Die junge Frau verschränkte die Arme vor der Brust und lächelte. »Genau, so könnte man es sagen. Herr Maurer war total beeindruckt, was ich alles weiß. Über Impressionismus und so. Er war wirklich sehr nett und charmant. Schließlich sind wir herumgegangen, und er hat mir etwas zu allen Bildern erzählt, die wir hier hängen haben.«

»Wie nett.«

»Nicht wahr?« Tina nickte stolz.

»Aber seine Frau war nicht dabei?«

»Die Russin? Nein.«

»Haben Sie sie auch mal kennengelernt?«

Sie schüttelte den Kopf. »Hätte mich auch nicht interessiert. Man weiß ja, wie diese russischen Frauen sind.«

»Wie denn?«

»Na, die schnappen sich reiche Männer und ziehen sie bis aufs Hemd aus.«

»Und Sie meinen, Frau Maurer war auch so eine?«

Tina zuckte mit den Schultern. »Keine Ahnung, vielleicht. Aber was die Leute so sagen, dass er sie geschlagen hat, das kann ich mir nicht vorstellen.«

»Sie meinen, sie hat gelogen?«

»Ich war ja nicht dabei. Aber Maurer ist ein sehr gebildeter Mann. Ich glaube einfach nicht, dass er Frauen schlägt. Und wenn doch ...«

»... dann, weil die Frau ihn provoziert hat?«, versuchte Marianne, ihren Gedanken zu Ende zu führen.

Tina schwieg einen Moment, dann schüttelte sie den Kopf. »Keine Ahnung, was da in seinem Haus in Keitum passiert ist. Aber, wie gesagt, zu mir war er sehr nett. Und wie ein Mörder hat er sich bestimmt nicht benommen.«

Kurz darauf spazierte Marianne mit Sunny durch Kampen, vorbei an den schönen Friesenhäusern und den vielen edlen Boutiquen und Geschäften. Aber in Gedanken war sie noch bei dem Gespräch mit Tina von der Rezeption. Wie passte das zu dem, was Theo ihr über Maurer gesagt hatte? War der Mann doch nicht das Monster, für das ihn alle hielten? Hatte er sich in den vergangenen dreißig Jahren einfach geändert? Oder war Tina nur ein liebes, aber ein bisschen naives Mädchen und auf den Charme des berühmten Malers hereingefallen?

So oder so, sie konnte es kaum abwarten, mit Theo darüber zu reden, und war gespannt, was er dazu sagte.

Sie überquerte mit Sunny gerade die Hauptstraße, als sie die ältere Dame aus der Hotellobby wiedertraf. Sie stand vor einer Boutique mit edlen Handtaschen. Aber es war sofort zu erkennen, dass sie die ausgestellten Waren kaum wahrnahm. Die arme Frau wirkte immer noch niedergeschlagen und in sich versunken.

Marianne empfand Mitleid mit der offensichtlich einsamen Frau. Sie waren eigentlich schon an ihr vorbeigegangen, als sie innehielt und noch mal zurück zu dem Laden sah.

Sie blickte zu Sunny hinab, der mit weit herunterhängender Zunge erwartungsvoll zu ihr heraufschaute.

»Was denkst du, mein Kleiner, wollen wir unseren Sylt-Urlaub mit einem guten Werk beginnen?«

13

Krumme holte tief Luft, zögerte, konnte sich nicht entscheiden, auf die Klingel zu drücken. Von oben im Haus erklang schwermütige klassische Musik. Fichte war also da, erwartete ihn. Doch Krumme war noch nicht bereit. Er drehte sich lieber um und betrachtete den Ausblick, der sich ihm vor Fichtes Haus bot.

Der kalte Wind hatte die letzten Wolken Richtung Festland geschoben. Eine kraftlose Sonne strahlte am blauen Himmel. Im Norden blitzte die Fähre auf ihrem Weg nach Rømø auf dem grauen Meer.

Krumme dachte daran, wie schön es wäre, jetzt auf diesem Schiff zu sein und zusammen mit Marianne und Sunny in ein fremdes Land zu schippern, weit weg von den unangenehmen Pflichten, die er auf dieser Insel zu erfüllen hatte.

Die Verabschiedung nach der Soko-Besprechung war kühl ausgefallen. Krumme hatte seinen neuen Kollegen angeboten, zusammen zu Fichte zu fahren. Ein Angebot, das aber niemand ernst genommen hatte. Zu Recht, denn Krumme wusste nur zu gut, dass Fichte, wenn überhaupt, nur mit ihm allein reden würde.

Aber was war das Ziel seines Gesprächs? Sollte er Fichte dazu bringen zuzugeben, dass er seine Frau umgebracht hatte? Gemeinsam mit ihm auf die guten alten Zeiten anstoßen, die für Krumme in Wirklichkeit ein dunkler Albtraum gewesen waren?

Er wusste es nicht. Wahrscheinlich würde sich schon bald zeigen, dass er nicht mehr erreichte als das Soko-Team. Und damit auf der Insel völlig überflüssig war.

Krumme seufzte. Je schneller er die Angelegenheit hinter sich brachte, desto besser. Er drückte auf die Klingel. Im Innern erklang eine tiefe Glocke, so laut, dass Krumme erschrocken zusammenzuckte. Er wartete, aber nichts geschah. Niemand kam, um ihm zu öffnen.

Hatte Fichte ihn nicht gehört? Er klingelte erneut. An der Lautstärke der Glocke konnte es nicht liegen, dass der Kerl nicht reagierte.

Ob etwas nicht in Ordnung war? Krumme ertappte sich bei dem angenehmen Gedanken, dass es Fichte selbst erwischt hatte und er beim Klang seiner Lieblingsmusik selig entschlafen war.

Er wollte gerade ein drittes Mal klingeln, als die Haustür aufgerissen wurde und Fichte vor ihm stand, gesund und munter, aber mit mürrisch abweisender Miene.

»Ach, Sie sind's«, begrüßte er Krumme.

»Überrascht? Ich sollte doch sofort kommen.«

Fichte trat zur Seite und forderte ihn mit einer herrischen Geste auf einzutreten. »Sind Sie aber nicht.«

»Wie Sie sich denken können, gab es mit den Kollegen noch einiges zu besprechen.«

Fichte musterte ihn. »Tee? Kaffee habe ich nicht mehr.«

Krumme nickte. »Tee ist gut.«

Ohne ein weiteres Wort marschierte Fichte in den dunklen Flur und verschwand durch eine Tür. Krumme hörte das Klappern von Geschirr, also musste sich dort die Küche befinden.

Der Tatort, dachte er.

Krumme zog seine Handschuhe, Winterjacke und Schal aus und legte alles auf die Ablage einer kleinen, völlig zugehängten Garderobe.

Er schaute sich um. Dass er im Haus eines Malers stand, war sofort zu erkennen. Fichte hatte neue Leinwände bekommen, die sich weiß und unschuldig neben der Tür stapelten. Es roch nach Terpentin und Ölfarbe. Und an den Wänden hingen viele kleinformatige Skizzen, Aktstudien, aber auch Skizzen mit abstrakten Formen und Gebilden.

Schon beeindruckend, aber auch verstörend.

Bereits bei dem ersten Fall vor fast dreißig Jahren hatte Krumme einige Bilder von Fichte gesehen. Schnell hingeworfene Kohlezeichnungen mit entstellten nackten Leibern, die Krumme schon damals abstoßend gefunden hatte.

Als er die Küche betrat, stand Fichte neben dem Kühlschrank und schaute mit abwesender Miene aus dem Fenster hinaus in den Garten. Er schien Krumme überhaupt nicht wahrzunehmen. Der nutzte den Augenblick, um sich umzuschauen.

Die Schränke, der schwere Eichentisch, die Stühle,

alles im friesischen Stil. Die Wände waren mit Delfter Fliesen mit maritimen Motiven verkleidet. Krumme sah genauer hin: Fichte hatte doch tatsächlich auf vielen der Kacheln eigene Motive hinzugefügt oder Objekte weiß übermalt. Man sah Windmühlen mit nur drei Flügeln und Segelschiffe, die gerade in Flammen aufgingen.

Doch ansonsten war in der Küche nichts Bemerkenswertes zu sehen – schon gar nichts von dem Blut. Nachdem die Spurensicherung hier gewesen war, hatte die Putzfrau offenbar gründlich klar Schiff gemacht.

Fichte rührte sich immer noch nicht. Erst als Krumme sich leise räusperte, löste er sich aus seiner Starre.

»Bitte«, murmelte er, zog den Teebeutel aus einem Becher und reichte ihn Krumme.

»Danke«, erwiderte der und nippte höflich an dem Tee, der zum Trinken aber noch viel zu heiß war.

Erneutes Schweigen. Wieder guckte Fichte nachdenklich aus dem Fenster.

Krumme räusperte sich erneut. »Also, da wär ich nun«, sagte er.

»Psst«, zischte Fichte verärgert.

»Wie bitte?«

»Leise! Hören Sie gefälligst zu!«

Krumme sah seinen Gastgeber verwirrt an. Jetzt erst bemerkte er, dass im Obergeschoss noch immer Musik lief.

»Die *Winterreise*«, flüsterte Fichte. »Wundervoll.«
Krumme fehlten die Worte.

Fichte erriet seine Gedanken. »Jetzt sagen Sie bloß, Sie kennen Schuberts *Winterreise* nicht?«

»Doch, doch, natürlich«, log Krumme, der sich vor Fichte nicht die Blöße geben wollte, ein Kulturbanause zu sein.

Der Maler schloss die Augen, lauschte dem klagenden Bariton. »Im Herzen des Wanderers herrscht Winter«, begann Fichte zu erklären. »Seine Geliebte hat ihn verlassen. Nun gibt es nichts mehr, was ihn noch zurückhält. Er bricht auf, will alles hinter sich lassen. Was ihm nicht leichtfällt – immer wieder blickt er zurück, erinnert sich an glücklichere Tage.«

Was sollte das Schmierentheater? Krumme hüstelte. »Wenn ich richtig informiert bin, haben Ihre glücklichen Tage genau hier ein recht abruptes Ende gefunden«, sagte er.

»Was?« Fichte fuhr ihn so aufgebracht an, dass Krumme erschrocken einen Schritt zurück trat. Fichte war mit seinen fast siebzig Jahren immer noch ein kräftiger, groß gewachsener Mann. Krumme war überzeugt, dass er ihm mit seinen großen, groben Händen ohne Probleme sofort den Hals umdrehen konnte.

»In der Küche ist es doch passiert«, fuhr Krumme mutig fort. »Hier wurde Ihre Frau umgebracht.«

»Meine Frau ist verschwunden! Ich weiß nicht, wo sie ist!«

»Ich habe das Foto mit dem Blut gesehen. Auch auf dem Messer gab es Spuren. Wieder einmal spricht alles dafür, dass Sie der Täter sind, und wieder einmal leugnen Sie.«

»Ich habe Karina aber nicht ermordet.«

»Was ist dann hier passiert? Sagen Sie es mir!«

Fichte schwieg, sah erneut aus dem Fenster. War er in Gedanken wieder bei seiner Musik? Nichts hatte sich seit ihrem letzten Treffen in dem Berliner Gerichtssaal geändert.

»Wenn Sie sie nicht umgebracht haben, wer dann? Haben Sie einen Verdacht?«

Aber Fichte schwieg. Stattdessen blickte er wieder aus dem Fenster, versunken in seine eigene Welt. Krumme kniff die Augen zusammen. Konnte es sein, dass seine Lippen stumme Worte flüsterten? Krumme wurde nicht schlau aus dem Kerl.

»Also noch mal, Sie haben mich angerufen, wollten mich unbedingt sprechen. Jetzt bin ich hier. Was haben Sie mir zu sagen, was Sie meinen Kollegen von der Sonderkommission nicht erzählen wollten?«

Fichte wandte sich zu ihm um. Zum ersten Mal schien er ihn wirklich zu betrachten.

»Sie sind alt geworden, Krumme«, sagte er unvermittelt und legte seinen Kopf schief. »Fast kahl. Falten wie ein überreifer Apfel, krummer Rücken.«

Krummes Miene verfinsterte sich. »Mein Aussehen geht Sie nicht das Geringste an. Und jetzt Schluss mit dem Gerede! Warum sollte ich unbedingt ganz aus Husum hierherkommen? Wollen Sie mir einen Doppelmord beichten?«

Fichte betrachtete ihn argwöhnisch, ließ sich aber von ihm nicht provozieren. Im Gegenteil, er lächelte, schüttelte mitleidig den Kopf, als wäre Krumme nur ein dummer Junge, der keine Ahnung hatte, wie es zuging in der großen Welt.

»Kommen Sie.«

»Wohin?«, fragte Krumme, aber Fichte hatte schon die Küche verlassen. Seufzend folgte er ihm wieder zurück durch den Flur und dann eine Holztreppe hinauf in den ersten Stock.

Das ganze Dachgeschoss war ein einziger hoher Raum – Fichtes Atelier. Grelles, nur durch den Schnee gedämpftes Licht fiel durch zwei große Dachfenster. An der Wand zur Linken befand sich die Tür, die hinaus zu der Außentreppe führte, auf der Krumme den Maler heute Mittag gesehen hatte. Überall standen Leinwände an den Wänden und auf verschiedenen Staffeleien. Manche Bilder waren offensichtlich fertiggestellt und bereits gerahmt. Viele waren noch in Arbeit, rohe Entwürfe, Perspektivskizzen oder auch nur einzelne Details. Nur selten war zu erahnen, was aus diesen Bildern werden sollte. Aber es war erstaunlich, wie vielseitig Fichte war und an wie vielen Werken er gleichzeitig arbeitete. Eindeutig manisch, dachte Krumme, nicht nur was sein Verhältnis zu Frauen anging.

Überall lagen ausgequetschte Tuben mit Ölfarben herum, dazu Paletten mit bunten Miniaturgebirgen. Auch auf dem Boden und sogar an den Wänden zeugten Farbkleckse davon, mit wie viel Temperament Fichte seine Kunst ausübte und dabei keine Rücksicht auf seine Umgebung zu nehmen schien.

Neben einem der Stützpfeiler in der Mitte des

Raums standen randvolle Pinselbecher, dazu diverse Flaschen mit Terpentin und anderen leicht entflammbaren Flüssigkeiten mit den entsprechenden Warnaufklebern. Warnungen, die Fichte egal waren: Auf einem kleinen Hocker entdeckte Krumme einen riesigen Aschenbecher, randvoll mit Kippen.

An einer Wand bestaunte Krumme eine Serie von großflächigen Ölgemälden, die alle nur das tosende Meer, die Wellen und die rauschende Brandung zeigten. Nicht in naturalistischen Farben, sondern in Lila, Rot oder sogar grellen Grün- und Gelbtönen. Das immer wilde Meer – ein Motiv, das auch Krumme in seinen Jahren in Nordfriesland zu lieben gelernt hatte. Es jetzt so anders, so entfremdet zu sehen, war für ihn eine überwältigende, aber auch verwirrende Erfahrung. Fichte hatte bei jedem Bild versucht, die grenzenlose, ungezähmte Kraft der See mit seinen Mitteln darzustellen, mit immer neuen Farben und Perspektiven. Das in leuchtenden Rottönen gemalte Meer mit den aufgewühlten Wellen und der spritzenden Gischt unter den tief hängenden Wolken hatte nichts von der heimeligen Naturromantik anderer Nordseemaler, sondern wirkte für Krumme wie ein Blick in dunkelste Abgründe. Er hielt sich wirklich nicht für einen Kunstkenner. Aber Fichte war eindeutig ein Genie.

Ein unheimliches Genie.

Krumme war überzeugt: Jemand, der solche Bilder malte, war zu allem fähig.

»Und?«, fragte Fichte, dem nicht entgangen war, wie gebannt Krumme seine Bilder betrachtete.

Krumme suchte nach Worten. »Beeindruckend. Wenn ich daran denke, dass Sie damals in Neukölln ein einfacher Kunstlehrer waren. Offensichtlich haben Sie sich weiter entwickelt.«

»Sie interessieren sich nicht für Kunst, habe ich recht?«, fragte Fichte enttäuscht.

Krumme zeigte auf die Signatur auf einem der Bilder. »Wieso sind Sie nicht bei Ihrem alten Namen geblieben? Wieso Adrian Maurer? Glauben Sie, der Name verkauft sich besser?«

Fichtes Miene verdunkelte sich. »Es wird Sie freuen zu hören, dass ich nach dem Gerichtsverfahren damals in Berlin zwar offiziell unschuldig, aber als Lehrer erledigt war. Obwohl ich freigesprochen worden war, sah jeder in mir nur noch den Mörder, den Frauenschlächter …«

»Der Sie meiner Meinung nach auch waren«, warf Krumme ein.

Fichtes Augen funkelten. »Ich habe meine Stelle verloren und keine Schule in Berlin wollte mir eine neue geben. Wie ein Aussätziger wurde ich behandelt. Schließlich habe ich beschlossen, einen neuen Namen anzunehmen und die Stadt zu verlassen, um hier auf Sylt, weit weg von Berlin, einen Neuanfang zu wagen.«

»Niemand hier weiß von Ihrem …«, Krumme zögerte. »… von Ihrem Vorleben?«

Fichte schüttelte den Kopf. »Erst jetzt wird der ganze Dreck wieder aufgewühlt.«

»Wollen Sie Mitleid? Ausgerechnet von mir? Sollte ich deshalb hierher auf die Insel kommen?«

Eine Weile starrte Fichte ihn voller Wut und Verachtung an. Dann wandte er sich abrupt um, lief zu einer Staffelei und drehte sie so, dass Krumme das Bild sah.

Es zeigte eine nackte, stehende Frau. Noch unfertig, soweit Krumme es beurteilen konnte. Eine nackte, junge Frau, in einer anmutigen, aber gleichzeitig auch seltsam verdrehten Körperhaltung.

Ein Gesicht war auf dem Bild nicht zu sehen. Krumme setzte sich extra seine Brille auf, um das für Fichte offensichtlich bedeutsame Gemälde zu begutachten. Der Maler stand hinter ihm und wartete mit verschränkten Armen auf seine Reaktion.

»Wer soll das sein? Etwa ...?«

Fichte nickte. »Karina.«

»Sie hat kein Gesicht«, sagte Krumme.

Fichte stöhnte. »Sie sind ein solcher Ignorant.«

Krumme nahm seine Brille wieder ab. »Verstehen Sie mich nicht falsch, das Bild gefällt mir. Irgendwie.«

Fichte betrachtete ihn einen Moment, schüttelte dann abschätzig den Kopf und wandte sich wieder seinem Gemälde zu, hatte von einem Augenblick zum anderen nur Augen für sein Werk. Schwieg und schien seinen Gast überhaupt nicht mehr wahrzunehmen.

Krumme räusperte sich unwohl, wollte etwas sagen, doch Fichte kam ihm zuvor.

»Das ist die Frau, der ich meine Liebe geschenkt habe, die ich in mein Herz gelassen habe. Die Frau, die ...«

»... Sie immer wieder verprügelt haben«, beendete Krumme den Satz.

Fichte fuhr zu ihm herum. »Vielleicht war es doch ein Fehler, Sie anzurufen«, zischte er.

»Es gibt Zeugen, die ausgesagt haben, dass Sie Ihre Frau wiederholt geschlagen haben. Nachbarn berichten von Schreien und blauen Flecken im Gesicht Ihrer ...«

»Verschonen Sie mich mit diesem Pack!«, unterbrach ihn Fichte. »Missgünstige Kleingeister, die mir meinen Erfolg nicht gönnen.«

»Vielleicht. Aber dass Sie Ihre Frau geschlagen haben, bestreiten Sie nicht?«

Fichte verdrehte die Augen. »Verschonen Sie mich mit dem Geschwätz dieser Kindsköpfe von der Soko.«

»Also? Haben Sie oder haben Sie nicht?«

»Wir ... wir hatten eine leidenschaftliche Beziehung.«

»So ein Blödsinn. Blaue Flecken haben mit Leidenschaft nichts zu tun.«

»Ich dachte, Sie hätten mehr Lebenserfahrung!«

»Lebenserfahrung bedeutet für mich nicht, dass ich dem Menschen, den ich liebe, ab und an mal eine scheuern muss.«

Der Maler schüttelte den Kopf, strich sich mit gequälter Miene durch seine strubbeligen Haare, blickte durch das große Fenster hinaus in den Winter und tauchte in seine eigene Welt ab. Krumme hatte keine Ahnung, was für dunkle Gesetze dort galten. Aber er war sicher, dass er an diesem Ort die Lösung für beide Mordfälle finden konnte.

»Wollen wir endlich über die Mordnacht reden?«

Krumme versuchte, einen versöhnlichen Ton anzuschlagen. »Was ist in jener Nacht passiert? Wie ist Ihre Frau gestorben, wenn Sie es nicht gewesen sind?«

Fichte schwieg. Krumme konnte sehen, wie seine Kiefer mahlten.

»Ich habe keine Ahnung, was in der Nacht passiert ist«, sagte er schließlich leise.

»Kommen Sie, Fichte. An irgendetwas *müssen* Sie sich erinnern!«

Keine Reaktion bei Fichte, der jetzt mit seltsam melancholischer Miene auf das Bild seiner nackten Frau starrte.

»Fichte!«

»Halten Sie endlich die Klappe, Krumme!«

»Was bilden Sie sich ein? Nicht ich wollte mit Ihnen sprechen, sondern ...«

»Nicht jetzt«, unterbrach ihn Fichte, ohne sich zu Krumme zu wenden, aber mit einer Kälte, die ihn frösteln ließ. »Bitte gehen Sie. Sofort! Ich will jetzt allein sein mit Karina.«

14

»Er hat dich rausgeschmissen?« Marianne konnte es nicht glauben.

»Er wollte seine Ruhe haben«, erwiderte Theo. »Da bin ich gegangen. Ist schließlich alles nur inoffiziell. Wenn er nicht mit mir reden will, kann ich ihn nicht dazu zwingen.«

»Warum wollte er dich dann überhaupt sehen?«

Theo zuckte mit den Schultern. »Wohl nur, um mir zu zeigen, wie sehr er um seine Frau trauert. Hat mir sogar ein Aktbild von ihr gezeigt. Als Beweis, wie sehr er sie liebt.«

»Ein Aktbild? Von Karina?«

»Könnte theoretisch auch von einer anderen Frau gewesen sein. Ihr Gesicht war nur angedeutet.«

Marianne verzog den Mund. »Schon ein bisschen unheimlich.« Sie hatte sich auf die Chaiselongue im Wohnzimmer gelegt, während Sunny leise auf seinem Kissen vor dem Kamin schnarchte. Auch sie würde an diesem Abend nicht alt werden, der lange Spaziergang an der frischen Luft hatte sie müde gemacht.

Der arme Theo dagegen konnte noch immer nicht zur Ruhe kommen. »Was für ein Irrer!«, schimpfte er, während er auf den Bildschirm des Laptops starrte.

»Ich komme ganz aus Husum hierher und dieser Schwachkopf spielt mir so ein dämliches Theater vor.«

Sie betrachtete ihn mit einem mitfühlenden Lächeln. »War es wirklich so schlimm?«

»Ich hätte genauso gut zu Hause bleiben können. Richtig geredet haben wir nicht.« Er sah grimmig zu ihr auf. »Du hättest mal seine anderen Bilder sehen sollen. Er kann wirklich gut malen, das muss ich zugeben. Einige Bilder haben mir fast ein bisschen gefallen. Aber da gab es auch andere, düster und voller Abgründe. Was für ein Freak.« Er schüttelte den Kopf. »Aber ich hab natürlich auch keine Ahnung von Kunst.«

Sie dachte an das Bild des geköpften Seemannes, das sie unten im Hotel gesehen hatte, und nickte. »Nein, du hast recht. Einige seiner Bilder sind wirklich sonderbar.«

Krumme blickte wieder auf den Rechner. »Ich hoffe, ihr hattet einen schöneren Tag?«

»Sunny und ich haben heute auf dem Weg eine sehr nette ältere Dame aus München kennengelernt. Wir haben zusammen einen langen Spaziergang durch die Dünen gemacht. Traumhaft, auch wenn wir ganz schön durchgepustet wurden. Mir ist fast die Nase abgefroren. Zum Glück gibt es da dieses Café oben in den Dünen, da haben wir uns aufgewärmt. Der Apfelkuchen dort ist köstlich, da müssen wir unbedingt auch mal hin. Obwohl es ziemlich teuer war.«

»Mal schauen, ob ich dafür Zeit habe«, brummte Theo.

»Schließlich hat die Dame uns ins Gogärtchen eingeladen, ein sehr gutes Restaurant mit Bar hier um die Ecke. Sehr gemütlich. Leider ebenfalls teuer. Sie wollte auch was essen, aber ich habe ihr gesagt, dass ich später mit dir essen würde.« Theo wirkte nicht beeindruckt, nickte nur. Marianne betrachtete bekümmert sein müdes Gesicht. »Dieser Maurer scheint wirklich ein seltsamer Mann zu sein«, fuhr sie fort. »Aber er hat auf der Insel auch Freunde.« Sie erzählte Theo von ihrem Gespräch mit Tina, davon, wie nett der Maler zu ihr gewesen war.

Theo hörte jetzt aufmerksam zu. »Du hast gesagt, diese Tina ist hübsch?«

»Doch, ja. Sehr süß.«

»Dann war seine Freundlichkeit nur Masche«, sagte Theo und winkte ab.

»Glaubst du?«

Theo sah sie eindringlich an. »Marianne, Fichte ist ein Narzisst, ein Egomane, ein Psychopath. Und er ist schlau. Er weiß genau, wie er Menschen manipulieren kann. Er hat gesehen, dass da ein junges Mädchen ist, das ihn bewundert. Klar, dass er da auch charmant sein kann.«

»Also, ich habe ihn ja nicht persönlich kennengelernt …«

»Und das wirst du auch nicht! Denk daran, was du mir versprochen hast!«

»… aber meinst du nicht, dass du etwas übertreibst?«

Theo verdrehte die Augen. »Du hättest erleben sollen, wie er damals mit der Richterin in Berlin umgesprungen ist. Erst hat er versucht, mit ihr zu flirten, hat ihr Komplimente gemacht, zu ihrer Frisur und ihrem Aussehen. Aber als sie nicht darauf eingegangen ist, hat er sie von einem Moment zum anderen beleidigt und beschimpft.«

Marianne nickte, versuchte, diese Informationen zu verarbeiten, obwohl sie gerade merkte, dass das letzte Glas Grauburgunder vielleicht zu viel gewesen war.

»Glaub mir, der Mann ist ein Irrer!«, fuhr Theo aufgewühlt fort. »Er soll manchmal wie ein Tier über seine Frau hergefallen sein. Hat sie immer wieder geschlagen, vor allem wenn er betrunken war. Die halbe Insel wusste über seine Exzesse Bescheid.«

»Und keiner hat der armen Frau geholfen?«

Theo zuckte mit den Schultern. »Es gab Nachfragen. Sylter Kollegen haben an der Tür geklingelt und sich erkundigt, ob alles in Ordnung ist. Das hat Karina Maurer immer bestätigt. Also mussten sie wieder gehen.«

»Bestimmt stand ihr Mann hinter ihr.«

»Ich nehme mal an, dass die Kollegen darauf bestanden haben, allein mit ihr zu sprechen. Steht bestimmt in den Protokollen, die auf diesem Server liegen. Aber um die zu lesen, müsste ich erst mal in dieses bescheuerte WLAN kommen.«

Marianne sah ihn überrascht an. »Aber das ist doch ganz einfach.« Sie stand auf, ging zu ihm und schaute über seine Schulter. Mit zwei, drei Klicks hatte sie das Problem gelöst.

Theo rückte seine Brille zurecht und sah ungläubig auf den Bildschirm, wo sich jetzt mehrere Fenster mit diversen Dateien öffneten.

»Mensch, Theo, ich liebe dich. Aber wo hast du die letzten zwanzig Jahre gelebt, dass du dich bei Computern so ungeschickt anstellst?«

»In Husum kümmert sich Pat um solche Dinge«, gab Theo kleinlaut zu.

»Mach doch mal einen Kurs bei der Volkshochschule. Da gibt es tolle Angebote. Computer für Senioren. Ich kann dir das Programm mal mitbringen.« Sie grinste.

Theo warf ihr einen bösen Blick zu. Dann sah er auf die endlose Dokumentenliste.

Marianne schaute ihm über die Schulter. »Musst du die alle lesen?«

»Ich darf mir vor denen von der Soko keine Blöße geben. Die halten mich sowieso schon für einen alten Mann, der keine Ahnung hat.«

»Du Armer.« Marianne drückte ihm einen Kuss auf den zerzausten Kopf, schnappte sich ein Buch, um sich wieder auf die Chaiselongue zu legen. Doch die Gedanken an den Maler und seine Frau ließen sie nicht los.

»Wenn dieser Maurer wirklich so ein Widerling ist, warum hat seine Frau ihn dann nicht einfach verlassen? Warum hat sie sich alles gefallen gelassen? Und ihn sogar geheiratet!«

Theo überlegte. »Weil sie finanziell abhängig von ihm war? Weil sie ihm hörig war? Und wer weiß, solange es keine Leiche gibt …« Er zuckte mit den Schultern.

»Was?«

»Nun, solange wir ihre Leiche nicht finden, ist nicht ausgeschlossen, dass sie ihn nicht doch verlassen hat.«

15

Als hätte jemand den Ton abgestellt, legte sich plötzlich eine große Stille über die Welt. Das Meer, das eben noch seine rauschenden Wellen beständig gegen das Land getrieben hatte, verstummte, genau wie die sonst so lauten Möwen und die schnatternden Enten.

Die Frau stand auf einmal mitten auf dem Weg, der vom Watt hinauf in den schlafenden Ort führte, regungslos, seltsam aufrecht wie eine Puppe, trotz der bitteren Kälte nur in einem dünnen Pullover und Jeans. Die Arme eng an den schlanken Körper gedrückt, die sanft geschwungenen, vollen Lippen leicht geöffnet.

Es hatte zu schneien begonnen. Schneeflocken legten sich auf ihre langen blonden Haare, auf ihre schmale Nase, auf ihre bleichen Wangen. Es schien sie nicht zu stören. Die Frau rührte sich nicht, hob nicht die Hände, um sich den Schnee von der Haut zu streichen. Ihre wasserblauen Augen waren auf ein Haus gerichtet, das sich hinter einem Steinwall in einem Garten befand, der sich an einen niedrigen Hügel schmiegte.

Ein lautes Bellen riss sie aus ihrer Erstarrung. Ein in eine dicke Jacke gehüllter Mann stapfte den Weg herauf, vorbei am Dünengras und an einer einsamen

Laterne, hinter der ein enger Hohlweg zu einer kleinen Anhöhe führte, wo das Licht einer weiteren Straßenleuchte das nahe Dorf anzeigte. Ein Labrador sprang um seine Füße herum und schnappte ausgelassen nach Schneeflocken.

Doch dann schien er was zu wittern. Er hörte auf zu bellen und lief schnuppernd, soweit es die Leine erlaubte, in das hohe Gras. Er knurrte leise, blickte dabei aufmerksam in den immer stärker fallenden Schnee.

»Was ist denn, Tobi? Ist da eine Katze?«, wollte der Mann wissen. Er blieb im schwachen Licht der Laterne stehen, der Kragen hochgeklappt, und schaute mit zusammengekniffenen Augen den Weg hinauf.

Zu ihr.

Er stutzte, wischte sich mit dem Ärmel über sein Gesicht.

»Hallo?«, rief er mit unsicherer Stimme in die Nacht, während sein Hund die Ohren anlegte.

Doch die Frau rührte sich nicht. Mit dem Schnee auf ihrem Körper wirkte sie wie eine Statue in der Winterlandschaft. In diesem Moment tauchte der Halbmond hinter einer Wolke auf und warf sein kühles Licht über die Anhöhe. Und auf sie. Aber nur für einen Augenblick, dann war wieder alles dunkel.

Der Mann wandte sich abrupt ab, zog an der Leine. »Komm Tobi, wir nehmen einen anderen Weg«, flüsterte er seinem Hund zu und ging zurück auf den Pfad am Watt entlang. Mit hastigen Schritten marschierte er davon. Wenig später waren er und sein Hund in der Dunkelheit der Nacht verschwunden.

Die blonde Frau drehte sich wieder zu dem einsamen Reetdachhaus um. Schnee rutschte dabei lautlos von ihrem Körper auf den Boden, aber sie beachtete ihn gar nicht. Ihr Blick ging zu dem einzigen beleuchteten Fenster, oben im Giebel, hinter einer Treppe. Ein Schatten tauchte im Zimmer auf. Ob es sich um einen Mann oder eine Frau handelte, war nicht zu erkennen. Nur dass die Person langsam im Zimmer auf und ab ging.

Die bleiche Stirn der Frau legte sich in Falten, sie presste die Kiefer aufeinander.

Erneut ging ein Ruck durch ihren schlanken Körper.

Die scharfen Steine auf dem Weg schnitten ihr in die nackten Füße, aber sie schien es nicht zu spüren, als sie sich wie ein Schatten weiter auf das Haus zu bewegte.

16

Es war bereits nach Mitternacht und Marianne schon lange ins Bett gegangen. Aber Krumme saß noch vor dem Computer. Mit einem mittlerweile kalten Kaffee in der Hand starrte er müde auf den Bildschirm und informierte sich über den aktuellen Ermittlungsstand der Soko.

Und was sollte er sagen? Seine Vorgesetzten, die drei Herren in Husum, Flensburg und Kiel lagen falsch. Von wegen Jugend forscht! Die Soko in Westerland leistete ausgezeichnete Arbeit. Gerade hatte er die Abschriften sämtlicher Vernehmungsprotokolle mit praktisch allen Nachbarn von Fichte in Keitum gelesen, sich durch den Befund der Pathologie und die Ergebnisse der Spurensicherung gekämpft. Die Kollegen hatten tatsächlich in alle Richtungen ermittelt. Sie waren von Anfang an von Mord ausgegangen, hatten aber auch die Möglichkeit einer raffinierten Intrige nicht ausgeschlossen. Doch die entsprechenden Nachforschungen hatten in eine Sackgasse geführt. Offensichtlich hatte Karina Maurer einigen Kolleginnen erzählt, dass sie ihren Mann am liebsten verlassen würde. Aber nichts deutete darauf hin, dass sie es dann auch getan hatte. Stattdessen hatten Nachbarn davon gesprochen, dass die junge Frau ihrem viel älteren Mann regelrecht hörig gewesen war. Selbst bei Gesprächen auf der Wache in Westerland hatte sie bestritten, von ihm schlecht behandelt worden zu sein.

In der Summe schien die Sache klar, alles sprach gegen Fichte, nicht nur die Indizien und Spuren, sondern vor allem sein jähzorniger Charakter. Krumme kam das bekannt vor.

Am betreffenden Tag hatten Nachbarn laute Schreie aus dem Haus gehört. Fichtes Fingerabdrücke befanden sich – wenig überraschend – nicht nur überall in der Küche, sondern auch auf der vermeintlichen Tatwaffe, einem Messer, auf dem die Ermittler Karinas Blutspuren entdeckten. Dazu gab es einen Zeugen, der behauptete, Fichte in der Tatnacht, im Schneetreiben, mit einem gefüllten Sack in einer Schubkarre auf dem Weg zum Watt gesehen zu haben. Böhme und Laue hatten eine halbe Hundertschaft Beamter zu der entsprechenden Stelle am Meer geschickt, aber außer ein paar Reifen und rostigem Schrott nichts gefunden.

Wenn die Frau ermordet worden war, sprach eigentlich alles gegen Fichte. Doch er hatte ein Alibi, hatte in der Nacht einen Freund besucht, einen ebenfalls fragwürdigen Charakter, der allein in einem heruntergekommenen Haus in Tinnum, einem Vorort von Westerland, hauste. Dann hatte Fichte auf dem Rückweg eine Flasche Schnaps in einem Kiosk gekauft.

Alle diese Fakten, Hinweise, Aussagen und Indizien hatten die Kollegen der Soko sorgfältig zusammengetragen und auf einem geschützten, internen Server gespeichert, auf den alle gemeinsamen Zugriff hatten.

Insgesamt ausgezeichnete Arbeit. Stellte sich die Frage, wie er hier überhaupt noch helfen konnte. Hatte er wirklich einen besseren Zugang zu Fichte? Nach seinem heutigen Erlebnis hatte Krumme große Zweifel. Der Mann war ein Irrer, früher oder später würden Böhme und Laue auch allein die entscheidenden Beweise finden. Vielleicht sollte er mit Krüger und seinen Freunden telefonieren und ihnen sagen, dass der Fall in guten Händen war und sie ihn wieder abziehen sollten.

Aber was, wenn die jungen Kolleginnen und Kollegen genauso wenig Erfolg hatten wie sie damals in Berlin? Sollte Fichte wieder mit einem Mord davonkommen? Und wieder durch seine Schuld – dieses Mal, weil er zu früh aufgeben hatte, obwohl er vielleicht doch etwas zur Lösung des Falls beitragen konnte. Etwas, von dem er im Moment nicht wusste, was.

Er klickte noch mal zu den Fotos vom Tatort. Betrachtete den Blutfleck in der Küche. Die umgestürzten Stühle, das schmutzige Geschirr und die Porzellanscherben am Boden.

Krumme raufte sich die Haare. Was genau war dort passiert? Die Hinweise waren überdeutlich, kaum zu glauben, dass Fichte so dumm gewesen war, sie nicht sorgfältig zu beseitigen. Er hatte zugegeben, in der Tatnacht eine Flasche Rotwein, zwei, drei Gin Tonics und mehrere Biere getrunken zu haben. Was, wenn er in der Nacht nicht bei Sinnen gewesen war? Sich wirklich nicht mehr erinnern konnte?

Krumme lehnte sich zurück und schaute aus dem Fenster in die dunkle Nacht. Ein Sturm war aufgekommen, das war hier oben unter dem Dach gut zu hören. Sunny war Marianne nicht ins Schlafzimmer gefolgt, sondern schnarchte immer noch bei ihm im Wohnzimmer auf seinem Schlafkissen. Krumme beneidete ihn um seinen tiefen Schlaf!

Er betrachtete wieder das Foto von Fichtes Küche. Doch seine Gedanken gingen zurück zu dem anderen Tatort in der Kleingartensiedlung in Berlin-Neukölln vor fast dreißig Jahren.

Damals hatte es auch eine Leiche gegeben. Krummes erstes Mordopfer, vorher hatte er nur einmal einen Toten nach einem Verkehrsunfall gesehen. Der hatte auch schrecklich ausgesehen. Aber kein Vergleich zu der jungen Frau …

Er schloss die Augen und stand, wie so oft in seinen Albträumen, wieder vor der kleinen Laube. Ein erfahrener Streifenpolizist hatte ihn, den noch jungen Kripobeamten gewarnt. »Ganz schrecklich. Ein Schlachtfest. Hoffentlich hast du noch nichts gegessen.«

Und tatsächlich war ihm die Pizza bis nach oben in den Hals gerutscht, als er die Hütte betreten und die Frau auf dem Boden entdeckt hatte.

Agnes Mahler, eine junge Lehrerin, ein ähnlicher Typ wie Karina, blond, mit hohen Wangenknochen und großen braun-grünen Augen. Er konnte sich genau an ihren überraschten, irgendwie unschuldigen, an die Decke gerichteten Blick erinnern. Es hieß, dass sie bei ihren Schülern äußerst beliebt gewesen war, eine fröhliche Frau mit frechem Berliner Charme.

Krumme vergrub sein Gesicht in den Händen, zu sehr quälte ihn immer noch die Erinnerung an dieses arme Mädchen, die Erinnerung an ihren schrecklich misshandelten Körper, der im hellen Licht der Polizeischeinwerfer lag, umringt von den Beamten der Spurensicherung.

Mit viehischer Wut hatte der Mörder unzählige Male auf sie eingestochen, dabei war nach Aussage des Gerichtsmediziners schon der erste Stich tödlich gewesen. Trotzdem hatte der Täter ihr mit einem Steakmesser, das sie neben der Toten gefunden hatten, fast fünfzig Stichwunden zugefügt, in den Hals, die Brust, den Bauch und sogar in die Beine.

Die Tat eines Psychopathen.

Sie hatten damals nicht lange suchen müssen, um einen Hauptverdächtigen zu finden. Fichte, Kunstlehrer an derselben Schule wie Agnes und ihr Ex-Liebhaber. Nur zwei Tage vorher hatte sie ihn aus der Wohnung geschmissen. Eine Entscheidung, die den Narzissten in den Wahnsinn getrieben haben musste.

Fichte. Schon damals hatte er von der großen wahren Liebe gefaselt, dabei hatten er und seine Kollegin nur eine kurze Affäre gehabt.

Krumme und seine Kollegen waren so sicher gewesen, dass er der Täter sein musste. Überall hatten sie seine Fingerabdrücke gefunden, er hatte ein Motiv, eine eindeutig gestörte Psyche und trotzdem …

Das Klingeln seines Handys riss Krumme aus den Gedanken. Wer rief so spät noch an? Er blickte auf das Display und war nicht überrascht, als er den Namen des Anrufers las. Leise fluchend nahm er ab.

»Fichte, gerade habe ich an Sie gedacht!«, schimpfte er. »Niemand anderes würde so spät noch …«

»Karina ist hier!«, unterbrach Fichte ihn mit belegter Stimme. Er war eindeutig betrunken.

»Was?« Krumme blickte ungläubig auf das Handy. »Wenn Sie mich verarschen wollen, dann …«

»Sie steht unten vor dem Haus. Kommen Sie schnell! Sofort!«

17

Kurz darauf schlich Krumme sich so leise wie möglich aus der Hotelsuite. Draußen war es bitterkalt. Der stürmische Wind hatte sich gelegt, der Schneefall hatte aufgehört, dafür schob sich jetzt Nebel von der See kommend über die Insel. Als er mit dem Golf die enge Straße von Kampen Richtung Ostküste und weiter nach Keitum fuhr, nahmen ihm immer wieder Nebelbänke die Sicht. Wenn die Straße frei war, durfte er trotzdem nicht zu viel Gas geben, denn die Feuchtigkeit hatte sich bereits als Eis auf den Asphalt gelegt und machte die Fahrt zu einem Glücksspiel.

Schließlich erreichte er den Parkplatz in Keitum, auf dem er schon gestern Nachmittag geparkt hatte. Jetzt war sein Golf das einzige Auto in einer gefrorenen Welt aus hohen Hecken und Bäumen, die anders als gestern völlig verlassen wirkte.

Einige wenige Laternen erschufen Lichtinseln im Bodennebel. Vorsichtig ging Krumme durch einen steilen Hohlweg hinauf zu den schlafenden Häusern über dem Kliff und musste bei jedem Schritt aufpassen, dass er nicht stürzte.

Unsicher schaute er sich um. Karina stehe vor seinem Haus, hatte Fichte behauptet. Falls das stimmte, was hatte das zu bedeuten? Dass sie ihren Mann reingelegt hatte? Ihm tatsächlich einen angeblichen Mord anhängen wollte?

Krumme schaute zu Fichtes Haus hoch. Im Atelier brannte Licht. Ob Karina bei ihm da oben war? Um sich bei ihm für ihre Lüge zu entschuldigen und sich wieder mit ihm zu versöhnen? Hoffentlich, dann könnte er schon morgen mit Marianne und Sunny nach Hause fahren.

Ein Rascheln unterbrach die totale Stille in dem schlafenden Dorf. Erschrocken schaute er sich um. Niemand zu sehen, nur der Nebel, der sich in seinem Rücken unbemerkt an ihn herangeschlichen hatte.

Plötzlich kam Bewegung in die graue Wand! Krumme zuckte zusammen. Eine Gestalt löste sich aus dem Nebel wie ein dunkles Phantom und kam schnell auf ihn zu. Krumme schnappte nach Luft, wich unwillkürlich einen Schritt zurück, rutschte auf dem vereisten Boden aus und fiel auf den Hintern.

Es war Fichte. »Was soll der Quatsch, Krumme?«, zischte er.

Krumme rappelte sich stöhnend wieder auf. »Mein Gott, haben Sie mich erschreckt.«

Fichte grinste. »Seit wann sind Sie so ein Hosenscheißer? Ich dachte, Sie sind Polizist?«

Krumme war sein Spott egal. Er atmete erleichtert aus. »Was treiben Sie hier draußen?«

»Ich hab sie gesucht.«

»Mich? Aber warum? Ich habe doch gesagt, dass ich sofort …«

»Nicht Sie, Sie Idiot«, schimpfte Fichte. »Karina!«

»Sie haben gesagt, sie würde vor Ihrem Haus stehen.«

Fichte beugte sich zu ihm herunter. Krumme konnte seine Fahne riechen. Der Kerl war total betrunken!

»Das hat sie auch«, flüsterte er mit belegter Stimme. Er richtete sich wieder auf und zeigte zu der Außentreppe. »Aber als ich aus meinem Atelier kam, nach meinem Anruf, ist sie wieder weggegangen.«

»Sie ist nicht mehr da?«

»Nein, aber sie muss hier noch irgendwo sein.« Fichte packte ihn am Arm und zog ihn hoch. »Genug gequatscht, kommen Sie mit!«

»Wohin?«

»Ich bin ihr hinterhergelaufen. Runter zum Meer. Aber da habe ich sie im Nebel verloren. Los jetzt, wir suchen sie gemeinsam.«

Krumme schlug die Arme frierend um den Oberkörper. »Unten am Meer?«

Fichte stöhnte auf. »Jetzt kommen Sie schon. Los! Wir müssen sie unbedingt finden.«

Krumme fluchte leise. Aber ihm blieb nichts übrig, als Fichte zu folgen.

»Haben Sie mit ihr reden können?«

»Nein, sie hat keinen Ton gesagt! Nur geguckt.«

»Aber Sie sind sicher, dass sie es war?«

»Denken Sie etwa, ich erkenne meine Frau nicht wieder? Natürlich war sie das. Sie war bleich und verfroren, die Haare zerzaust, aber es war eindeutig Karina.«

Gemeinsam stolperten sie über den Hohlweg hinunter Richtung Watt, hinein in den Nebel. Von einem Moment zum anderen sahen sie kaum die Hand vor Augen. Das gefrorene Gras knisterte unter ihren Füßen, und mehrmals musste Krumme sich an Fichtes Arm festhalten, um nicht wieder zu fallen. Irgendwie demütigend, der Mann war fast fünfzehn Jahre älter als er.

»Nicht so schnell«, schnaufte Krumme.

»Nicht so langsam. Sie muss sich noch irgendwo hier herumtreiben.«

»Wo gehen wir eigentlich hin? Ich kann keine Spur erkennen! Ich kann *gar nichts* erkennen!«

Fichte antwortete nicht. Er blieb stehen, schaute sich um.

»Karina! Wo bist du!«, brüllte er auf einmal in die Nacht, so laut, das Krumme erschrocken zusammenzuckte.

Niemand antwortete. Alles blieb still.

Fichte ging in die Hocke, leuchtete mit einer Taschenlampe auf den Boden. Aber außer gefrorenem Schilf und vereisten Kieseln war dort nichts zu sehen.

»Da lang«, sagte er trotzdem und marschierte weiter.

Krumme folgte ihm in die Dunkelheit.

»Wieso gehen wir nicht auf dem Weg?«, fragte er, als er zum wiederholten Mal mit dem Fuß auf dem unebenen Boden umknickte.

»Weil sie vorhin hier mitten auf dem Hügel gestan-

den hat«, brummte Fichte, den Blick und die Taschenlampe auf den Boden gerichtet.

»Und da haben Sie sie nicht festhalten können?«

Fichte sah ihn wütend an. »Sie war zu weit weg. Ich
habe gerufen und geschrien wie ein Irrer. Aber sie hat
nicht reagiert und ist wieder im Nebel verschwunden.«

Krumme betrachtete den Maler, der mit offenem
Mantel und darunter nur mit einem farbverschmierten
T-Shirt vor ihm ging. Trotz der eisigen Kälte schien er
nicht zu frieren – im Gegensatz zu ihm. Hatte Fichte
wirklich seine Frau gesehen? Oder hatte er, betrunken
wie er war, nur viel zu lange auf ihr Nacktbild gestarrt? Oder spielte er ihm wieder einmal nur ein ab-
surdes Theater vor?

In dem Moment traten sie aus der Nebelbank. Vor
ihnen lag die nächtliche Küste vor dem Keitumer Kliff.
Es war Ebbe. Das gefrorene Watt glitzerte im matten
Licht der Sterne. Aber Karina war nirgends zu sehen.
Krumme atmete durch. Nachdem ihm vorhin vor dem
Computer ständig die Augen zugefallen waren, waren
nun wieder alle Sinne hellwach.

Anders als bei Fichte. Im Licht der Taschenlampe,
das lange Schatten über sein faltiges Gesicht warf,
wirkte er wie ein dunkler Ghul. Die Augenlider hingen träge herunter, und es fiel ihm nicht leicht, den
Kopf gerade zu halten. Trotzdem rief er immer wieder
den Namen seiner Frau in die Nacht. Ohne Erfolg.

Kurz darauf erreichten sie den Schilfgrasstreifen,
der sich zwischen dem Kliff und dem Watt befand.

Fichte ließ seinen Blick über den dunklen Schlamm und die Küste schweifen. Der Nebel schien sich aufs Meer zurückzuziehen. Dazwischen war die Aussicht in der eisigen Luft umso klarer.

Für einen langen Moment stand sie schweigend nebeneinander und schauten sich um.

»Sie ist weg«, stellte Fichte fest. »Wir können gehen.«

»Und Sie sind wirklich ganz sicher, dass es Ihre Frau war?«, fragte Krumme.

Doch Fichte hatte sich bereits abgewandt und marschierte mit schweren Schritten den Weg zurück.

»Fichte, verflucht! Hören Sie mir überhaupt zu?«

Aber der Maler schien ihn nicht zu beachten. Er stapfte voran, und Krumme blieb nichts anderes übrig, als ihm zu folgen.

Schließlich kamen sie wieder oben am Haus an. Fichte schloss die Tür auf und ging wortlos hinein. Krumme folgte ihm auch ohne Einladung in die Küche.

Ob er überhaupt merkte, dass er nicht allein war? Wortlos griff der Maler nach einer Flasche Korn und einem Schnapsglas, setzte sich an den Tisch und schenkte sich ein Glas ein.

»Und jetzt?«, fragte Krumme.

Fichte stürzte den Schnaps hinunter. Dann sah er zu ihm auf, schien zu überlegen, wer da in seiner Küche stand. »Karina lebt«, sagte er schließlich. »Sagen Sie das Ihren Kollegen. Das ist der Beweis, dass ich sie nicht umgebracht habe.«

»Nur dumm, dass niemand außer Ihnen sie gesehen hat.«

Fichte starrte ihn mit funkelnden Augen an. »Denken Sie, ich lüge? Sie war hier! Direkt vor meinem Haus!«

Krumme betrachtete den wütenden Mann und entschied sich, lieber zu schweigen. Er wusste, wie Fichte war, wenn er getrunken hatte. Er wollte ihn nicht unnötig provozieren.

Fichte griff wieder zur Flasche, goss sich noch ein Glas ein.

»Meinen Sie nicht, Sie haben für heute genug?«, fragte Krumme.

Fichte ignorierte seine Frage und trank den Schnaps auf ex.

Krumme war sich selten so dämlich vorgekommen wie bei diesem surrealen nächtlichen Besuch. Am besten sollte er auf der Stelle gehen und diesen Irren allein lassen!

Sein Blick fiel auf eine Pinnwand neben dem Kühlschrank mit unzähligen Zetteln, auf denen krakelige Telefonnummern, Notizen und Adressen von diversen Lieferdiensten notiert waren. Daneben gab es einige Fotos von Karina und Fichte. Nur auf einem waren beide gemeinsam zu sehen. Der große Maler mit seiner viel kleineren, jüngeren Frau. Ein seltsames Bild. Fichte hatte den Arm um seine attraktive Partnerin gelegt, nicht zärtlich oder liebevoll, sondern besitzergreifend, mit einem breiten Grinsen. Wie ein Großwildjäger, der stolz eine erlegte Gazelle präsentiert. Karina sah mit deutlich gequälter Miene in die Kamera. Verrückt, dass ausgerechnet so ein unromantisches Foto es auf die Pinnwand in der Küche geschafft hatte.

Und dann gab es da noch eine andere Aufnahme. Sie zeigte das Lehrerkollegium der damaligen Schule in Neukölln. Krumme erkannte einen jungen Gerhard Fichte und die blonde Agnes Mahler. Er trat näher, setzte seine Brille auf, um es genauer zu betrachten.

»Weg da!«, schimpfte Fichte. »Das geht Sie nichts an.«

»Ich glaube doch«, sagte Krumme. »Ich habe damals verschiedene Fotos Ihres Kollegiums gesehen, aber dies hier nicht.«

»Haben Sie nicht gehört? Weg da!« Fichte stemmte die Hände auf den Tisch, als wolle er im nächsten Moment aufspringen, um ihm eine zu scheuern.

Krumme hob die Hände und zog sich von der Pinnwand zurück. Er betrachtete den vor Wut bebenden Maler. »Jetzt mal im Ernst«, sagte er. »Wieso sollte ich hierherkommen, wenn Sie doch gar nicht mit mir reden wollen?«

Fichte senkte den Blick, starrte in sein leeres Glas. Dann schüttelte er bedächtig den Kopf, als bedrücke ihn ein Gedanke. Schließlich murmelte er: »Erst Agnes, jetzt Karina ...« Er holte zitternd Luft. »Was mache ich nur falsch mit den Frauen, die ich liebe?«

Krumme horchte auf. »Verraten Sie's mir!«

»Vielleicht liegt es daran, dass für mich Liebe und Leidenschaft keine Grenzen kennen. Ich gebe alles und verlange Hingabe – von mir selbst, aber auch von den Frauen.«

»Leidenschaft ohne Grenzen? Gehören da ab und zu ein paar Schläge dazu?«

Fichte überhörte den Spott, überlegte einen langen Moment, bis er antwortete. »Manchmal gewinnt die Leidenschaft, dann reicht Liebe einfach nicht mehr. Man muss bereit sein, vollkommen loszulassen und Grenzen zu überschreiten.«

Krumme verstand kein Wort. Er schüttelte den Kopf. »Wovon reden Sie? Was für Grenzen? Liebe bis in den Tod? Mussten Ihre Frau und Agnes Mahler deshalb sterben?«

Fichte schaute ihn verwundert an, rieb sich mit beiden Händen überfordert die Schläfen. »Sie verstehen rein gar nichts, Krumme.«

»Dann erklären Sie es mir. Warum sind zwei Frauen, die Ihnen so viel bedeutet haben, jetzt tot?«

Fichte verengte die Augen zu Schlitzen. »Karina ist nicht tot. Sie läuft da draußen irgendwo rum. Verdammt, wie oft soll ich es Ihnen denn noch sagen?«

Er erhob sich ruckartig, schwankte und fasste sich benommen an den Kopf.

»Schluss jetzt, ich habe die Schnauze voll«, murmelte er. Er schwankte erneut, stützte sich dann schnaufend an der Wand ab und verließ ohne ein weiteres Wort die Küche.

Krumme hörte, wie sein Gastgeber die knarzende Treppe hinaufstieg. Dann das Schlagen einer Tür.

Einen Moment lang wartete Krumme darauf, dass

Fichte wieder zurückkehrte. Aber er kam nicht. Krumme ging zur Tür. Als er hinaus auf den Flur trat, hörte er von oben lautes Schnarchen. Offensichtlich war die Audienz beendet. Zeit zu gehen.

Krumme wollte sich schon auf den Weg machen, als er eine Idee hatte und noch einmal in die Küche zurückkehrte.

18

»Wie bitte? Das Mordopfer taucht wieder lebendig auf? Und statt uns zu alarmieren, fahren Sie allein zu Maurer und trinken Schnaps mit ihm?«

Kriminalhauptkommissarin Böhme sah ihn mit großen Augen an. Sie saß am Kopfende des Konferenztisches. Auch ihr Kollege Laue, der zu ihrer Linken saß, blickte von seinen Unterlagen auf. Krumme sah aus den Augenwinkeln, dass die Sylter Kollegin von der Schutzpolizei, die am anderen Ende des Konferenztisches arbeitete, ebenfalls die Ohren spitzte.

»Also, zunächst einmal«, sagte Krumme mit hochrotem Kopf, »ich habe keinen Schnaps getrunken«.

»Was denken Sie eigentlich?«, schimpfte Böhme, die heute einen schicken Hosenanzug trug. »Das Fundament einer guten Zusammenarbeit sind Offenheit und Ehrlichkeit. Das muss ich Ihnen doch nicht erklären, oder?«

Krumme atmete tief durch. »Nein, und deshalb bin ich ja auch so früh wie möglich hier zu Ihnen ins Büro gekommen. Um persönlich Bericht zu erstatten.«

Böhme schaute auf ihre Smartwatch. »So früh wie möglich? Wir haben elf Uhr. Und bei Maurer waren Sie wann? Um zwei? Um drei?«

Krumme spürte, wie ihm der Schweiß über den Rücken lief, dabei war es hier im Container eher kühl. Böhme hatte recht. An die Soko hatte er überhaupt nicht gedacht, als Fichte ihn angerufen hatte. Und nach dem nächtlichen Ausflug war er am Morgen so erledigt gewesen, dass er erst um zehn Uhr in seinem Kingsize-Bett in der Kampener Suite aufgewacht war.

Er hüstelte. »Gut, vielleicht ist letzte Nacht tatsächlich nicht alles … optimal gelaufen …«

Auch Laue war empört. »Nicht optimal? Ein Anruf, und wir hätten sofort ein Team nach Keitum geschickt! Wir hätten das Watt und die Küste nach Karina Maurer absuchen können. Oder wenigstens nach Spuren von ihr.«

»Obwohl ich nicht glaube, dass wir irgendetwas gefunden hätten«, sagte Böhme.

Krumme schaute die beiden jungen Beamten überrascht an. »Und wenn doch?«

Böhme sah ihn mit einem mitleidigen Lächeln an. »Kommen Sie, Herr Kollege, es ist doch offensichtlich, welche Strategie Maurer mit Ihnen fährt.«

»Ach ja?«

»Erst zeigt er Ihnen das Bild seiner Frau, um Ihnen zu beweisen, wie sehr er sie liebt und dass er niemals im Stande wäre, ihr etwas anzutun.«

»Und dann behauptet er, sie würde bei ihm vor dem Haus stehen und an der Küste herumspazieren«, führte Laue Böhmes Gedanken weiter. »Fordert Sie sogar auf, mit ihm zusammen nach ihr zu suchen. Aber, o Wunder, nirgends eine Karina, natürlich nicht.«

»Fichte wirkte sehr überzeugend, als er behauptete, er hätte sie gesehen«, sagte Krumme nachdenklich.

»Natürlich!«, rief Böhme triumphierend. »Weil er ein perfekter Manipulator ist. Falls es am Ende hart auf hart kommt, kann er darauf hoffen, dass Sie sich wieder hinter ihn stellen.«

»So ein Quatsch!«, erwiderte Krumme leicht gereizt. »Ich lass mich von dem Kerl nicht manipulieren. Ich will nur keine Möglichkeit ausschließen.«

»Ach, und wir tun das?«

Krumme dachte an die Ermittlungsakten, die er in der Nacht studiert hatte. Er seufzte. »Nein, natürlich nicht. Ich habe mir die Unterlagen angesehen. Sehr gute Arbeit, wirklich.«

»Aber …?«

»Nichts aber. Vielleicht sollten wir uns erst mal beruhigen. Wir wollen doch alle das Gleiche.«

»Nämlich?«

»Na, den Fall lösen und den Schuldigen hinter Gitter bringen.«

»Von dem wir alle ausgehen, dass es Maurer ist, sein muss. Oder Fichte, wenn Ihnen das lieber ist.« Böhme blickte ihm direkt in die Augen.

Krumme nickte. »Glauben Sie mir, ich bin der Letzte, der diesen Mann in Freiheit sehen möchte.«

»Dann ist ja gut.« Böhme lehnte sich auf ihrem Stuhl zurück und begann, mit einem ihrer Ohrringe zu spielen. »Also, wie wäre es, Herr Krumme, wenn Sie jetzt noch mal berichten, was letzte Nacht vorgefallen ist. Aber dieses Mal bitte alle Einzelheiten.«

Krumme holte tief Luft und erzählte erneut von seinem gestrigen Treffen mit Fichte und dem abenteuerlichen Spaziergang am Keitumer Ufer.

Die beiden Kommissare hörten aufmerksam zu und machten sich Notizen in ihren Laptops.

»Für mein Gefühl könnten Sie ruhig etwas mehr Druck machen, wenn Sie mit ihm zusammen sind«, sagte Böhme, als Krumme mit seinem Bericht fertig war.

»Ich versuche erst einmal, sein Vertrauen zu gewinnen.«

»Für unseren Geschmack vertraut Maurer Ihnen schon ein bisschen zu sehr«, warf Laue ein.

»Mir ist klar, dass meine Gespräche keine klassischen Verhöre sind«, erwiderte Krumme. »Aber die hatte er ja schon hier bei Ihnen. Und leider haben sie am Ende nichts gebracht.«

Böhme nickte. »Touché, Herr Kollege.«

Laue rief auf seinem Laptop einen Online-Kartendienst auf und zoomte die Gegend um Keitum heran. »Können Sie uns zeigen, wo genau Sie nach Karina Maurer gesucht haben?«, fragte er und drehte den Laptop so, dass alle ihn sehen konnten.

Krumme musste überlegen, schließlich war es Nacht gewesen und nebelig dazu. Er zeigte auf eine Stelle in der Nähe des Kieswegs.

Laue wandte sich an seine Kollegin. »Sollten wir noch mal das Ufer an der Stelle absuchen?«

Böhme wirkte unentschlossen. Sie sah zu Krumme. »Wie sehen Sie das?«

Krumme zuckte mit den Schultern. »Versuchen Sie

Ihr Glück. Aber ich glaube nicht, dass Sie was finden werden.«

Böhme und Laue sahen sich an. Beide schienen zu überlegen.

»Wir nehmen ihn noch mal ins Kreuzverhör«, schlug Laue schließlich vor. »Wir konfrontieren ihn mit Ihren Aussagen, Herr Krumme, machen Druck. Irgendetwas ist in dem Mann gestern Nacht vor sich gegangen. Vielleicht bringen wir ihn jetzt endlich zum Reden.«

»Nein, keine gute Idee!«, unterbrach Krumme. »Wenn meine Mitarbeit überhaupt einen Sinn hat, dann nur, wenn Fichte mir vertraut. Wenn er das Gefühl hat, ich plappere alles bei Ihnen aus und er kriegt dadurch Schwierigkeiten, sagt er keinen Ton und ich kann gleich wieder nach Hause fahren.« Eine Möglichkeit, die ihm gerade sehr verlockend erschien.

Böhme nickte, war schlau genug, um diesen Einwand ernst zu nehmen. Sie sah den Kollegen aus Husum herausfordernd an.

»Wie wollen wir weitermachen?«

Krumme überlegte. »Bisher habe ich ja nur mit Fichte gesprochen.«

»Und?«

»Vielleicht wäre es nützlich, wenn ich auch die Zeugen kennenlerne, die ihn mit ihren Aussagen belasten. Oder auch entlasten.«

»Sie haben die Protokolle doch gelesen?«

Er nickte. »Schon. Aber ein persönlicher Eindruck ist immer besser.«

Böhme wechselte einen Blick mit Laue. Der nickte.

»Also schön.« Die Kommissarin seufzte. »Einverstanden. Reden Sie noch mal mit den Leuten. Da Sie anscheinend ja nicht davon abzubringen sind, dass zumindest eine vage Möglichkeit besteht, dass Karina Maurer noch auf Erden wandelt.«

Laue hob die Hand. »Und wir fahren noch mal nach Keitum«, sagte er. »Mal sehen, ob wir nicht doch noch Spuren von Maurers nächtlichen Aktivitäten finden. Oder denen seiner Frau.«

Damit war ihre Besprechung offenbar beendet.

Krumme erhob sich, griff nach seiner Jacke. »Ich bräuchte jemand, der mich fährt. Meine Lebensgefährtin hat heute das Auto. Ich kann auch ein Taxi nehmen.«

Böhme stand ebenfalls auf. »Nicht nötig, Herr Krumme, Martje und ich begleiten Sie.«

Er sah sie überrascht an. »Wieso? Wollen Sie nicht mit nach Keitum?«

Böhme schüttelte den Kopf, setzte sich auf einen der Besucherstühle und schlug die Beine übereinander, um ihre schicken Büroschuhe gegen dicke Winterstiefel auszutauschen. »Das übernimmt Bernt mit den örtlichen Kollegen. Das nennt man Teamwork. Und deshalb gehen wir beide auch zusammen zu den Zeugen.«

»Vertrauen Sie mir etwa nicht?«

Böhme lächelte. »Doch, doch. Aber wir wollen alle das Gleiche. Haben Sie gerade gesagt.«

Krumme wollte etwas erwidern, als sich sein Handy meldete. Er holte es aus der Jackentasche.

»Wieder Ihr Freund aus Keitum?«, fragte Böhme spitz.

Krumme schüttelte den Kopf. »Nein, meine Kollegin in Husum. Sie entschuldigen mich?«

Ohne Böhmes Antwort abzuwarten, ging er hinaus auf den Flur und nahm das Gespräch an.

»Hallo, Pat«, sagte er und seufzte erleichtert.

19

»Moin, Theo, stör ich?«

»Nein überhaupt nicht, ich freue mich, deine Stimme zu hören.«

»So schlimm auf Sylt?« Sie lachte.

»Na ja, das reine Vergnügen ist es nicht«, flüsterte er.

»Kannst du gerade nicht reden?«

Krumme ging bis zum äußersten Ende des Flurs und kehrte der Tür zum Besprechungsraum den Rücken zu.

»Jetzt müsste es gehen.«

»Meine Güte, Theo, was ist denn bei dir los? Ist dieser Kerl aus Berlin so gemein zu dir?«

Krumme stöhnte. »Wenn es nur dieser verdammte Fichte wäre.« Er erzählte ihr von seinen seltsamen Anrufen und den Missverständnissen, die sich daraus mit den Flensburger Kollegen ergeben hatten. Krumme versuchte, sich kurz zu fassen. Was aber nicht wirklich klappte.

»Ganz ruhig, Theo«, unterbrach Pat seinen Redefluss. »Du bist ja völlig durcheinander. Was ist denn das Problem? Ich dachte, du sollst nur ein bisschen beraten und darfst dafür umsonst in einem teuren Hotel wohnen.«

»Schön wär's«, sagte Krumme und berichtete ihr aufgeregt von seinem nächtlichen Ausflug mit Fichte.

»Du Armer. Scheint, als wärst du ziemlich im Stress.«

»Das Schlimmste ist, dass ich mich hier wie ein alter Mann fühle. Die beiden Kollegen aus Flensburg sind kaum älter als du, aber führen sich auf, als wäre ich der Neuling und sie die alten Hasen.«

»Ich kann ja mal kurz hochkommen und ein Wort für dich einlegen. Ich finde, du bist immer noch recht rüstig für dein Alter«, spottete Pat.

»Sehr witzig. Weißt du, was das Seltsamste ist?«

»Noch seltsamer als deine nächtliche Wandertour in Keitum?«

»Das erinnert mich hier alles an die Soko vor fast dreißig Jahren in Berlin. Damals wurde ich wie ein Eindringling und Neuling behandelt. Und jetzt wieder.«

Wieder lachte Pat. »Jetzt ist aber gut, Theo. Du bist der erfahrenste Kommissar, den ich kenne. Setz dich mal durch.«

»Würde ich ja gerne. Aber die Lage ist ein bisschen unübersichtlich.«

»Das heißt, eventuell kommt Fichte wieder mit einem Mord durch?«

»Das will ich nicht hoffen.«

»Wenn ich dir von hier aus irgendwie helfen kann, sag Bescheid.«

»Heute ist Samstag.«

»Na und? Ich bin sowieso im Büro. Muss noch ein Protokoll schreiben.«

»Nein, da muss ich allein durch. Außerdem arbeiten die Kollegen hier wirklich sorgfältig. Obwohl …« Er überlegte.

»Ja?«

»Vielleicht kannst du doch etwas für mich tun.« Er erzählte jetzt wieder flüsternd, dass er letzte Nacht ein Foto in Fichtes Küche fotografiert hatte. Er bat Pat, es zu seinem alten Freund KHK Jahnke in Berlin zu schicken.

»Nach Berlin?«

»Ja, die Mail-Adresse muss irgendwo auf einem Zettel bei mir im Schreibtisch stehen.«

Pat versprach, sich darum zu kümmern. »Was genau ist denn auf dem Bild zu sehen?«

Krumme erklärte es ihr und bat sie, Jahnke einen entsprechenden Kommentar zu schicken. Dann beendete er das Gespräch, versprach aber, sich so bald wie möglich zu einem längeren Plausch zu melden. Schließlich legte er auf und atmete tief durch.

Ach, wie gut es tat, wieder mit einer vertrauten Stimme zu sprechen.

In diesem Moment öffnete sich die Tür zum Besprechungsraum. Die junge Kollegin der Sylter Schutzpolizei schaute heraus.

»Oh, Entschuldigung«, rief Krumme verlegen, »sagen Sie Frau Böhme, ich bin so weit. Wir können los.«

Die junge Frau kam lächelnd auf ihn zu. »Schon gut, keinen Stress. Emily und Bernt telefonieren noch.«

Krumme entspannte sich, während sich die Kollegin neben ihn stellte.

»Martje, oder?«, fragte er. »Den Nachnamen weiß ich nicht mehr.«

Sie nickte. »Martje reicht. Ich fand sehr interessant, was Sie eben berichtet haben«, sagte sie und guckte dabei zur jetzt wieder verschlossenen Tür, wohl um sich zu vergewissern, dass sie hier nicht überrascht wurden. »Ziemlich aufregend.«

»Finden Sie?«

Martje lächelte. »Eine Frau, die durch den Nebel am Meer wandelt und die es mitten in der Nacht zu ihrem Peiniger zieht.«

Krumme verzog das Gesicht. »Ja, sehr witzig«, murmelte er.

Martje sah ihn auf einmal sehr ernst in die Augen. »Ich kenne jemanden, der diese Geschichte sehr ernst nehmen würde.«

»Ach ja?«

»Meine Großmutter. Sie hat uns Kindern früher oft die alte Sylter Legende von den Gongern erzählt.«

»Von wem?«

»Den Gongern. Seeleuten, die im Sturm gestorben sind. Menschen, die ermordet wurden. Selbstmörder, Verdammte, die in der See den Tod gefunden haben. Der Sage nach steigen sie manchmal aus ihrem nassen Grab und kehren an Land zurück, um ihre Angehörigen zu besuchen. Oder um sich an ihren Mördern zu rächen.«

Krumme sah Martje verwirrt an. »Sie denken, Karina Maurer ist ein Zombie geworden?«

Martje schüttelte den Kopf. »Kein Zombie. Eine

Wiedergängerin. So heißt es in der Legende hier im Norden. Und meine Oma hat daran geglaubt. Ja, sie hat sogar behauptet, mehrmals einen Gonger getroffen zu haben.«

Krumme betrachtete die junge Beamtin. Eigentlich machte sie einen vernünftigen Eindruck, aber was redete sie da für einen Quatsch?

»Was genau hat sie denn erzählt, Ihre Oma?«

Martje schien seine ablehnende Haltung zu spüren und wirkte ein wenig verunsichert. Gut so.

»Sie ist vor zehn Jahren gestorben und ich kann mich nicht mehr an alle Details erinnern. Aber Oma hat gesagt, die beiden Frauen, die sie gesehen hat, hier auf Sylt, hätten wie Wasserleichen ausgesehen. Bleich, mit triefnasser Kleidung. Und wenn sie gegangen sind, haben sie wässrige Spuren hinterlassen und schienen über die Dünen zu schweben.«

Bestimmt Touristinnen, die gerade vom Strand kamen, dachte Krumme und sagte: »Wie gruselig.«

Martje spürte seine Zweifel. »Ich weiß, wie verrückt sich das anhört. Aber als Sie vorhin von Karina Maurer geredet haben, musste ich wieder an diese Legende denken.«

»Was halten Böhme und Laue davon?«

Die junge Frau senkte verlegen den Blick. »Denen würde ich nie davon erzählen. Die würden das für kompletten Unfug halten. Wer weiß, am Ende schmeißen die mich noch aus der Soko!«

Krumme nickte. »Na, dann danke ich Ihnen für Ihr Vertrauen.«

»Ich dachte, Sie sollten von der Legende wissen. Wer weiß, vielleicht hilft Ihnen das ja bei der Lösung des Falls.«

Ja, wer weiß, dachte Krumme, lächelte verhalten und fragte sich, wo verdammt noch mal Böhme und Laue blieben.

20

»Früher war Sylt noch was Besonderes. Ein Treffpunkt der Schönen und Reichen, aber auch der Künstler und Intellektuellen. Echte Prominente aus Kultur und Politik wie Heinz Rühmann, Curd Jürgens, Günter Netzer, Otto. Davor war Sylt sogar die Lieblingsinsel von Thomas Mann und Hermann Hesse. Und jetzt? Alles vorbei.«

»Ist das so?«, erwiderte Marianne, während sie mit ihrer neuen Bekannten an Sylts Westküste spazieren ging. »Bin ja keine Expertin. Aber Promis gibt's doch immer noch. Hat nicht sogar der Finanzminister hier geheiratet?«

Ursel schüttelte den Kopf. »Lächerlich.«

»Aber da waren doch auch lauter Promis aus Berlin dabei.«

»Promis? Die Politiker von heute haben doch kein Format mehr. Früher, das waren noch richtige Persönlichkeiten. Und alle waren sie hier. Kein Politiker konnte sich damals leisten, sich nicht wenigstens einmal im Jahr im Gogärtchen oder in der Kupferkanne blicken zu lassen.«

»Jetzt übertreibst du aber.«

»Ach ja? Schau dir doch mal an, was aus der Insel

geworden ist? Denk an diese Punker, die mit diesem Neun-Euro-Ticket auf Sylt eingefallen sind!«

»So viele waren das doch gar nicht. Ich selbst war ja damals auch auf der Insel, die waren ganz friedlich und haben nur ein bisschen Party gemacht.«

»Party?« Ursel schnaufte. »Die haben halb Westerland verwüstet.«

Marianne bemühte sich, ein besorgtes Gesicht zu machen. Sie war Ursel oder Ursula von Lohrberg, wie ihr vollständiger Name lautete, Witwe eines reichen Bankiers aus dem Saarland, dankbar, dass sie ihr die Attraktionen der Insel zeigte. Doch manchmal ging Marianne ihr einfältiges Gerede auch ein bisschen auf die Nerven.

Vielleicht wäre es besser gewesen, die Insel nur mit Sunny zu erkunden. Aber Marianne hatte Mitleid mit der einsamen Witwe. Und was war schon dabei, gemeinsam spazieren zu gehen, zumal Ursel außerdem ein großer Fan von Sunny war?

So bummelten sie jetzt zusammen am Strand vor dem roten Kliff langsam Richtung Norden und ließen sich vom eisigen Wind durchpusten. Marianne genoss die überwältigende Aussicht auf das Meer und auch Sunny hatte seinen Spaß mit der brausenden Brandung am breiten Hundestrand. Währenddessen plapperte Ursel weiter von den guten alten Zeiten, als sie zusammen mit ihrem Kurt und seinen Bankkollegen an der Buhne 16 Champagner aus der Flasche getrunken und eimerweise Austern gefuttert hatten.

Marianne war derweil in Gedanken bei Theo. Dass

er mitten in der Nacht zu diesem Psycho in Keitum gefahren war, hatte ihr gar nicht gefallen. Und noch weniger, wie verstört er wieder zurückgekehrt war.

So hatte sie ihn schon lange nicht mehr erlebt. Kein Wunder. Marianne hatte gestern zum ersten Mal von diesem Fichte gehört. Und dass Theos Aussage vor Gericht damals dazu geführt hatte, dass Theo von seinen Berliner Kollegen jahrelang geschnitten und schikaniert worden war. Sie wusste genau, wie wohl er sich hier in Nordfriesland fühlte. Und wie viel ihm die Zusammenarbeit mit Pat bedeutete. Tatsächlich war Theo im Laufe seiner Jahre im Norden ein ganz anderer Mensch geworden.

Am Anfang, als er Berlin verlassen und als neuer Untermieter vor ihrem Haus gestanden hatte, war er ein Sturkopf und Einzelgänger gewesen. Wie sie nun erfahren hatte, hatte das nicht nur an der Scheidung von seiner Frau und der Trennung von seiner Tochter gelegen. Zum Glück verstand er sich inzwischen mit beiden wieder gut. Aber Marianne war sicher: Theos Eigenbrötlerei, sein Hang, lieber allein zu arbeiten, war Folge des dramatischen Fichte-Falls vor fast dreißig Jahren.

Armer Theo. So wie es aussah, holten ihn diese Ereignisse ausgerechnet hier im Norden wieder ein.

Dabei war Theo ein Gewohnheitsmensch, der bei der Arbeit sein gesichertes Umfeld brauchte. In Husum war das Pat. Und auch die beiden hatten eine Weile gebraucht, bis sie zueinandergefunden hatten, nicht nur wegen des großen Altersunterschieds. Doch nun waren sie ein gutes Team, ergänzten sich mit ihren Talenten und hatten zusammen schon einige spektakuläre Fälle gelöst. Obwohl grundverschieden, waren sie Freunde geworden und ließen sich auch von dem missgünstigen Gerede einiger Kollegen nicht beirren.

Aber jetzt musste Theo ohne Pat klarkommen. In einem Team, in dem alle viel jünger waren als er. Und die anders als Pat nicht an seine Schrullen und Marotten gewöhnt waren.

»Also, was meinst du?«, unterbrach Ursel ihre Gedanken.

Marianne sah sie verständnislos an, lächelte verlegen.

Ursel betrachtete sie vorwurfsvoll. »Hast du mir überhaupt zugehört?«

»Doch, doch, natürlich«, log Marianne. »Champagnerfrühstück an der Buhne 16.«

Ursel verdrehte die Augen. »Quatsch. Ich habe gefragt, wo du nachher am liebsten Mittag essen würdest?«

»Was gibt's denn zur Auswahl?«

»Wir könnten wieder ins Gogärtchen gehen. Die Köchin, Claire, ist ein Freundin von mir. Sie hat mir gestern verraten, dass es heute eine vorzügliche Seezunge geben soll.«

Sie sah Marianne erwartungsvoll an. Als die vor Begeisterung nicht sofort in die Hände klatschte, fuhr sie fort: »Wir können auch zu Harrys gehen. Da gibt's perfekte Steaks.«

»Ist das auch hier in Kampen?«, fragte Marianne vorsichtig.

Ursel nickte. »Gegenüber von dem Louis-Vuitton-Laden. Oder wir gehen in den Rauchfang, da können wir mit einer Decke vielleicht sogar draußen sitzen.« Sie beugte sich lächelnd zu ihr vor. »Außerdem heißt es, dass diese bekannte Schauspielerin mit den schwarzen Haaren, wie heißt sie noch … die Freundin von der Frier aus Köln …? Jedenfalls ist die auch gerade auf der Insel und soll da immer zu Mittag essen.«

Marianne sah ihre neue Freundin zweifelnd an.

»Auch nicht gut?«, fragte Ursel überrascht.

Marianne räusperte sich verlegen. »Weißt du, ich mag Kampen wirklich. Aber von mir aus müssen wir nicht unbedingt die ganzen …« Sie zögerte, suchte nach dem richtigen Wort.

Ursel half ihr. »… Schickimicki-Kneipen abklappern?« Sie lächelte wieder.

Marianne nickte verlegen.

Ursel überlegte kurz. »Ich glaube, ich hätte da was für dich. Du hast doch ein Auto, oder?«

Sie nickte erneut. »Aber …«

»Kein Aber!« Ursel hakte sich schon bei ihr ein und zog sie mit sich fort. »Lass dich überraschen. Ich bin sicher, du wirst be-geis-tert sein!«

21

Es dauerte nur ein paar Minuten, um von der Wache bis zu ihrer ersten Adresse in Tinnum zu fahren, einem kleinen Ort, der direkt neben Westerland und auf dem Weg nach Keitum lag.

Martje fuhr den Polizei-Passat, Böhme saß auf dem Beifahrersitz, Krumme hockte auf der Rückbank. Niemand sagte ein Wort.

Es ging zu Giorgio Grossi, einem Kunstschreiner in Tinnum, dem Mann, der Fichte mit seiner Aussage aus der Untersuchungshaft geholt hatte.

Zu Krummes Überraschung gab es auf Sylt auch schmutzige Hinterhöfe. In einem solchen befand sich das Atelier von Grossi. Böhme hatte Krumme erzählt, dass er trotz seines italienischen Namens geborener Sylter war und seit über fünfzig Jahren auf der Insel lebte, während seine Eltern schon lange zurück nach Neapel gezogen waren.

Als sie aus dem Wagen stiegen, schlug ihnen eine Windböe entgegen, die in dem schattigen Hof letztes Herbstlaub und Papierabfall herumwirbelte und den Anblick auf allerlei Holzreste noch trostloser machte. An der Hauswand waren mehrere halb fertige Skulpturen aufgereiht, die Krumme an Marterpfähle erinnerten. Ihm fehlte die Fantasie, um sich vorzustellen, was am Ende aus ihnen werden sollte.

»Interessant«, brummte er.

»Warten Sie ab, wenn Sie sein Atelier sehen«, sagte Böhme.

Er ging voran. Die Tür war nicht verschlossen. Das Kreischen einer Motorsäge, das sie schon im Auto gehört hatten, wurde jetzt fast unerträglich laut. Doch als Krumme die Werkstatt betrat, stieß er unwillkürlich einen bewundernden Pfiff aus. Er sah mehrere mehr oder weniger fertige Statuen, üppige, nackte Leiber, mit und ohne Geschlecht. Besonders beeindruckend waren drei riesige Skulpturen, die bis an die hohe Decke der ehemaligen Fabrikhalle reichten. Eine Wand des großen Raums wurde vollständig von einer Werkbank eingenommen. Krumme erkannte Sägen, schwere Hämmer und viele unterschiedliche Schnitzmesser. Es roch intensiv nach Holz, was Krumme als sehr angenehm empfand.

Ganz im Gegensatz zu der lauten Kreissäge, mit der Grossi gerade einen mächtigen Baumstamm zerteilte. Er trug Ohrenschützer und Schutzbrille und war so konzentriert, dass er sie gar nicht bemerkte.

Böhme und Krumme tauschten einen Blick und entschieden, erst einmal zu warten, statt den Mann bei seiner gefährlichen und furchterregenden Arbeit zu unterbrechen.

Endlich hatte Grossi wieder ein Stück abgetrennt, krachend fiel das schwere Holz zu Boden. Dann schaltete er die Säge aus.

»Guten Tag, Herr Grossi«, rief Böhme.

Der Mann drehte sich um, nahm Ohrenschützer und Brille ab.

»Da sind Sie ja wieder«, sagte er mit spürbarer Verachtung.

Giorgio Grossi war nicht so groß und kräftig wie Fichte, strahlte aber die gleiche unangenehme Arroganz aus. Die langen grauen Haare waren zu einem Zopf gebunden. Sein kantiges Gesicht zierte ein ebenfalls grauer Dreitagebart. Zu Krummes Missfallen taxierte der grobschlächtige Mann mit dunklen, tief liegenden Augen ungeniert Böhmes Beine und die Figur der im Hintergrund stehende Martje.

Böhme hatte ihren Besuch angemeldet. Sie stellte Krumme als Kollegen vor, der extra aus Husum gekommen war, um sie in diesem Fall zu unterstützen.

Grossi nickte und sah Krumme an. »Adrian hat mir schon von Ihnen erzählt. Sie sollen ihm helfen, aus dieser Scheiße herauszukommen.«

Krumme räusperte sich. »Na ja, wie auch immer, ich bin vor allem hier, um zu helfen, die Wahrheit zu finden.«

»Die Wahrheit?« Grossi spuckte die Worte voller Verachtung aus. »Sie wollen die Wahrheit ja nicht hören.«

Böhme ging nicht darauf ein. »Herr Grossi, können wir irgendwo in Ruhe reden?«

Grossi wies sie mit einer Geste an, ihm zu folgen. Er führte sie durch eine Tür am anderen Ende der Halle in seine Einzimmerwohnung.

Hier gab es eine Küchenzeile, ein ungemachtes Bett, ein speckiges Sofa mit dazugehörigen Sesseln und Sofatisch sowie auf einem Highboard an der Wand ein leise laufender Fernseher. Vormittagsprogramm, gerade verriet ein kahlköpfiger Mann, wie man aus Bananen eine Suppe kochen konnte. Krumme setzte sich so, dass er den Fernseher im Rücken hatte, und entdeckte bei der Gelegenheit, dass der Bildhauer auch ein Gemälde von Fichte an der Wand hängen hatte.

Immerhin: Grossi bot ihnen etwas zu trinken an. Krumme nahm genau wie die Damen einen Cappuccino. Grossi ging zur Küchenzeile und nahm eine original italienische Kaffeemaschine in Betrieb. Für sich selbst machte er eine Art Pharisäer: Kaffee mit einem ordentlichen Schuss Rum, die eigentlich dazugehörende Schlagsahne ließ er weg.

»Ich habe gehört, Sie leben schon Ihr ganzes Leben hier oben in Nordfriesland?«, fragte Krumme, um ein wenig Small Talk bemüht.

Grossi bejahte brummend, ohne den Blick von seiner zischenden Kaffeemaschine zu nehmen.

»Und Sie haben nie überlegt, zu Ihren Eltern nach Italien zu ziehen?«

»Doch, manchmal. Aber hier gibt es mehr reiche Arschlöcher, die für mein Zeug gutes Geld zahlen«, erwiderte Grossi und schäumte dann mit seiner Maschine ohrenbetäubend laut Milch auf.

Krumme sah verstört zu seinen Kolleginnen, die nur milde lächelten. Offensichtlich kannten sie Grossis Ansichten bereits.

Nachdem endlich alle mit Kaffee versorgt waren, kam Böhme zum Grund ihres Kommens.

»Herr Grossi, bitte sind Sie so freundlich und erzählen für Kommissar Krumme noch einmal genau, wie der Abend vor rund zwei Wochen verlaufen ist, der Abend, an dem Frau Maurer ... verschwunden ist.«

»Noch einmal? Aber das hab ich Ihnen doch alles erzählt? Sogar auf Band gesprochen.«

»Bitte noch mal für mich«, bat Krumme, »ich möchte mir ein eigenes Bild machen.«

Grossi sah ihn einen Moment an. Dann nickte er zum ersten Mal. »Sehr gut«, sagte er und blickte dabei abschätzig zu Böhme.

Die Kommissarin lächelte säuerlich. »Dann bitte, fangen Sie an.«

Und das tat Grossi. Aber zuerst füllte er seinen Pharisäer auf, dieses Mal verzichtete er auch auf den Kaffee und blieb trotz der frühen Stunde nur bei Rum. Er erzählte, wie er an dem Abend Besuch von seinem Kumpel Adrian bekommen hatte. Dass sie ein bisschen was getrunken hatten, bis sein Freund schließlich nach Hause gegangen war.

»Hat Fich... Hat Herr Maurer Ihnen von seinem Streit mit seiner Frau erzählt?«, wollte Krumme wissen.

»Klar hat er das. Aber das war ja nichts Besonderes. Die beiden hatten ständig Streit.«

»Bei dem Ihrem Freund hin und wieder schon mal die Hand ausrutschte, oder nicht?«, ergänzte Böhme.

Grossi verzog keine Miene. »Normal, würde ich sagen. So wie die Schlampe ihn immer provoziert hat.«

»*Wie* genau hat sie ihn provoziert?«, fragte Krumme.

»Die konnte einfach nicht den Hals vollkriegen, wollte von allem immer mehr. Geld, Klamotten, alles. Typisch Russin eben.«

»Hat Ihnen das Ihr Freund erzählt?«

»Natürlich, immer wieder. Was meinen Sie, warum er so oft zum Trinken hergekommen ist?«

»Kannten Sie Karina Maurer gut?«

»Nein. Aber das musste ich auch nicht. Ich hab sofort begriffen, wie die drauf war.« Er tippte an seine Stirn, um Krumme zu zeigen, was für ein brillanter Menschenkenner er war.

Böhme hob die Hand wie in der Schule. »Herr Grossi, darf ich Sie darauf hinweisen, dass Sie von Frau Maurer nur in der Vergangenheitsform reden? Heißt das, Sie sind mittlerweile auch der Meinung, dass ihr etwas zugestoßen ist?«

Grossi musterte die Kommissarin mit wütend funkelnden Augen. »Du kleines Biest. Guckst mich mit deinen großen Kinderaugen an und willst mir die Worte im Mund verdrehen.«

»Ich habe nur darauf hingewiesen, dass Sie …«

»Ich weiß, was ich gesagt habe«, unterbrach Grossi. »Ja, ich denke, dass Karina weg ist. Vielleicht ist der dämlichen Kuh sogar was zugestoßen.«

»Was vermuten Sie?«, wollte Böhme wissen.

»Keine Ahnung! Vielleicht hat sie sich abgesetzt, zurück nach Russland. Vielleicht liegt sie aber auch irgendwo in den Dünen. Aber Adrian hat damit garantiert nichts zu tun.«

»Weil er hier bei Ihnen war?«, fragte Krumme.

Grossi nickte. »Ganz genau. Zu der Zeit, wo er Karina auf einer Schubkarre zum Watt gefahren haben soll, hat er hier bei mir auf dem Sofa gesessen.«

Krumme sah zu seiner Kollegin. Der betreffende Zeuge in Keitum hatte eine genaue Uhrzeit angegeben, Viertel nach elf am Abend.

»Wann genau ist Herr Maurer gegangen?«

»Kurz nach dem Länderspiel, so um elf.«

»Sie haben zusammen Fußball geguckt?«

»Wir haben kaum hingesehen. Das Spiel lief, während wir gequatscht haben.« Er zuckte mit den Schultern. »Daher weiß ich auch die genaue Zeit.«

»War noch jemand bei Ihrer Herrenrunde?«

Grossi sah Krumme voller Argwohn an, schüttelte den Kopf. »Reiche ich Ihnen nicht als Zeuge?«

»Doch, doch. Aber ich nehme mal an, Sie würden alles für Ihren besten Kumpel tun.«

»Auch einen Meineid leisten, meinen Sie?«

Grossis Augen funkelten. Krumme schwieg, hoffte, dass der Mann seine Frage selbst beantwortete.

»Was soll das Gequatsche?«, schimpfte Grossi. »Verdammt, ich sage die Wahrheit! Und Adrian ist nicht mein *bester Kumpel*! Wir trinken manchmal einen gemeinsam. Wie Männer das eben tun. Wir haben ein paar Ausstellungen zusammen gemacht, mehr nicht. Wir sind keine schwulen Freunde, falls Sie das meinen.«

Als sie wenig später wieder draußen beim Auto standen, sah Böhme Krumme von der Seite an. »Und? Zufrieden?«, fragte sie.

»Wie meinen Sie das?«

»Nun, für mich haben sich bei dem Gespräch jedenfalls keine neuen Erkenntnisse ergeben.«

Krumme nickte. Klar, die Kollegin dachte, dass sie hier ihre Zeit verschwendeten.

»Trinkt er immer schon am Vormittag?«

»Oh, heute war er ja praktisch nüchtern. Einmal hat er uns am Vormittag empfangen und konnte sich kaum auf den Beinen halten.«

»Und er war nackt«, ergänzte Martje und schüttelte sich bei dieser eher unappetitlichen Erinnerung.

»Also nicht gerade ein vertrauenswürdiger Zeuge?«

»Vertrauenswürdig genug, dass die Richterin ihm geglaubt hat«, sagte Böhme.

»Glauben Sie, dass er sich mit Fichte abgesprochen hat?«

»Vielleicht. Aber das können wir nicht beweisen.«

»Aber dann ist da ja noch das Überwachungsvideo aus dem Kiosk, wo Maurer sich eine Flasche Korn gekauft hat, hier um die Ecke. Das passt zu Grossis Aussage«, sagte Martje.

Krumme überlegte einen Moment, bemerkte, wie ihn die Kolleginnen beobachteten.

»Fichte müsste schon extrem rasant gefahren sein, um so schnell von hier bis nach Keitum zu kommen, oder?«

»Er hat nur einen Motorroller. Eher unwahrscheinlich.«

»Na schön, dann müssen wir eben noch mal mit dem anderen Zeugen reden, dem, der glaubt, Fichte in der Nacht gesehen zu haben. Und die Freunde seiner Frau würde ich auch gern kennenlernen.«

Böhme verschränkte frierend die Arme vor der Brust und seufzte. »Was wir natürlich auch schon alles getan haben. Aber für Sie drehen wir gern noch einmal eine Ehrenrunde.«

22

Zurück bis ins Zentrum von Kampen und dann zu Mariannes Hotel dauerte es ein bisschen, schließlich war Ursel nicht mehr die Jüngste. Erst als sie im Auto saßen, rückte die aufgeregte alte Dame damit heraus, wo es hingehen sollte: nach List, an die Nordspitze der Insel.

Marianne war dort das letzte Mal als kleines Kind gewesen und konnte sich kaum an den nördlichsten Ort Deutschlands erinnern. Und im Winter hatte sie sowieso noch nie Urlaub auf Sylt gemacht. Nun erschien es ihr auf der Hinfahrt, als würden sie träumen, so wunderschön war der Ausblick.

Mit offenem Mund bestaunte sie gemeinsam mit Ursel die eingefrorene Dünenlandschaft. So ganz anders als auf den übrigen nordfriesischen Inseln – mit Ausnahme vom kleineren Amrum, wo es ebenfalls einen breiten Strand und viele Dünen gab.

Marianne fuhr langsam die Inselstraße hinauf und hielt einmal sogar an einer Bushaltestelle an, um Fotos zu machen. Staunend stand sie mit ihrem Handy mitten im gefrorenen, in der Wintersonne funkelnden und im Wind leise knisternden Dünengras und sah hinauf in den hohen Himmel aus blauem Kristall. Angesichts von so viel Schönheit schwieg selbst Ursel ergriffen.

Sie blickten zur Ostküste, auf die andere Seite der Insel, wo sich die Nordsee im Verhältnis zum stürmischen Westen viel friedlicher zeigte und zwei Segelboote ihre Kreise über das dunkle Wasser zogen.

Sie fuhren weiter und erreichten schließlich, nach einem letzten Bogen an einer mächtigen Wanderdüne vorbei, die ersten Lister Häuser. In Mariannes Erinnerung war der Ort nur ein verschlafenes Dorf gewesen, mit ein paar Baracken und einigen Lagerhallen und einer kleinen Imbissbude am Hafen, wo die Autofähre nach Dänemark ablegte.

Nun fuhren sie an vielen exklusiven Restaurants und Edelboutiquen vorbei, die gut ins südlichere Kampen gepasst hätten. Auf der rechten Seite, zwischen Inselstraße und Meer, passierten sie außerdem ein Luxushotel, das sich im größten Reetdachhaus befand, das Marianne jemals gesehen hatte.

»Eine Kurklinik nur für die Allerreichsten«, kommentierte Ursel ehrfürchtig.

Marianne nickte und machte sich langsam Sorgen, was für ein exklusives Ziel Ursel für sie zum Mittagessen ausgesucht hatte.

Sie wurde von ihrer neuen Freundin angenehm überrascht. Ursel führte sie zu den Sylter Suppen, einem liebevoll ausgebauten Büdchen inmitten einer verträumten Dünenwiese. Und sie hatte nicht übertrieben, die kleine Küche war tatsächlich ganz nach Mariannes Geschmack. Die Suppe war köstlich! Das

Angebot war erstaunlich groß, und als sie mit ihrem Essen in warme Decken gehüllt an einem der Holztische saßen, vergaßen sie fast, dass es Winter war. Auch für Sunny war gesorgt, neben einer Schale Wasser gab es für ihn Hundekekse.

Nach einem Kaffee und einem kleinen Klönschnack mit dem Wirt bummelten die drei zum Hafen, wo Marianne feststellte, dass aus dem ihr bekannten Fischkiosk ein großes Einkaufszentrum, mit Restaurants, Bars und maritimen Geschäften geworden war. Auch nicht schlecht, aber für ihren Geschmack an diesem stimmungsvollen Tag ein bisschen zu trubelig. Außerdem war Ursel komplett erledigt. Nach dem langen Spaziergang und dem guten Essen in List brauchte die alte Dame ihren Mittagsschlaf. Sie entschieden sich, zurück nach Kampen zu fahren, und schon im Wagen fielen Ursel immer wieder die Augen zu.

Marianne setzte ihre Freundin an ihrem Apartmenthaus im südlichen Kampen am Wenningstedter Weg ab.

»Heute Abend gehen wir aber noch mal ins Gögärtchen«, murmelte Ursel verschlafen. »Und die Kupferkanne musst du unbedingt auch noch kennenlernen.«

»Auf jeden Fall«, sagte Marianne, während sie ihr beim Aussteigen half. Auch Sunny sprang sofort aus dem Wagen und schnüffelte neugierig auf dem großen Parkplatz vor der Wohnanlage herum. Plötzlich hob er den Kopf. Er schien eine Witterung aufgenommen zu haben.

»Sunny«, rief Marianne, »komm her, willst du dich nicht von deiner Freundin verabschieden?«

Wollte er nicht. Ein kurzes Bellen – und der große Hund sprang um das Haus herum und war nicht mehr zu sehen.

Marianne schimpfte und nahm mit der verwirrten Ursel die Verfolgung auf. Sie mussten einmal um den Wohnblock herumlaufen, bis sie Sunny endlich wiederfanden.

Der hatte schon wieder eine neue Freundin gefunden. Eine große, schlanke Frau in einem eleganten Mantel. Wie Ursel wohl ebenfalls über siebzig, obwohl ihr Gesicht hinter einer riesigen schwarzen Sonnenbrille und unter einer dicken Wollmütze kaum zu erkennen war. Sunny hatte sich vor der Dame mit angelegten Ohren auf den Boden gelegt, um ihr zu zeigen, dass er bereit war, von ihr gekrault zu werden. Ein Angebot, das die Frau zu überfordern schien. Nervös drückte sie sich mit dem Rücken an die Hauswand und schien Schwierigkeiten zu haben, sich auf den Beinen zu halten.

Kein Wunder, denn die Frau stützte sich auf Krücken und trug um den rechten Fuß eine Orthese. Wie Marianne erst jetzt bemerkte, standen sie vor der Eingangstür einer Orthopädie-Praxis.

»Sunny«, rief sie verärgert, »komm her, aber sofort!«

Sunny erhob sich brav und trottete langsam zu Marianne zurück.

»Tut mir sehr leid«, erklärte Marianne verlegen,

»normalerweise läuft Sunny nicht einfach weg. Aber keine Angst, er ist ganz friedlich und tut wirklich nichts.«

»Schon gut, ich … habe keine Angst«, stotterte die Dame, die weniger Sunnys Gegenwart, als die der beiden Frauen zu verunsichern schien.

»Brauchen Sie Hilfe?«, fragte Marianne.

»Nein, nein. Besten Dank«, sagte die Frau schnell, um eine würdevolle Haltung bemüht. Marianne hatte den Eindruck, dass sie darin Übung hatte. Sie wusste nicht genau, warum, aber auf eine bestimmte Weise strahlte die Frau etwas Aristokratisches aus. Umso peinlicher schien es ihr zu sein, dass zwei Fremde sie ausgerechnet in diesem Moment der Schwäche ertappt hatten. Marianne bemerkte, dass sie perfekt geschminkt war – roter Lippenstift, Eyeliner, Wimperntusche –, gleichzeitig war das in Würde gealterte Gesicht so blass, als hätte sie seit Jahren keine Sonne mehr gesehen.

In diesem Moment erschien ein Taxi vor der Praxis und erlöste die Frau aus der peinlichen Lage. Der Fahrer sprang heraus und riss für seinen Gast die Tür auf. Marianne, immer noch verlegen wegen Sunnys Überfall, versuchte, sich nützlich zu machen, und wollte die Dame zum Taxi geleiten.

»Nicht nötig«, murmelte die Frau und schob sie unwirsch zur Seite, um so schnell wie möglich in das Auto zu steigen, was ihr mit der klobigen Orthese nicht leicht fiel.

Eingehüllt in eine schwere Parfümwolke, stand Marianne da und sah zu, wie das Taxi losfuhr. Sie hob für einen freundlichen Abschiedsgruß die Hand, aber die Dame auf dem Rücksitz hatte den Blick starr nach vorne gerichtet.

Marianne schaute dem Wagen einen Moment nachdenklich hinterher, als ihr Blick auf eine einsame Tüte fiel.

»O nein«, flüsterte sie. In der Aufregung hatte die Dame ihre Einkäufe stehen gelassen.

»Ursel, guck mal, wie dumm ...« Marianne stockte, merkte, dass der Auftritt der alten Dame auch bei ihrer Freundin großen Eindruck hinterlassen hatte.

Mit aufgerissenen Augen, als hätte sie gerade ein Gespenst gesehen, stand sie auf der Straße und blickte in die Richtung, in die das Taxi verschwunden war.

»Alles in Ordnung, Ursel?«

Endlich erwachte ihre Freundin aus ihrer Starre, sah sie ungläubig an und schüttelte fassungslos den Kopf. »Sag bloß, du hast nicht erkannt, wer diese Frau ist?«

23

»Fichte lebt jetzt auf Sylt? Und ist ein berühmter Kunstmaler? Ich glaub's ja nicht!«

Kriminalhauptkommissar Jahnke, Theos alter Freund und Kollege, war aus allen Wolken gefallen, als Pat ihn angerufen und von Theos Einsatz auf Sylt berichtet hatte.

»Das muss ein ziemlicher Albtraum für Theo sein«, stellte Jahnke fest, »nach all den Jahren diesem Widerling Fichte wieder gegenüberzutreten.«

Pat konnte hören, wie der Kommissar in Berlin Zigarettenrauch ausstieß.

»Und die Soko dort wird auch nicht gerade begeistert sein, wenn er sich da einmischt. Einmischen muss.«

»Damals hat Theo sich auch keine Freunde gemacht, oder?«

»O nein. Niemand wollte nach dem Gerichtsverfahren mehr mit ihm reden. Er war das Kollegenschwein, das sie verraten hatte.«

»Dabei hatte er doch nur nicht lügen wollen.«

»Solche Details haben damals niemanden interessiert.«

»Aber wenigstens hatte Theo Sie.«

»Ach, so gut kannten wir uns zu der Zeit noch gar nicht. Als ich Theo kennengelernt hab, war er wirklich ein sehr einsamer Mann.«

Pat spürte einen kleinen Stich. Auch wenn diese Geschichte ewig her war, die Vorstellung eines jungen Theo ohne Freunde und allein am Kantinentisch tat ihr von Herzen leid. Vor allem, weil es ihr als groß gewachsener, aber schüchterner jungen Frau direkt nach der Polizeischule ähnlich ergangen war. Es war Theo gewesen, der sich damals, hier in Husum, an ihre Seite gestellt und ihr geholfen hatte.

»Vielleicht gibt es ja nach all den Jahren doch noch eine Möglichkeit, Fichte etwas nachzuweisen«, sagte sie und kam auf den eigentlichen Anlass ihres Anrufs zu sprechen. Jahnke sollte die Namen der Personen auf dem Foto, das Pat an ihn weitergeleitet hatte, abgleichen. Es zeigte die Teilnehmer einer Feier des damaligen Lehrerkollegiums. War es die Feier direkt vor der Ermordung von Agnes Mahler? Falls ja, hatte Fichte gelogen, der behauptet hatte, an diesem Abend nicht in der Nähe des Opfers gewesen zu sein.

Jahnke, der mittlerweile kurz vor der Rente stand, versprach, die damaligen Ermittlungsunterlagen herauszusuchen und Pat eine Kopie zu schicken, damit sie sich auch in den Fall einlesen konnte.

Pat dankte ihm und beendete das Gespräch. Sie sah auf die Uhr, halb zwei. Sie hatte noch keine Mittagspause gemacht und beschloss, eine Runde über den Markt am Hafen zu drehen und ein paar Dinge für die Geburtstagsfeier ihres Freundes Mike zu kaufen.

Es wehte immer noch ein kalter Wind durch die Husumer Straßen, als sie das Präsidium verließ. Aber die Wolken hatten sich verzogen und eine freundliche Sonne strahlte am klaren Winterhimmel. Der Weg zum Markt dauerte nur ein paar Minuten und auch ihre Besorgungen hatte sie schnell erledigt.

Mit einem vollen Rucksack auf dem Rücken und einer Tüte in der Hand überlegte Pat, ob sie gleich wieder zurück ins Präsidium gehen sollte. Zurzeit war sie allein im Büro und hatte, anders als ihr Patenonkel, keine De'Longhi-Kaffeemaschine im Zimmer. Warum nicht einen Abstecher in den Schlossgang machen, wo es in dem kleinen Café nicht nur leckere Schokosahnetorte, sondern auch köstlichen Feine-Grete-Kaffee aus einer Husumer Rösterei gab?

Kurz darauf saß sie an einem der Tische und ließ es sich gut gehen. Sie dachte daran, wie es Theo jetzt wohl ging, ob er Erfolg mit seinen Ermittlungen hatte und auf diese Weise schaffte, seine Dämonen zu besiegen. Dabei nippte sie an der edlen Porzellantasse und schaute durch die großen Fenster zu, wie der kalte Wind vereistes Herbstlaub hinab zum Husumer Markt blies.

Plötzlich erstarrte sie, mit der vollen Kuchengabel vor dem Mund.

War das nicht …?

Abrupt stand sie auf. Sie lief zur Tür hinaus und auf die Gasse, hin zu dem Mann, der gerade eine Fasskarre zu der Kneipe gegenüber schob.

»Harke, bist du das?«

Der große Mann in der Latzhose und den schweren Arbeitsstiefeln blieb stehen und drehte sich um. Die roten Haare und der zerzauste Bart, die Augen so klar wie blaues Glas.

Er war es.

Harke hatte Theo bei einem spektakulären Fall, der ihn vor sieben Jahren zum ersten Mal nach Nordfriesland geführt hatte, auf dramatische Weise das Leben gerettet. Er wohnte in Kleebüll, einem kleinen Dorf nördlich von Husum, in einer voll gemüllten Baracke.

»Was treibst du hier?«, fragte Pat und sah verwundert auf das Bierfass. Sie wusste, dass Harke als Betriebshelfer bei den Bauern auf den Feldern arbeitete, Trecker fuhr oder Scheunen reparierte. Aber im Norden, im Hauke-Haien-Koog. In Husum hatte sie ihn noch nie bei der Arbeit gesehen.

»Das ist ein Bierfass«, sagte Harke.

»Ich weiß. Aber was machst du damit?«

»Ich bringe es da rein. In den Keller.«

Pat seufzte. Harke lebte in seiner eigenen Welt, und es war alles andere als leicht, mit ihm zu reden. Theo hatte das akzeptiert. Die beiden verband eine seltsame Freundschaft, auch wenn sie wusste, wie oft ihr Kollege an Harkes ungewöhnlicher Art der Kommunikation verzweifelte. Pat war der große Kerl manchmal ein wenig unheimlich, selbst wenn er sich ihr gegenüber immer freundlich und gutmütig gezeigt hatte.

»Du arbeitest als Bierausfahrer? Seit wann?«

Zwei Fragen auf einmal, Harke brauchte ein bisschen, um das zu verarbeiten.

»Ich bringe Bier in die Kneipen«, sagte er.

»Alles klar. Cooler Job. Aber ich dachte, du arbeitest nur in Kleebüll?«

»Ja.«

»Und jetzt bist du hier in Husum?« Pat versuchte, sich langsam der Lösung des Falls zu nähern.

»Jo. In Husum.« Harke lächelte freundlich.

»Das heißt …« Sie überlegte. »Du arbeitest für eine Firma?«

»Nein.«

»Nein? Für wen dann?«

Harke musste wieder einen Moment überlegen. So viele Fragen … »Ein Freund von Holger.«

Pat strahlte. Endlich ein Fortschritt. »Ah, für einen Freund von Holger. Jetzt versteh ich.« Holger Mannsen war Theos bester Freund, Polizist wie er, aber nicht bei der Kripo, sondern bei der Schutzpolizei in dem nördlich von Husum gelegenen Städtchen Bredstedt. Mannsen wohnte in Kleebüll, wo er sich zusammen mit seiner Frau Petra rührend um Harke kümmerte, ihn praktisch in seine Familie aufgenommen hatte.

Pat nickte. »Dann hilfst du also einem Freund von Holger hier in Husum, der einen Getränkehandel hat?«

»Genau.«

»Oh, wie nett.« Pat lächelte, aber Harke sah sie nur mit regloser Miene an. Sie ließ sich nicht beirren.

»Fährst du jeden Tag von Kleebüll hierher zur Arbeit?«

Harke sah sie überrascht an, schüttelte dann den Kopf. »Nee.«

»Dann ... dann wohnst du jetzt hier in Husum?«
Er nickte. »Jo.«

»Und wo?«

Wieder eine Frage, die zu beantworten ihm sehr schwerzufallen schien. Er schwieg.

»Bei Freunden?«, half Pat.

»Ich habe hier keine Freunde.«

»Oh, keine Freunde in Husum.« Pat sah ihn betreten an. Sie versuchte, seine starre Miene hinter dem buschigen roten Vollbart zu lesen, schaffte es aber nicht. Spontan fasste sie einen Entschluss.

»Hör zu, bei mir zu Hause findet heute Abend eine kleine Party statt. Mike, mein Freund, hat Geburtstag. Gibt ein bisschen was zu essen.«

»Zu essen?«

Lächelte er? Sie war nicht sicher.

»Ja, du kannst gern kommen. Wir wohnen beim Sportplatz, in der Nähe der Klinik.« Sie sagte ihm die genaue Adresse.

Er nickte, schaute aber gelangweilt in die Gasse hinab. War das ein Ja?

Pat schlang die Arme um den Oberkörper, langsam wurde ihr kalt. Sie überlegte, wie sie das Gespräch beenden konnte, ohne unhöflich zu wirken.

»Tja, na dann, du musst bestimmt weiterarbeiten. Ich will dich nicht länger ...«

»Wo ist Theo?«, fragte Harke und schaute sich um, versuchte, auch einen Blick ins Café zu werfen.

»Theo ist auf Sylt. Er hilft dort, einen Fall zu lösen, der ...«

»Sylt?«, fiel ihr Harke ins Wort. »Die Insel?«

»Äh, genau. Bist du da schon mal gewesen?«

»Nee.«

»Echt nicht? Ist sehr schön da. Ich war ...«

»Tschüss«, sagte Harke unvermittelt, ergriff seine Fasskarre und schob sie weiter Richtung Kneipe.

Pat sah ihm verblüfft hinterher, beobachtete, wie er in der Schankstube verschwand. Sie grinste. Harke war ein komischer Vogel. Selbst in Berlin hatte Theo bestimmt nicht solche schrägen Freunde gehabt. Sie nahm sich vor, ihren Kollegen so bald wie möglich anzurufen und ihm von ihrem Treffen zu erzählen.

Aber wie erklärte sie Mike, dass sie noch einen Gast hatten?

Ihr Freund kannte Harke nur flüchtig von einigen Treffen mit Theo, hatte aber kaum ein Wort mit ihm gewechselt. Hoffentlich gab das keinen Ärger.

Wahrscheinlich machte sie sich viel zu viele Gedanken. Harke würde ja doch nicht kommen.

24

Als Krumme und seine beiden Kolleginnen beim Gertrud-Hader-Haus in Keitum ankamen, wurden sie schon aufgeregt erwartet. Fast die komplette Belegschaft der Kurklinik saß ihnen in einem Besprechungsraum gegenüber.

Und alle waren sauer auf die Polizei.

»Wieso haben Sie das Schwein noch nicht verhaftet?«, schimpfte Birte Dreyer, eine schlanke Erzieherin mit zerzauster Kurzhaarfrisur.

»Wofür ist die Polizei überhaupt da?«, fragte Bente Kohl, eine junge, hübsche Betreuerin mit langen blonden Haaren.

»Der Kerl ist der Mörder! Entweder Sie schnappen ihn, oder wir holen ihn uns selbst!«, drohte Hajo Weber. Der kräftige Hausmeister hielt einen Schraubenzieher wie einen Dolch in der Hand.

Böhme hatte ihre liebe Mühe, die Gemüter zu beruhigen. Sie versicherte den Anwesenden, alles zu tun, um Karinas Mörder so schnell wie möglich zu finden.

»Karinas Mörder«, wiederholte der Hausmeister spöttisch, »wieso sagen Sie nicht seinen Namen? Wir wissen doch alle, wer es ist. Adrian Maurer!«

Krumme tat seine Kollegin fast leid. Doch sie schlug

sich wacker und zeigte zusammen mit Martje durchaus Mitgefühl und Verständnis für die Meinung der Angestellten der sozialen Einrichtung.

Wie Krumme aus den Ermittlungsunterlagen wusste, hatte Karina im Gertrud-Hader-Haus zuerst in der Küche gearbeitet, später dann im hauseigenen Schwimmbad, wo sie Therapiegruppen für Kinder betreut hatte. Die junge Russin war bei den Kollegen sehr beliebt gewesen.

Die Kurklinik war eine Einrichtung des Müttergenesungswerks und bestand aus mehreren historischen Reetdachgebäuden, idyllisch gelegen in einem Park mit riesigen Eichen und Buchen. Doch von einer Idylle war im Besprechungsraum in diesem Moment nichts zu spüren. Die Angestellten der Kurklinik waren kaum zu beruhigen.

Krumme hob die Hände. »Meine Damen und Herren, bitte, ich kann Ihnen versichern, dass Kriminalhauptkommissarin Böhme und ihr Team alles tun, um diesen Fall zu lösen.«

Böhme nickte, auch wenn es ihr nicht besonders zu gefallen schien, dass er sich schützend vor sie stellte.

Immerhin präsentierte sie ihn jetzt als »Berater«, der ihnen bei diesem besonderen Fall helfen sollte.

»Sind Sie ein Profiler oder so was?«, fragte Monika Heimers, die offensichtlich durch Krimiserien geschulte Leiterin der Einrichtung. Sie war über fünfzig, trug eine dicke Strickjacke und musterte Krumme mit einem interessierten Lächeln.

Böhme antwortete für Krumme: »So etwas Ähnliches. Der Kollege kommt aus Berlin und ist ein Experte für Fälle wie diesen.«

Für einen Moment ruhten alle Blicke auf Krumme. Der überlegte, ob er darauf hinweisen sollte, dass er schon seit mehreren Jahren im Norden lebte. Aber gut, wenn die Leute glaubten, dass ihn seine Hauptstadtherkunft als Berater oder Profiler qualifizierte, sollte es ihm egal sein. Er bat die Damen und Herren am Tisch, noch einmal zu erzählen, was für ein Mensch Karina und wie ihr Verhältnis zu ihrem Mann war.

»Sie war sehr schüchtern, konnte am Anfang nur wenig Deutsch«, sagte Bente Kohl.

»Aber sie wollte unbedingt lernen. Sich nützlich machen«, ergänzte Heimers.

»Sie war sehr hilfsbereit und bescheiden«, warf Ayla Demir ein, eine junge Ernährungstherapeutin, die neben Bente Kohl am Tisch saß.

»Und sie liebte Kinder. Und die Kinder liebten sie.« Birte Dreyer, die Erzieherin mit den streichholzkurzen Haaren, wischte sich eine Träne aus den Augen.

Krumme nickte. »Ihr Mann verdient sehr gut. Musste sie überhaupt arbeiten? Hatte sie nicht genug Geld?«

»Sie wollte ihr eigenes Geld verdienen«, antwortete Daniel Behrens, ein junger Schlacks. Offensichtlich Koch in der Einrichtung, denn er trug eine entsprechende weiße Jacke und ein Haarnetz. »Unabhängig sein. Sie wollte nicht einfach nur sein ... Spielzeug sein.«

»Hat sie das gesagt? Spielzeug?«

Der junge Mann nickte. »Genau so hat Karina es ausgedrückt.«

Krumme überlegte. Das passte zu Fichte. Er musste an das Gemälde denken. Ein schöner Körper ohne erkennbares Gesicht.

»Wenn das so war, dürfte es ihm gar nicht gefallen haben, dass sie hier gearbeitet hat«, überlegte Krumme laut. »Dass sie hier neue Freunde und Bekannte getroffen hat.«

»O nein. das hat ihm überhaupt nicht gefallen«, erwiderte Daniel Behrens und nickte mit Nachdruck.

»Deswegen gab es ja immer wieder Streit zwischen den beiden«, sagte Monika Heimers.

»Einmal hat der Scheißkerl Karina so verdroschen, dass sie kaum noch gerade gehen konnte«, schimpfte Hajo Weber. Krumme konnte eine wütend pochende Vene an seinem dicken tätowierten Hals sehen.

»Was hat sie selbst dazu gesagt?«

»Nichts. Karina hat behauptet, sie sei einfach ein bisschen tollpatschig. Die blauen Flecken kämen daher, dass sie oft stolpern würde.«

»Aber das haben Sie ihr nicht geglaubt, oder?«

»Natürlich nicht«, sagte jetzt wieder Daniel Behrens. »Wir wussten alle, was für ein Schwein er ist. Ich meine, Keitum ist ein Dorf. Manchmal konnte man das wütende Gebrüll von dem Kerl bis auf die Straße hören.«

»Einmal ist er sogar hier aufgetaucht. Total betrunken und wütend. Hat sie einfach am Arm gepackt und nach Hause gezerrt«, sagte Birte Dreyer, die Erzieherin, mit bebender Stimme.

Krumme sah überrascht in die Runde, die um den Tisch saß. »Und was haben Sie da gemacht?«

»Er hatte Glück, dass ich nicht da war«, zischte Hajo, der Hausmeister, mit geballten Fäusten.

»Ich auch nicht«, sagte Daniel mit grimmiger Miene.

Krumme nickte, hatte aber Zweifel, dass der schmächtige Junge großen Eindruck auf den brutalen Fichte gemacht hätte.

»Und Sie?« Krumme sah zu den anderen Kollegen. Die meisten schauten verlegen zu Boden.

»Was wir sollten machen?«, klagte eine Frau mit blauem Arbeitskittel. Maria Nowak, ihrem Akzent nach kam sie aus Polen. »Karina hat gesagt, bitte, nicht einmischen. Hat gesagt, ihr Mann ist eigentlich guter Mann. Hat gutes Herz. Nur viel Temperament.«

»Gutes Herz«, brummte Hajo. »Zum Kotzen.«

Krumme holte Luft. »Gab es Versuche, den Mann davon abzubringen, seine Frau so zu behandeln?«

Alle schwiegen.

Der Hausmeister mit den tätowierten Unterarmen sah Krumme wütend an. »Als Karina wieder mal mit blauem Auge zur Arbeit kam, wollte ich zu ihm und ihn windelweich prügeln.«

»Aber Karina ist schluchzend auf die Knie gegangen«, erklärte Birte. »Sie hat gefleht, wir sollen ihrem Mann nichts tun. Es sei alles ihre Schuld gewesen. Sie hätte ihn gereizt, nur deshalb hätte er die Geduld verloren.«

»Haben Sie sich an die Polizei gewandt?«, fragte Krumme. »Häusliche Gewalt ist ein Verbrechen.«

»Ja. Und wir sind auch zu Maurers Haus gefahren und haben mit ihm geredet«, sagte Martje, die zusammen mit Böhme hinter Krumme an der Wand auf einer Bank saß. »Aber er hat alles bestritten.«

»Natürlich hat er das!«, schimpfte Hajo. »Der Kerl lügt doch, wenn er den Mund aufmacht.«

Allgemeine Zustimmung, aber Martje verschaffte sich mit erhobener Hand Ruhe. »Er hat uns gegenüber zugegeben, es sei manchmal etwas lauter zwischen ihnen geworden. Aber er hat abgestritten, sie geschlagen zu haben. Und Karina Maurer hat seine Erklärung bestätigt. Sie war sogar diejenige, die uns des Hauses verwiesen hat. Alles nur ein Missverständnis hat sie gesagt und wir sollten sie in Ruhe lassen.«

Krumme nickte nachdenklich, tauschte einen kurzen Blick mit Böhme, die wie zur Bestätigung mit den Schultern zuckte.

Krumme überlegte, nippte dabei an einem Glas Wasser. Er räusperte sich, bevor er die nächste Frage stellte.

»Wir reden die ganze Zeit so, als gälte es als sicher, dass Frau Maurer tot ist. Aber noch haben wir …« Er räusperte sich wieder und blickte zu Böhme. Es fühlte sich seltsam an, in Zusammenhang mit den bisherigen Ermittlungen von »wir« zu reden. »Noch hat die Polizei keine Leiche gefunden.«

»Wenn er sie ins Watt gebracht hat, wird das auch nie passieren«, brummte die blonde Bente und alle nickten.

»Wenn ich richtig informiert bin, haben die Kollegen das Watt vor dem Keitumer Kliff sorgfältig abgesucht.«

»Wollen Sie etwa behaupten, Maurer ist unschuldig?«, fragte Hajo, der Hausmeister, und drückte den Rücken durch, was ihn noch bedrohlicher wirken ließ.

»Er ist ganz bestimmt kein Unschuldslamm«, erwiderte Krumme. »Die Frage ist, ob er auch ein Mörder ist.« Achtung, dachte er, wollte er diesen Mistkerl tatsächlich wieder in Schutz nehmen? Er schaute zu Böhme, die mit ihrer finsteren Miene dasselbe zu denken schien.

»Aber die Lage ist doch eindeutig«, sagte Daniel, der junge Koch mit den dünnen Armen. »Das Blut am Tatort. An der Tatwaffe.«

»Sie sind ja gut informiert.«

»Jeder hier im Ort weiß Bescheid«, erklärte Monika Heimers.

Krumme blickte fragend zu Böhme. Die hob beide Hände und gab sich unschuldig: »Nicht von uns, Herr Kollege.«

»Die Putzfrau, die den Schlamassel entdeckt hat, die hat es natürlich weitererzählt«, sagte Hajo Weber. »Was ist schon dabei?«

Krumme holte erneut tief Luft. »Sie glauben also nicht daran, dass Karina Maurer einfach nur genug hatte und ihren Mann verlassen hat?«

Ungläubige und verständnislose Mienen in der Runde.

»Es würde mich ja freuen«, sagte Monika Heimers. »Aber die Sache scheint doch ziemlich klar zu sein, leider. Dieser miese Kerl hat sie umgebracht und irgendwo vergraben.«

»Und der Käpt'n hat ihn dabei sogar beobachtet!«, rief der schlaksige Daniel aufgeregt.

Krumme blickte fragend zu Böhme. »Der Käpt'n?«

»Günter Riewerts«, half seine Kollegin. »Unser wichtigster Zeuge.«

»Mein Chef in der Küche«, ergänzte Daniel.

»Ist er heute nicht da?«, fragte Krumme.

»Eigentlich schon«, sagte Birte.

»Seine Mutter ist krank geworden«, verriet Hausmeister Hajo. »Er ist heute Morgen zu ihr aufs Festland gefahren. Nach Niebüll.«

Monikas schaute auf ihre Uhr. »Scheint was Ernstes zu sein. Er wollte eigentlich schon zurück sein.«

»Vielleicht wieder Problem mit der Bahn?«, fragte Maria Nowak.

Krumme bemerkte ein zustimmendes Nicken in der Runde. Die Bahnverbindung von Sylt aufs Festland war ein Problem, das wussten alle.

Martje zog ihr Handy heraus und tippte eine Weile auf ihrem Display herum. Und tatsächlich: Die Regionalbahn hatte Verspätung – wegen des Verdachts eines Gleisbruchs auf dem Hindenburgdamm.

Böhme sah Krumme an: »Bedauerlich. Aber wir haben ja seine Aussage.«

Doch Krumme schüttelte den Kopf. »Wenn Sie nichts dagegen haben, würde ich gerne warten. Sie haben es ja gesagt, er ist unser wichtigster Zeuge. Sie können zurück nach Westerland fahren, wenn Sie wollen. Aber ich würde lieber bleiben und selbst noch mal mit ihm sprechen.«

Böhme betrachtete ihn wenig begeistert. Schließlich goss sie sich leise stöhnend einen neuen Kaffee ein. »Dann bleibe ich auch.«

25

Schon wieder hallte ein Pochen durch das Haus, dabei hatte sie das Fenster oben unter dem Dach doch geschlossen.

Es dauerte einen Moment, bis sie begriff, dass es sich um einen Besucher vor der Haustür handelte, der den schweren Messingklopfer in Form eines springenden Delfins betätigt hatte. Aus Angst vor den Paparazzi hatte sie die Türglocke schon vor Wochen ausgeschaltet.

Aber wer wollte denn da zu ihr?

Der Briefträger? Ein Vertreter? Wieder einer dieser Reporter?

Die Kuriere und der Bote aus dem Supermarkt hatten Anweisung, ihre Lieferungen vor der Eingangstür im Garten abzustellen.

Was für schlimme Tage! Gestern der Unfall unter dem Dachboden. Diese schrecklichen Schmerzen. Dann der Besuch bei Doktor Clausen. Und diese aufdringlichen Frauen in Kampen!

Immerhin, der Fuß war nur verstaucht. Aber wie hatte Doktor Clausen mit ihr geschimpft! Was, wenn sie sich etwas gebrochen hätte? Das Bein? Oder – Gott bewahre – die Hüfte?

So hatte sie noch mal Glück gehabt. Trotzdem trug sie eine Orthese und brauchte Krücken. Mühsam schleppte sie sich zur Tür, blieb aber hinter dem Schrank stehen. Durch die Milchglasscheibe sah sie die Konturen einer einzelnen Person. Eine Frau?

Erneut betätigte die Person den Türklopfer und wieder zuckte sie erschrocken zusammen.

Nicht öffnen, rief eine leise Stimme in ihrem Kopf. Aber vielleicht waren es die aufregenden Ereignisse der letzten Tage, die sie mutiger gemacht hatten. Jedenfalls gab sie sich einen Ruck und stakste auf den Krücken zur Tür. Schob den Riegel zurück und öffnete.

Das helle Tageslicht blendete so stark, dass sie die Hand über die Augen halten musste. Schließlich erkannte sie, wer da vor der Tür stand: die blonde Frau, die sie heute vor der Praxis von Doktor Clausen getroffen hatte.

Zusammen mit ihrem Hund!

Er war so groß, dass sie erschrocken zurückwich. Doch als wenn er ihre Reaktion vorausgeahnt hatte, hatte sich der Hund ganz flach auf den Boden gelegt und betrachtete sie gutmütig hechelnd mit seinen großen braunen Augen.

Die blonde Frau nickte ihr jetzt freundlich zu.

»Entschuldigung, Frau Owen, ich möchte Sie nicht stören, aber ...«

»Was wollen Sie?«, unterbrach sie die fremde Frau, ohne dabei den Blick von dem Hund zu lassen.

»Mein Name ist Marianne Schröter. Ich weiß nicht,

ob Sie sich erinnern, aber wir haben uns vorhin kurz in Kampen getroffen.«

»Ja?«

»Und ich glaube, Sie haben sich ein bisschen vor Sunny erschrocken, und das tut mir sehr leid.«

Sie nickte nur, blickte weiter wie hypnotisiert zu dem Hund. Sunny war also sein Name.

»Schon gut«, murmelte sie.

»Nein«, sagte die Frau. »Ich hätte besser auf ihn aufpassen müssen, obwohl er wirklich ganz harmlos ist. Aber er ist auf einmal davongelaufen und wollte offenbar unbedingt zu Ihnen.«

»Ach ja?« Konnte es sein, dass der Hund sie anlächelte?

»Auf jeden Fall ein ziemliches Durcheinander.«

Die Frau hatte plötzlich eine Tüte in der Hand, die sie ihr reichte.

»Und ich weiß nicht, ob Sie es gemerkt haben, aber Sie haben in der Aufregung Ihren Einkauf vergessen.«

»Oh«, machte sie und blickte überrascht in die Papiertüte. Tatsächlich! Sie hatte vor dem Besuch bei Doktor Clausen Tee gekauft und Schokoladenkekse. Und eine Flasche Rotwein?

Die Frau hatte ihre Verwunderung bemerkt und lächelte.

»Den Wein habe ich dazu getan. Als Entschuldigung für den kleinen Schrecken.«

»Oh, das wäre aber nicht nötig gewesen.«

»Oh doch. Ich weiß, dass Sunny auf Fremde manchmal etwas furchterregend wirkt.«

Sie schaute verwirrt zu dem Hund, der jetzt kein bisschen bedrohlich wirkte. Eher wie ein zu groß geratenes Stofftier für Kinder.

»Was ist das für eine Rasse?«, fragte sie.

Die Frau zuckte mit den Schultern. »Schwer zu sagen. Sunnys Mutter ist eine Hütehündin auf einem Eiderstedter Schäferhof. Und sein Vater Watson, na ja, irgendwie eine Mischung aus Labrador, Hirtenhund und einem Bernhardiner.«

»Wie sonderbar.«

»Ja, schon ein bisschen. Aber es erklärt, warum er so ein Riese ist. Wenn wir häufiger solche Touren wie jetzt nach Sylt machen, müssen wir uns wohl ein größeres Auto zulegen.«

Der große Hund schien zu ahnen, dass man über ihn sprach, denn er drückte seinen Körper noch flacher auf den Boden und streckte eine Pfote vorsichtig in ihre Richtung, als wollte er ihr zuwinken.

Sie musste unwillkürlich lächeln. Aus alter Gewohnheit hielt sie sich die Hand vor den Mund, wie ein schüchternes kleines Mädchen. Dann schaute sie wieder zu der blonden Frau. Ihr wurde bewusst, dass sie schon seit Ewigkeiten nicht mehr mit einem Menschen an der Tür geplaudert hatte.

Eine kalte Böe fegte über die lange Auffahrt und blies bis ins Haus hinein. Die Frau – wie war doch gleich ihr Name? – zog ihren Schal fest und klopfte ihrem Hund auf die Schulter.

»Komm, Sunny, wir machen uns mal wieder auf den Weg.«

»Sie wollen gehen?«

»Es wird Zeit.« Sie wies auf ihren Fuß in der Orthese. »Und Sie sollten Ihren Fuß hochlegen. Ich wünsche Ihnen einen schönen Abend, Frau Owen.«

Der Hund hob schwerfällig seinen großen Körper, um seinem Frauchen zu folgen.

»Warten Sie«, sagte Heide Owen. »Wollen Sie nicht noch auf einen Tee bleiben?«

Die Frau sah sie überrascht an. »Oh, danke für die Einladung.«

»Wo Sie sich doch die Mühe gemacht haben, extra hierherzukommen.« Sie lächelte, und ihr fiel auf, dass sie für den Moment ganz vergessen hatte, dass ihr Fuß wehtat und sie auf Krücken angewiesen war. »Ich koche uns schnell einen Darjeeling. Und die Kekse müssen Sie unbedingt auch probieren.«

26

Nachdem Krumme und Böhme die Befragung der Mitarbeiter beendet hatten, blieben sie allein im Besprechungsraum zurück.

»Und«, wollte Böhme von Krumme wissen, »irgendwelche neuen Erkenntnisse gewonnen?«

Krumme war der leichte Spott in ihrer Stimme nicht entgangen, aber er ließ sich nicht beirren. »Über die bisherigen Ergebnisse Ihrer Ermittlungen hinaus? Nein«, antwortete er. »Aber trotzdem ist es gut, Karina Maurers Arbeitsplatz und ihre Kollegen selbst mal kennenzulernen.«

Böhme holte ihr Handy heraus und schlug die Beine übereinander. »Kein Problem. Wir haben ja Zeit«, sagte sie und checkte offenbar Textnachrichten.

»Noch was von Maurer gehört?«, fragte sie unvermittelt, ohne aufzusehen.

»Seit letzter Nacht? Nein. Wahrscheinlich ist er sauer, weil ich ihm nicht geglaubt habe, dass seine Frau ihn tatsächlich besucht hat.«

Böhme sah auf, nickte gedankenverloren. »Hat er sich eigentlich sehr verändert? Ich meine, Sie haben ihn dreißig Jahre nicht gesehen.«

Krumme sah sie an, überlegte einen Moment und

schüttelte den Kopf. »Er ist immer noch der gleiche Narzisst wie früher. Obwohl … letzte Nacht meine ich auch Angst bei ihm entdeckt zu haben. Das kannte ich früher nicht bei ihm.«

»Vielleicht, weil er erkannt hat, dass seine Lügen dieses Mal nicht mehr greifen.«

Krumme wollte sie gerade darauf hinweisen, dass die auch vor dreißig Jahren bei ihm nicht »gegriffen« hatten, als Martje den Besprechungsraum betrat.

»Riewerts ist da«, verkündete sie.

»Sehr gut. Soll reinkommen.«

»Will er aber nicht.«

Böhme richtete den Oberkörper auf. »Wie bitte?«

»Er ist in der Küche. Sagt, dass er das Abendessen vorbereiten muss. Wenn wir mit ihm reden wollen, sollen wir zu ihm kommen.«

Krumme griff nach seiner Jacke und auch Böhme erhob sich von ihrem Stuhl. Sie seufzte. »Nordfriesen. Ich weiß schon, warum ich in Flensburg wohne.«

Kurz darauf betraten sie die Küche, die sich in einem anderen Gebäude der Kurklinik befand. Günter Riewerts war gerade dabei, Gemüse für das Abendessen zu schneiden, zusammen mit seinem schlaksigen jungen Kollegen, den Krumme bereits in dem ersten Gespräch kennengelernt hatte. Riewerts erinnerte Krumme an seinen Kumpel Holger Mannsen, der Kriminalhauptkommissar bei der Wache in Bredstedt war. Bei ihm fragte man sich auch immer, wie er trotz seines gewaltigen Bauches das Gleichgewicht halten konnte. Anders als Mannsen hatte er eine dicke Brille und einen mächtigen Schnurrbart. Krumme begriff sofort, warum seine Kollegen im Gertrud-Hader-Haus ihm deshalb den Spitznamen »Käpt'n« gegeben hatten.

»Sie schon wieder«, begrüßte Riewerts Böhme, passend zu seiner Statur mit einem tiefen Bass.

»Sorry, Herr Riewerts, ich könnte mir auch was Besseres vorstellen, als Sie von der Arbeit abzuhalten.«

»Warum tun Sie mir und sich dann nicht den Gefallen und lassen es? Alles, was ich weiß, habe ich Ihnen bereits gesagt, junge Dame. Aber dieses Schwein rennt trotzdem noch frei herum.«

Krumme räusperte sich. Aufforderung an Böhme, ihn nicht zu vergessen.

»Herr Riewerts, darf ich Ihnen Kriminalhauptkommissar Krumme aus Berlin vorstellen? Er unterstützt uns seit Kurzem bei diesem Fall und würde Ihre Aussage gern persönlich hören.«

Riewerts blickte zum ersten Mal in seine Richtung. »Aus Berlin?«, wiederholte er misstrauisch.

Krumme beschloss, auf dieses Thema nicht erneut einzugehen. »Wie geht's Ihrer Mutter?«, fragte er.

»Meiner Mutter?«

»Uns wurde gesagt, dass Sie plötzlich krank geworden ist.«

»Schlaganfall«, brummte Riewerts. »So'n Schiet. Gestern ging es ihr noch bestens. Und jetzt kann sie kaum noch sprechen.«

»Tut mir sehr leid«, sagte Krumme. Er musste an seinen Vater denken, den es bereits vor zwanzig Jahren getroffen hatte. Er erzählte Riewerts von ihm, berichtete, wie er mithilfe einer entsprechenden Therapie und von Medikamenten wieder ins Leben zurückgekehrt war. Der Koch hatte sich wieder seiner Arbeit zugewandt, hörte aber aufmerksam zu.

»Wichtig ist, dass Ihre Mutter jetzt regelmäßig betreut wird«, schloss Krumme.

Riewerts stöhnte. »So einfach ist das nicht. Ich würde sie ja zu mir nehmen. Aber ich habe hier auf dem Gelände nur eine kleine Wohnung.«

»Gibt es in Niebüll keine Verwandten oder gute Bekannte?«

»Nein, das ist es ja. Wir haben unser ganzes Leben auf Sylt gewohnt. Aber die Mieten hier sind für Normalverdiener einfach nicht mehr zu bezahlen. Deshalb musste sie nach Niebüll aufs Festland ziehen. Wie so viele von hier. Aber meine Mutter ist eine alte Frau, sie kommt mit der neuen Umgebung einfach nicht zurecht.«

»Sorry, wenn ich die Herren unterbreche«, meldete sich Böhme und hob ungeduldig eine Hand, »aber vielleicht können wir uns jetzt unserem eigentlichen Anliegen zuwenden?«

»Natürlich«, sagte Riewerts jetzt viel ruhiger und wandte sich an Krumme. »Was kann ich für Sie tun?«

»Karina Maurer hat bei Ihnen in der Küche gearbeitet?«

»Ja, am Anfang«, sagte Riewerts und erzählte, wie sie bei ihm zunächst als Küchenhilfe beschäftigt war, um später dann andere Aufgaben in der Einrichtung zu übernehmen, als Pflegekraft. »So ein guter Mensch. Sehr bescheiden. Am Anfang ein bisschen schüchtern, weil es mit dem Deutsch noch nicht so geklappt hatte, später wurde sie dann selbstbewusster.«

Krumme erkundigte sich nach Maurer, worauf Riewerts Wutpegel sofort wieder in die Höhe schoss. »Dieses Arschloch«, schimpfte er, »wenn der hier nur einmal seine dicke Nase durch die Tür steckt, ist er dran!« Dazu hielt er sein großes Küchenmesser mit funkelndem Blick in die Höhe.

Böhme holte tief Luft. »Immer mit der Ruhe, Herr Riewerts. Der Abend vor zwei Wochen. Können Sie bitte noch mal erzählen, was da passiert ist?«

Riewerts legte das Messer beiseite und nickte. Er wandte sich erneut an Krumme, berichtete, dass er Karina Maurer an dem Tag nicht in der Kurklinik gesehen hatte. Nach dem Dienst hatte er sich in seine Wohnung zurückgezogen, um dann, wie jeden Abend, mit seinem Hund eine Runde zu drehen.

»Das ist so ein Ritual für uns beide, erst eine Runde am Strand und dann ab in die Koje.«

»Können Sie sich an die genaue Zeit erinnern?«

»Klar. Das war nach den *Tagesthemen* im Ersten, also waren wir wohl so um elf unten am Kliff und im betreffenden Moment muss es so Viertel nach elf gewesen sein.«

Krumme blickte zu Böhme, die nur müde lächelte. Natürlich wusste sie das alles schon.

»Was genau haben Sie gesehen?«, fragte Krumme, an den Koch gewandt.

»Es war stockduster, es hat geschneit, und nebelig war es auch. Richtiges Schietwetter. Musste aufpassen, dass ich nicht ausrutsche. Ich war mit Jojo unten im Watt. Also, nicht direkt im Watt, sondern ein bisschen weiter oben, auf dem Weg unter dem Kliff. Und da habe ich ihn dann gesehen.«

»Maurer?«

»Er war beim Weg. Und er schob eine Schubkarre vor sich her. Eine volle Schubkarre.«

»Sind Sie sicher, dass es Maurer war?«

Riewerts nickte.

»Sie haben also sein Gesicht erkannt?«

Der Chefkoch zögerte. »Sein Gesicht weniger. Aber trotzdem, er war es.«

»Weil …?«

»Er trug seinen alten Mantel, und selbst die Schubkarre kannte ich.« Er bemerkte Krummes fragende Miene. »Ich war mal bei ihm, um ihm wegen Karinas blauem Auge die Meinung zu sagen.«

»Tatsächlich?«

»Aber er war nicht da. Dafür stand genau diese Schubkarre vor der Tür.«

»Die es aber wohl bestimmt nicht nur einmal auf der Welt gibt.«

Riewerts Miene verdüsterte sich. Er strich mit seiner Hand über seinen buschigen Schnurrbart. »Es war Maurer! Sein Mantel, die Größe, die Körperhaltung …«

»Haben Sie ihn angesprochen?«

Der Koch schüttelte den Kopf. »Dafür war er zu weit weg.«

»Haben Sie ihn verfolgt?«

»Nein, verdammt, sehe ich aus wie James Bond? Ich dachte, was geht mich an, was dieser Spinner da mitten in der Nacht treibt! Außerdem war es dunkel und dann der Schnee. Auf einmal habe ich ihn nicht mehr gesehen.«

Krumme blickte nachdenklich zu Böhme. Ihr war anzumerken, dass sie die Befragung beschleunigen wollte. »Können Sie noch einmal schildern, was Maurer auf der Schubkarre transportierte?«, bat sie Riewerts.

»Irgendetwas Großes. In einem Sack. Bauschutt habe ich damals gedacht, schließlich kannte ich ja die kleine Baustelle an seinem Haus.« Er holte Luft. »Wenn ich damals gewusst hätte, was mit der armen Karina passiert ist.« Er blinzelte, seufzte niedergeschlagen.

Der junge Kollege, der Riewerts Erzählung gefolgt war, trat näher und klopfte seinem Chef tröstend auf die Schulter.

In diesem Moment öffnete sich die Tür und Martje kam herein.

»Was gibt's?«, fragte Böhme.

Martje hielt ihr Handy hoch. »Bernt hat sich gemeldet. Es gibt wohl Probleme unten am Ufer.«

»Probleme?«

»Maurer ist bei den Kollegen aufgetaucht und macht Ärger.« Die junge Kollegin der Sylter Schutzpolizei blickte zu Krumme. »Und er will mit Ihnen reden. Sofort!«

27

Keitums schmale Gassen und Pfade lagen still und verlassen da. Unten am Uferweg herrschte dagegen umso mehr Trubel. Spurensicherer in weißen Schutzanzügen packten gerade ihre Ausrüstung zusammen, während uniformierte Kollegen sich bemühten, eine große Menge Schaulustiger bei dem breiten abgesperrten Streifen auf Abstand zu halten.

Im Watt selbst gab es nichts mehr zu entdecken, die Flut lief auf und hatte den Meeresboden bis zur Uferböschung wieder mit Wasser bedeckt.

Krumme blieb auf halber Strecke stehen. Bei seinem letzten Besuch in der Nacht hatte er im Nebel kaum etwas erkennen können. Jetzt war die Luft kristallklar, und die späte Sonne funkelte so hell auf dem Meer, dass er die Augen zusammenkneifen musste.

»Was ist?«, erkundigte sich Böhme ungeduldig. »Wir sind nicht hier, um die schöne Aussicht zu genießen!«

Krumme holte tief Luft. Wie lange sollte er sich das forsche Gerede seiner jungen Kollegin noch bieten lassen? Er nahm sich vor, sie später zur Rede zu stellen. Nun ging es erst einmal um Fichte. Was wollte er von ihm? Dass er das ausgerechnet vor so viel Publikum herausfinden musste, gefiel Krumme gar nicht.

Unglücklicherweise rutschte er in diesem Moment auf dem spiegelglatten Boden fast aus. Nur Martjes beherztem Zupacken hatte er es zu verdanken, dass er sich bei seiner Ankunft vor den vielen Leuten nicht gleich auf den Bauch legte.

»Hoppla, Herr Kommissar«, rief sie, als sie ihn am Arm packte und festhielt.

»Geht schon«, erwiderte er mit rotem Kopf, richtete sich auf und zupfte seine Jacke zurecht.

Immerhin hatte er jetzt die Aufmerksamkeit aller Anwesenden. Auch die von Fichte. Krumme entdeckte ihn innerhalb der Absperrung neben einem schlanken, hochgewachsenen Mann mit kantigem Kinn und einem langen Wintermantel über einem schwarzen Anzug. Er sah aus, als wollte er gleich in die Oper gehen. Er hielt Fichte sofort am Arm fest, als der mit finsterer Miene auf Krumme zumarschieren wollte.

Doch zunächst galt seine und Böhmes Aufmerksamkeit KHK Bernt Laue, der unter dem Flatterband hindurchtauchte und auf sie zukam. Böhme erkundigte sich, wie die Lage war.

»Wir haben nichts gefunden«, brummte er. »Weder im Schilf und vorhin auch nichts im Watt. Keine Spuren, absolut nichts. Was wohl auch kein Wunder ist.«

»Wieso?«

Laue warf Krumme einen finsteren Blick zu. »Maurer ist gerade hier aufgetaucht und hat uns darauf hingewiesen, dass wir an der falschen Stelle gesucht haben.« Er zeigte zu einem Uferabschnitt, der jetzt von der leise gurgelnden See bedeckt war. »Dabei war die Stelle, wo Karina Maurer letzte Nacht unterwegs gewesen sein soll, viel weiter östlich. Sagt zumindest unser gemeinsamer Freund da.«

»Das heißt, die Arbeit war umsonst?«, fasste Böhme zusammen.

Krumme spürte, wie ihm trotz der eisigen Winterluft auf einmal heiß wurde, schließlich hatte er Laue die Stelle am Kliff beschrieben. Konnte es sein, dass er sich geirrt hatte?

Er blickte zu Böhme und Laue, die ihn mit starren Mienen erwartungsvoll ansahen.

»Und? Was sagen Sie, Herr Kollege?«, fragte Böhme. »Kann es sein, dass unsere Leute an der falschen Stelle gesucht haben?«

Er schluckte. »Nein, ich bin ziemlich sicher, dass es diese Stelle war.«

»Ziemlich sicher?«

»Ganz sicher!«, flunkerte er. »Und überhaupt – wieso glauben Sie auf einmal diesem Kerl?«

Laue tauschte einen fragenden Blick mit seiner Kollegin, dann wandte er sich wieder an Krumme.

»Er will Sie sprechen«, sagte er, und man hörte ihm an, dass ihm die Sache nicht gefiel.

»Warum?«

»Keine Ahnung! Vielleicht möchte er sich einfach nur besser mit Ihnen absprechen, damit beim nächsten Mal ihre Versionen übereinstimmen.«

»Bernt«, ermahnte Böhme ihren aufgebrachten Partner.

Der atmete tief ein und stieß dann laut schnaubend die Luft aus. »Ich weiß nicht, was der Kerl will. Er macht die Klappe nicht auf. Mit uns redet er nur über seinen Anwalt.«

Krumme nickte. »Na schön, mal sehen, was er zu sagen hat.«

Er machte sich auf den Weg zu Fichte und seinem Anwalt. Zu seiner Überraschung folgten ihm seine beiden Kollegen.

»Soll ich nicht lieber allein mit ihm …«

»Nein«, unterbrach Böhme sofort, »wir kommen mit.«

Krumme nickte müde, sie hatten ja recht.

Als ein Kollege für sie das Flatterband hochhielt, schaute Krumme zu den Schaulustigen, die am Ufer und auf der Anhöhe standen, Anwohner aus Keitum, Spaziergänger mit ihren Hunden. Mittlerweile waren auch einige Mitarbeiter aus dem Gertrud-Hader-Haus erschienen: Ayla Demir und Bente Kohl, die beiden jungen Therapeutinnen, dazu der grimmig dreinblickende Hausmeister Hajo Weber und der Hilfskoch Daniel Behrens.

Ob dem Maler bewusst war, was für Emotionen er bei den anderen Menschen auf der Insel auslöste? Falls ja, sollte er in Keitum besser keine Spaziergänge mehr machen, zumindest nicht allein.

»Guten Tag, Herr Fichte«, sagte Krumme. Er nannte ihn bewusst bei seinem alten Namen, um ihm zu zeigen, dass er für ihn immer noch der alte Mordverdächtige aus Berlin-Neukölln war. Dann wandte er sich dem Mann neben ihm zu. »Ich bin Kriminalhauptkommissar Krumme, und Sie sind?«

»Kupfer mein Name, der Rechtsbeistand von Herrn Maurer«, sagte der Mann im langen Wintermantel. Er betrachtete Krumme aufmerksam und ein anerkennendes Lächeln erschien auf seinen Lippen. »Der berühmte Kriminalkommissar aus Husum«, fuhr er fort. »Schön, dass ich Sie auch mal kennenlerne.«

»Na ja, berühmt, ich weiß nicht.«

»Seien Sie nicht so bescheiden. Als Herr Maurer mir gesagt hat, dass er Sie zu Hilfe gerufen hat, habe ich mich informiert. Respekt, Sie haben in den letzten Jahren beeindruckende Erfolge gehabt.« Er blickte mit abschätziger Miene zu Böhme und Laue. »Im Gegensatz zu Ihnen, wenn ich das sagen darf. Können Sie mir verraten, was diese Aktion hier heute soll?«

»Machen Sie Ihre Arbeit, Herr Kupfer, und wir machen unsere.«

»Und dazu gehört, auf gut Glück das Watt durchzupflügen?«

Böhme blickte kurz zu Krumme. »Wir haben vertrauliche Hinweise erhalten, denen wir nachgehen mussten.«

»Vertraulich ist ein gutes Stichwort. Könnten Sie uns bitte allein lassen? Mein Mandant wünscht, unter vier Augen mit Ihrem Kollegen zu sprechen.«

»Nein, wir bleiben, Herr Kupfer«, sagte Laue.

Krumme räusperte sich. »Tatsächlich muss ich darauf bestehen, dass meine Kollegen mithören, was Sie zu sagen haben, Herr Fichte.«

Der Maler wollte etwas erwidern, aber der Anwalt kam ihm zuvor. »Darf ich Sie darauf hinweisen, dass Herr Maurer den Namen Fichte schon vor vielen Jahren abgelegt ...«

Mit einer herrischen Geste forderte der Maler ihn zum Schweigen auf, wandte sich dann an Krumme. »Ich bin sehr enttäuscht von Ihnen, Herr Kommissar.«

»Ach ja?«

»Ich habe Ihnen vertraut, Sie um Hilfe gebeten. Das scheint ein Fehler gewesen zu sein. Es ist wohl besser, wenn wir nicht mehr miteinander reden.«

»Was haben Sie denn gedacht, als ...«

»Ich habe Ihnen meine Ängste offenbart«, unterbrach ihn Fichte. »Und was tun Sie? Hetzen diesen Kindergarten auf mich! Verraten ihnen Dinge, die nur für Ihre Ohren bestimmt waren.«

Krumme verdrehte die Augen. »Hören Sie mal zu, Fichte, Sie stehen unter Mordverdacht ...«

»Was sich aufgrund der Faktenlage erledigt hat«, warf Kupfer ein, doch Krumme beachtete ihn nicht.

»... und wenn Sie jetzt behaupten, Karina lebt noch und Sie haben sie hier letzte Nacht gesehen, dann sollten Sie ein Interesse daran haben, dass die Polizei erneut alles absucht.«

»Sehr richtig, Herr Kommissar«, meldete sich wieder Kupfer zu Wort. »Darf ich darauf hinweisen, dass es sehr kooperativ von Herrn Maurer war, hierherzukommen und bei den Ermittlungen zu helfen?«

»Auch wenn Sie mir nicht glauben«, sagte Fichte zu Krumme, ohne auf den Anwalt zu achten, »ich habe Karina letzte Nacht wirklich gesehen.«

In diesem Moment wurde es unruhig in der Gruppe der Schaulustigen. Die Mitarbeiter der Kurklinik hatten sich vorgedrängt, sehr zum Verdruss der überforderten Sylter Schutzpolizisten.

»Wann verhaften Sie den Kerl endlich?«, rief jetzt jemand aus der Gruppe.

»Muss noch ein Mord passieren, bis endlich was geschieht?«, war eine wütende Frau zu hören.

»In den Knast mit dem Schwein!«, rief ein Mann.

Fichte sah mit finsterer Miene auf.

»Pass bloß auf!«, rief jetzt der hünenhafte Hajo Weber. »Wenn die Polizei nichts unternimmt, kommen wir und holen dich!«

Fichte trat einen Schritt vor und schüttelte die Faust. »Ausgerechnet du spielst den Helden? Bist ja nur sauer, weil Karina dich nicht rangelassen hat!«

Ein Raunen ging durch die Menge. Und auf einmal ging alles sehr schnell.

Hajo drängte sich an den Schutzpolizisten vorbei. Dem Hilfskoch und den Frauen gelang es nicht, ihn zurückzuhalten. »Du perverses Schwein! Ich mach dich fertig!«, rief er und stürmte auf Fichte zu.

Aber der hatte keine Angst. Wütend schob er seinen Anwalt zur Seite.

»Nicht!«, rief Kupfer erschrocken.

Uniformierte Polizisten, darunter auch Martje sprangen hinzu, wollten eine Schlägerei verhindern.

Doch es war zu spät.

Weber und Fichte krachten aufeinander, der eine versuchte, den anderen zu stoßen und aus dem Gleichgewicht zu bringen. Fichte versuchte es mit einem Kinnhaken, schlug aber daneben. Weber hatte mehr Glück, traf Fichte mit einem Schlag in den Magen. Der brüllte auf, nicht vor Schmerz, sondern vor Wut und versuchte, Weber in den Schwitzkasten zu nehmen.

Auch Behrens, der Hilfskoch, warf sich ins Gerangel, versuchte, ungelenk ein paar Schläge gegen Fichte zu setzen, wurde von ihm aber einfach zur Seite gestoßen und stolperte Krumme in die Arme.

Alle schrien durcheinander. Frauen kreischten, Hunde bellten. Böhme versuchte, den Schutzpolizisten Befehle zu erteilen, wurde aber in dem ganzen Lärm nicht gehört.

Fassungslos starrte Krumme auf das Durcheinander, sah, dass Martje rüde zur Seite geschubst wurde. Auch Laue versuchte, die Streithähne zu trennen, als Weber daneben schlug und ihn am Kinn erwischte. Benommen ging der Beamte in die Knie.

Krumme blickte zu der überforderten Böhme und beschloss, selbst aktiv zu werden. »Auseinander!«, rief er, so laut er konnte. »Alle auseinander, sofort!«

Niemand achtete auf ihn. Stattdessen wurde Fichte von einem Haken des Hausmeisters getroffen, kam ins Schwanken, fiel aber nicht. Krumme sah, wie er brüllend wieder in den Angriff ging, nur dass ihm jetzt Krumme im Weg stand.

»Zurück!«, rief er mit erhobenen Armen. »Hören Sie endlich auf!«

Aber Fichte dachte nicht daran. Im Gegenteil. »Weg da!«, schnaubte er und stieß Krumme brutal zur Seite. Der stolperte, verlor das Gleichgewicht, stürzte auf die steinige Böschung und spürte einen heftigen Stoß gegen den Kopf. Er hörte einen Schrei, dann wurde alles schwarz.

28

»Scheint, als hättest du wieder einmal einen ganz wunderbaren Tag gehabt.« Marianne grinste, als sie ihm eine Tasse Tee reichte.

»Sehr witzig«, brummte Krumme. Er lag in ihrer Hotelsuite auf der Chaiselongue. Das nasse Handtuch, das ihm Marianne auf die Beule an der Stirn gedrückt hatte, hatte er bereits abgestreift. Sunny hockte neben der Liege und hatte seinen Kopf an Krummes Seite abgelegt.

Gerade hatte er Marianne von seinen Abenteuern in Keitum berichtet. Von seinem erneuten Treffen mit Fichte und wie zwischen gefrorenem Schilf und eisiger Nordsee alles in einem Tumult geendet hatte. Er hatte erzählt, wie Fichte auf einmal komplett durchgedreht war, ihn brutal zur Seite gestoßen hatte und nur mit den vereinten Kräften der Sylter Schutzpolizisten davon abgehalten werden konnte, dem Hausmeister der Kurklinik erneut an die Gurgel zu gehen.

»Dein Freund scheint ja wirklich ein Schätzchen zu sein«, stellte Marianne fest, während sie besorgt seine Schwellung an der Stirn begutachtete.

»Jetzt fang du auch noch an! Fichte ist nicht mein Freund, ist es nie gewesen und wird es niemals sein.«

»Weiß ich doch«, sagte Marianne sanft und setzte sich, ebenfalls mit einem Tee in der Hand, ihm gegenüber in den Sessel. Mittlerweile war es draußen dunkel geworden. Ein heftiger Wind strich um das Haus und ließ das Reetdach über ihrer Suite knacken.

»Hat er sich wenigstens entschuldigt?«

Krumme versuchte, sich an die Zeit nach seinem kurzen Knock-out zu erinnern. Dachte an das heillose Durcheinander, an den Geruch des gefrorenen Bodens, auf dem er aufgeschlagen war. An die Schreie und das Gerangel auf dem Uferweg.

Er schüttelte den Kopf. »Nicht, dass ich wüsste. Vielleicht hat er es versucht, aber irgendwie fehlen mir ein paar Momente.«

Marianne betrachtete ihn mit besorgter Miene. »Und die Ärztin hat dich genau untersucht?«

Krumme schob sich ächzend ein Stück nach oben, um es bequemer zu haben. »Ja, mach dir keine Sorgen. Wohl keine Gehirnerschütterung, sagt sie. Morgen sollte ich wieder arbeiten können. Wenn ich denn will.«

»Und willst du?«

Er überlegte. Er hatte nur leichte Kopfschmerzen. Er erinnerte sich an Böhmes besorgte Miene. Sie hatte – gegen seine Proteste – darauf bestanden, einen Rettungswagen zu rufen, und war während der Untersuchung des Notarztes nicht von seiner Seite gewichen.

»Nehmen Sie sich die Zeit, die Sie brauchen«, hatte sie ihm gesagt. »Wenn Sie wollen, bleiben Sie im Ho-

tel. Ruhen Sie sich aus und überstürzen Sie nichts.«
Verrückt – er hatte den Eindruck, dass sie ihm das aus
echter Sorge um seine Gesundheit empfohlen hatte,
und nicht, weil ihn die ehrgeizige Kriminalhauptkommissarin loswerden wollte.

Die »Exitstrategie« lag auf dem Tisch. Er müsste
nur ein paar Beschwerden vortäuschen und schon
hätte die ganze Geschichte hier auf Sylt ein schnelles
Ende. Selbst Fichte könnte sich angesichts der Um-
stände nicht beklagen. Noch ein, zwei Tage hier im
schönen Hotel, dann könnten sie wieder zurück nach
Husum.

Warum eigentlich nicht?

Selbst wenn sie nicht warm miteinander geworden
waren, Böhme und ihr Kollege Laue machten gute
Arbeit. Sie brauchten ihn nicht und würden Karina
Maurers Mörder früher oder später auch ohne ihn finden. Und nur für Fichtes Psychospielchen musste er
nicht auf Sylt bleiben.

»Theo? Wirklich alles in Ordnung?«

Er schreckte aus seinen Gedanken. »Was meinst
du?«

»Ich habe dich gefragt, ob du morgen wieder arbeiten willst.«

»Oh. Tut mir leid.«

»Und, wie hast du dich entschieden?«

»Mal sehen, wie ich mich morgen fühle«, sagte er
und nippte an seinem grünen Tee.

Für einen Moment schwiegen beide und lauschten
einem dänischen Radiosender, der ruhigen Jazz spielte.

»Willst du wissen, wie es uns heute ergangen ist?«, fragte Marianne schließlich.

»O ja, natürlich«, erwiderte er. »'tschuldigung, bin mit den Gedanken gerade ganz woanders. Erzähl mal, habt ihr einen schönen Tag gehabt?« Er streichelte Sunny über den Kopf, um ihm zu zeigen, dass die Frage auch an ihn ging.

Marianne rutschte ein Stück zu ihm näher heran.

»Wir hatten sogar den perfekten Tag!«, verkündete sie.

»Zusammen mit deiner neuen Freundin, dieser …?« Ihm fiel der Name nicht ein.

»Ursel, genau, die war die meiste Zeit auch dabei.« Marianne erzählte ihm von ihrem Spaziergang am Kampener Kliff, von ihrem Ausflug über die winterliche Dünenstraße nach List, wo sie leckere Suppe gegessen hatten. Und dass sie schließlich wieder zurück nach Kampen gefahren waren, weil Ursel doch alles etwas zu viel wurde und sie müde geworden war.

»Hört sich nach einem schönen Tag an.«

»Ja, aber jetzt kommt ja erst die tollste Geschichte. Als ich Ursel bei ihrem Apartment abgesetzt habe, ist Sunny auf einmal aus dem Auto gesprungen und um das Haus gelaufen. Und jetzt rat mal, wen wir auf diese Weise kennengelernt haben?«

»Keine Ahnung.«

»Kleiner Tipp: Es ist eine sehr bekannte Frau, nicht mehr ganz jung. Und du kennst sie bestimmt.«

Krumme seufzte. Aber ihm wollte einfach kein

Name irgendeiner prominenten, nicht mehr jungen Frau einfallen. Vielleicht war der Stoß auf den Kopf doch zu heftig gewesen.

»Wie gesagt«, er seufzte erneut, »keine Ahnung.«

Marianne holte tief Luft. »Heide Owen«, sagte sie feierlich.

Krumme stutzte, musste immer noch überlegen, bis bei ihm endlich der Groschen fiel. »Heide Owen? Die Schauspielerin?«

»Genau die.«

»Hatte ihre große Zeit in den Siebzigern, oder?«

Marianne nickte. »Hat damals sogar einen Oscar gewonnen.«

Krumme war tatsächlich beeindruckt. »Ich wusste gar nicht, dass die noch lebt.«

Marianne lächelte. »Aber ja. Heute Nachmittag habe ich sogar einen Tee mit ihr getrunken.«

»Hier in Kampen?«

»Nein. Bei ihr zu Hause in Munkmarsch.«

Krumme überlegte. »Dieser kleine Ort mit dem Hafen? Auf dem Weg nach Keitum?«

»Genau. Sie bewohnt da ein wunderschönes altes Friesenhaus direkt an der Küste.«

Krumme schaute seine Freundin mit großen Augen an. Heide Owen war eine Legende. Ein Weltstar wie Romy Schneider oder Hardy Krüger, hatte auch mit ihnen und vielen anderen Stars gedreht. Ihre Affären mit diversen Hollywoodstars hatten damals die Promi-Gazetten gefüllt. Krummes Eltern waren Riesenfans der Schauspielerin gewesen. »Meine zweite große

Liebe – nach deiner Mutter«, hatte sein Vater früher immer gewitzelt. Und nun wohnte sie hier auf Sylt und hatte mit Marianne einen Tee getrunken? Unglaublich!

Er richtete sich auf. Die Beule an seiner Stirn war für den Moment vergessen.

»Okay, fang an, ich will alles wissen.«

Marianne begann zu erzählen. Wie Sunny vor die Praxis des Orthopäden gelaufen war. Wie Heide sich so vor ihm erschrocken hat, dass sie ganz kopflos geworden und ins Taxi gestiegen war, ohne ihre Einkaufstüte mitzunehmen. Später war Marianne dann zu ihr nach Munkmarsch gefahren, um ihr die Tüte zu bringen. Und verrückt, irgendwie hatte sie auf einmal doch ihr Herz an Sunny verloren. Schließlich war sie mit Marianne ins Gespräch gekommen und hatte sie zu einem Tee in ihrem großen Salon mit Blick über die Ostküste eingeladen.

»Es war magisch!«, schwärmte Marianne. »So eine liebenswerte Person. Gut, es hat ein bisschen gedauert, bis sie aufgetaut ist. Denn stell dir vor, sie wohnt da ganz allein in diesem riesigen Haus, seit zwanzig Jahren. Hat praktisch nie Besuch und lässt sich Essen liefern. Sie lebt nur noch in der Vergangenheit. Alles, wovon sie geredet hat, waren Geschichten von früher. Geschichten mit Menschen, die oft schon lange tot sind.«

»Wie traurig.«

»Ja, nicht wahr? Die Arme. Umso schöner, dass sie ein bisschen Vertrauen zu mir gefasst hat. Na ja, eigentlich glaube ich ja, dass es vor allem Sunny war, der das Eis gebrochen hat.«

»Tatsächlich?« Krumme lächelte und tätschelte den großen Kopf seines tierischen Kumpels, der leise hechelnd aus dem Fenster in die Nacht schaute. Es wunderte ihn nicht, dass er, wo immer sie auch waren, sofort das Herz von Fremden eroberte und neue Freunde fand.

»Ach Theo, du hättest hören sollen, was sie alles erzählt hat. Von ihren Reisen nach Cannes, Venedig, Acapulco. Von ihren vielen Preisen. Und von ihren Liebhabern.« Marianne lächelte. »Wusstest du, dass sie eine Affäre mit Tony Curtis hatte?«

Krummes Mutter hätte das bestimmt gewusst. Aber er hatte keine Ahnung und schüttelte den Kopf.

»Die beiden sind 1974 einen Sommer lang verliebt durch Paris spaziert und keiner hat es gemerkt.«

»Und wie hieß noch dieser andere Mann? Ihre große Liebe? Alain Delon?«

»Nein, das war Romy Schneider. Du meinst sicher Dylan Carter. Den englischen Schauspieler.«

Krumme forschte in seiner Erinnerung. Hatte seine Mutter den Namen damals erwähnt? Er war sich nicht sicher.

»Den hat sie wohl über alles geliebt. Und er sie auch, wollte für sie sogar seine Frau verlassen. Doch die hatte dann einen schlimmen Autounfall und saß danach im Rollstuhl. Er wollte trotzdem zu Heide, aber …«

»Duzt ihr euch etwa?«

Marianne wedelte mit der Hand. »Aber nein, wo denkst du hin? Heide ist eine richtige Dame, die will natürlich gesiezt werden. Also …« Sie überlegte, wo sie stehen geblieben war.

»Dylan und seine Frau im Rollstuhl«, half Krumme.

»Ja, die wollte er für Heide verlassen. Aber das kam für sie nicht infrage. Sie hat gesagt, er soll weiter bei seiner Frau bleiben, sich um sie kümmern. Und das hat er getan, hat in seiner Villa in der Provence für seine Frau gesorgt, bis zu seinem Tod. Das war vor vier Wochen.«

»Er ist tot?«

»Friedlich eingeschlafen. Mit vierundachtzig Jahren.«

»Hast du das gewusst?«

»Nein, woher denn? Ist aber trotzdem eine traurig-schöne Geschichte. Heide hat ihr ganzes Leben gehofft, dass Dylan irgendwann zu ihr kommen würde. Hierher, nach Sylt.«

»Ist er aber nicht.«

Marianne schüttelte den Kopf. »Heide hat die vielen Jahre allein in ihrem großen Haus gewohnt. Nun ist Dylan tot und seine Frau lebt immer noch.«

»Aber sie hat noch Filme gedreht, oder nicht?«

»Den letzten wohl vor dreißig Jahren. Sie hat mir den Titel genannt, irgendeine deutsche Produktion, nie davon gehört. Habe ich ihr natürlich nicht gesagt.«

Krumme schaute nachdenklich aus dem Fenster in die Nacht, sah die heimelig-beleuchteten Nachbarhäuser. »Die arme Frau. Immer allein.«

»Sie hat Witze darüber gemacht, aber eigentlich ist es zum Weinen.«

Krumme erinnerte sich daran, wie auch er nach der Scheidung von seiner Frau Maria lange allein in seiner kleinen Wohnung in Neukölln gehaust hatte. Was aus ihm wohl geworden wäre, wenn er sich nicht entschieden hätte, einen Neuanfang in Nordfriesland zu wagen? So war sein Mut belohnt worden, er hatte neue Freunde und schließlich sogar mit Marianne eine neue Liebe gefunden.

Die schien seine Gedanken lesen zu können. Sie lächelte. »Wir haben auch über dich und deine Arbeit gesprochen.«

»Ach ja?«

»Fand sie sehr spannend. Ein echter Kommissar. Wollte wissen, ob du auch schon mal jemanden erschossen hast.«

Krumme verdrehte die Augen. Immer die gleiche Frage, er wusste schon, warum er so ungern davon sprach, womit er sein Geld verdiente. »Hat sie von der verschwundenen Karina Maurer gehört?«

»Nein, auch von Maurer wusste sie nichts. Dabei interessiert sie sich durchaus für Malerei. Sie hat mehrere Ölbilder von Sigi Helgard bei sich im Haus hängen. Hat sie sich schon in den Siebzigerjahren gekauft. Müssen jetzt ein Vermögen wert sein.«

Krumme nickte gedankenverloren. Mit Malerei kannte er sich gar nicht aus.

Marianne legte ihre Hand auf seine. »Sag mal, liebster Theo«, schnurrte sie, »wo wir gerade über deinen

Beruf reden. Könntest du mir einen Gefallen tun? So als Polizist und Kommissar?«

»Was denn?«

»Eigentlich ist es ein Gefallen für Heide. Sie hat da ein Problem und ist wirklich verzweifelt.«

29

Und Harke war doch zu Mikes Geburtstagsfeier gekommen.

Um halb neun am Abend stand er vor der Tür, stapfte nach einer kurzen Begrüßung in die Küche und setzte sich dann mit einem Bier allein in eine Ecke. Dort lauschte er wie ein großer, schüchterner Junge schweigend dem Gespräch der anderen Gäste und nuckelte versonnen an seinem Flens.

Pat hatte Mike verlegen gebeichtet, dass eventuell noch ein zusätzlicher Gast zu seiner kleinen Feier kommen würde, zu der nur vier Kollegen von der Husumer Feuerwehr, bei der Mike als Rettungssanitäter arbeitete, eingeladen waren.

Mike hatte nur mit den Schultern gezuckt. »Kein Problem«, hatte er gesagt. »Wo das Essen für sechs reicht, reicht es auch für sieben.«

Pat war erleichtert.

Mike hatte Harke schon früher kennengelernt, er kannte seine Schrullen. Deshalb wunderte er sich auch nicht, als Harke sich nach einer Weile mit seinem Bier auf den eisigen Balkon verzog – vielleicht, um den nächtlichen Sternenhimmel zu bestaunen. Irgendwann folgte Mike ihm als guter Gastgeber nach draußen und stellte sich neben ihn an die Brüstung. Pat hörte durch die nur angelehnte Tür mit. Aber schon bald erkannte sie, dass die Sorge, ob sich die beiden was zu sagen hatten, überflüssig gewesen war.

»Wo geiht't, Harke?«, fragte Mike.

»Geiht so!«, erwiderte Harke.

»Löppt allens?«

Harke nickte langsam und trank einen Schluck Bier. »Löppt.«

»Tschä, bannig frisch, wat?«

»Kannst woll seggen.«

»Tieden sünd dat.«

»Dat segg ik di.«

»Is nix mehr as dat mal weer.«

»Dor seggst ok wat.«

Für eine Weile schauten sie stumm in die Nacht. Obwohl es eisig kalt war, trug Mike nur ein Hemd, Harke wie immer nur einen einfachen Pullover und seine blaue Latzhose.

»So is dat«, brummte Mike und ergänzte, als Harke nichts sagte: »Laat uns mal wedder snacken.«

»Dat maakt wi«, erwiderte Harke.

Damit klopfte Mike auf die Brüstung wie auf einen Thekentisch und wandte sich zum Gehen, hielt dann aber noch mal inne und fragte: »Hunger?«

Harke nickte wieder langsam mit dem Kopf. »Ja, al.«

»Denn kaam rein, eten is fardig.«

Tatsächlich folgte Harke dem Geburtstagskind in die Wohnung und nahm zusammen mit den anderen Gästen am Tisch Platz.

»Ich wusste gar nicht, dass du dich mit Harke so gut verstehst?«, flüsterte Pat Mike zu und grinste.

Der zuckte nur mit den Schultern. »Brüder fürs Leben, was hast du denn gedacht?«

Dann gab es Chili con Carne. Pat konnte sich zurücklehnen, die Stimmung war gelöst, und Mike hatte nette Freunde, die es sogar schafften, Harke in die Runde einzubeziehen, indem sie mit ihm über seine Arbeit in Kleebüll und hier in Husum plauderten.

Doch Gertie, eine freche Kollegin von Mike und schon leicht beschwipst von dem Rotwein, den sie selbst als Geschenk mitgebracht hatte, schoss etwas übers Ziel hinaus.

»Ich habe gehört, in Kleebüll hast du zwei ungewöhnliche Mitbewohner?«, fragte sie und sah Harke herausfordernd an.

Harke nickte mit großem Ernst. »Reiko und Nis.«

»Reiko ist dein Hund?«

»Mein Hund, genau.«

»Und Nis?«

»Gertie, bitte!« Mike sah sie mahnend an. Aber seine Kollegin beachtete ihn nicht.

»Nis ist ein Klabautermann«, antwortete Harke freundlich, als wäre das die normalste Sache der Welt.

Mike und Pat tauschten einen nervösen Blick. Auch die anderen Gäste schwiegen überrascht und schauten Harke an.

»Ein Klabautermann? Wie spannend!« Gertie ließ nicht locker. »Was macht der denn so den ganzen Tag.«

»Oh, viele Sachen.«

»Zum Beispiel?«

»Spazieren gehen, basteln, lesen. Quatsch machen, so was.« Harke freute sich wie ein kleines Kind, dass ihn alle anlächelten. Pat fragte sich nicht zum ersten Mal, wie alt Harke eigentlich war. Wohl so um die vierzig Jahre. Aber er hatte das Gemüt eines Kindes.

»Was für Quatsch macht Nis denn so? Fährt er mit Segelschiffen hinaus aufs Meer und erschreckt die Mannschaft?«

»Nein, nein«, antwortete Harke kopfschüttelnd, »Nis mag keine großen Wellen und auf Schiffe will er auch nicht. Aber er kann das Meer zum Leuchten bringen.«

»O wie schön!«, rief Gertie ehrlich überrascht aus.

»Ja, das ist schön. Sieht aus, als würde er tausend Sterne ins Wasser werfen.«

Gertie blickte in die gerührt schweigende Runde, erkannte, dass jetzt nicht der richtige Moment war, um den gutmütigen Knecht aus dem kleinen Kleebüll mit Spott zu überziehen.

»Apropos Meer«, rief Mike aus und wandte sich mit einem Versuch, das Thema zu wechseln, an Pat. »Wie geht's Theo? Der ist doch jetzt auf Sylt, oder?«

»Oh, Theo, ja, genau, Marianne und Sunny sind auch mit. Spezialauftrag. Er soll irgendwie einen Mordverdächtigen weichklopfen, damit der endlich gesteht.« Sie berichtete ihren Freunden von seinem Besuch auf der Insel und seinen Problemen mit den Flensburger Kollegen, die es gar nicht mochten, dass er sich in ihren Fall einmischte.

Obwohl sie Maurers Namen nicht nannte, wusste Kemal, einer der Rettungswagenfahrer, sehr genau, um wen es ging, hatte über den Fall schon in der Zeitung gelesen.

Auch Gertie horchte auf, denn sie kannte ein paar von Maurers Bildern. »Echt krasses Zeug«, sagte sie. »Ziemlich düster. Würde mich nicht wundern, wenn der ein Psycho ist, der Frauen ermordet.«

»Und wieso bist du nicht mit deinem Kollegen nach Sylt gefahren?«, wollte Kemal von Pat wissen.

»Die haben da schon genug Polizisten. Außerdem sind wir für Sylt nicht zuständig. Theo hilft da nur aus.«

»Besser is'«, brummte Harke unvermittelt.

Alle drehten sich zu ihm.

»Bist du schon mal auf Sylt gewesen?«, fragte Kemal.

Harke wischte mit einem Brot das letzte Chili con Carne aus seiner Schale. »Noch nie«, sagte er mit vollem Mund.

»Ich auch nicht«, gestand Kemal. »Aber ich würde gerne mal hin. Mit den vielen Dünen und dem langen Strand, ist bestimmt toll.«

Alle im Raum nickten.

»Ziemlich teuer, aber schön«, sagte Pat.

»Und gefährlich«, meldete sich wieder Harke. Mit einem Plopp öffnete er eine neue Bierflasche.

»Gefährlich? Sylt? Für wen?«

»Für Theo. Muss aufpassen. Weg vom Meer bleiben.«

»Du meinst wegen der Brandung?«, fragte Kemal.
»Ja, die soll ziemlich heftig sein.«

Mike betrachtete Harke nachdenklich. »Aber die Brandung meinst du nicht, oder?«, fragte er ihn.

Harke schüttelte den Kopf. »Op Sylt kummt de Dood trügg«, sagte er und schaute auf einmal mit seltsam abwesender Miene ins Leere.

Allgemeines Schweigen.

»Was sagt er?«, fragte Kemal Mike.

Der räusperte sich, bevor er antwortete. »Er sagt: Auf Sylt kommt der Tod zurück.«

30

Wütend stapfte er die Treppe ins Obergeschoss hinauf, immer noch in den schweren Stiefeln, die er am Kliff getragen hatte, in der Hand eine halb volle Flasche mit seinem kubanischen Lieblingsrum. Ein einsamer Strahler tauchte das Atelier in ein dämmriges Licht. Schwer atmend, als hätte er einen Berg erklommen, warf er sich in einen zerschlissenen, von Ölfarben beschmutzten Sessel, schenkte sich ein Glas ein und trank es in einem Zug leer. Erst beim zweiten Glas ließ er es ruhiger angehen, behielt den Alkohol länger im Mund und schaute mit verlorener Miene hinaus in die unergründliche Nacht. Vielleicht hätte er Sterne sehen können, aber dafür war das Fenster leider zu schmutzig, hatte er es doch seit Ewigkeiten nicht mehr geputzt. Und für die Putzfrau war der Zutritt streng verboten gewesen.

Genauso wie für Karina. Außerhalb ihrer Sitzungen, wenn er sie in diesem Sessel sitzend gemalt hatte, hatte sie hier nichts zu suchen. Das Obergeschoß des Hauses war sein Reich, während Karina sich im Erdgeschoss, in der Küche und in der Stube, aufhielt.

Aufgehalten *hatte*, korrigierte er sich in Gedanken und trank über diese Erkenntnis einen weiteren großen Schluck.

Für einen Moment verharrten seine blutunterlaufenen Augen auf dem Aktgemälde, das er von seiner Frau gemalt hatte. Er presste die Lippen aufeinander – und vergrub plötzlich mit einem lauten Stöhnen sein Gesicht in den Händen, gefangen in seinen trüben Erinnerungen.

Sein Handy klingelte. Er drückte den Rücken durch, bewegte den Kopf von links nach rechts, um die Verspannung in seinem Nacken zu lösen. Erst dann ging er ran.

»Ja?«

Stille. Nur ein leises Atmen war zu hören.

Er schnaufte wütend. »Sehr lustig, du Arschloch!«

Keine Reaktion.

»He, wenn du mir was zu sagen hast, mach gefälligst den Mund auf!«

»Du mieses Schwein«, ließ sich in diesem Moment eine männliche Stimme hören. »Wir wissen, was du getan hast. Und dafür wirst du büßen.«

Dann ein Klicken. Der Kerl hatte aufgelegt.

Er atmete tief durch, schaute auf das Handy, als würde er darin die widerliche Fratze des Anrufers sehen. Mit einem verächtlichen Stöhnen warf er das Telefon auf den Boden.

Die wollten ihm Angst machen? Lachhaft. Er hatte keine Angst!

Er erinnerte sich an die Arschlöcher, die ihn unten am Uferweg beleidigt und beschimpft hatten. Karinas Kollegen! Alle glaubten, sie besser zu kennen als er. Aber sie hatten ja keinen Schimmer von ihren unerträglichen Launen! Stattdessen wollten sie jetzt ihm an den Hals! Er hätte alle plattgemacht, wenn die verdammte Polizei nicht dazwischen gegangen wäre! Nein, er hatte keine Angst, er würde sich nicht beugen, vor niemandem!

Er leerte sein Glas, stand auf und ging zum Strahler. Er richtete das Licht auf die Staffelei mit dem Aktbild von Karina, betrachtete sein Werk einen langen Moment mit finsterer Miene.

Plötzlich ging ein Ruck durch seinen Körper. Er griff nach einer Palette. Wie im Rausch drückte er verschiedene Farben auf die getrocknete Oberfläche, vermischte sie mit einem breiten Pinsel. Viel Rot, Signal- und Korallenrot, dazu Gelb und Cremeweiß. Die Farben sollten leuchten, in den Augen brennen wie helle Flammen. So wie seine Liebe für Karina gebrannt hatte, früher, als sie ihm noch Respekt entgegengebracht hatte!

Wie im Wahn warf er die Farbe auf die Leinwand, strich sie mit dem breiten Pinsel über das Bild, verteilte sie über ihrem nackten Körper, arbeitete die Konturen aus. Immer wieder trank er jetzt direkt aus der Flasche, spürte, wie der Alkohol durch seinen Körper strömte, jeden Schmerz betäubte und seinen Geist forttrug.

Er brauchte mehr – mehr Farben und mehr Alkohol! Zum Glück hatte er noch eine Flasche Korn im Schrank, nicht so edles Zeug wie der Rum, aber egal. Schon war die nächste Flasche zur Hälfte leer, doch langsam nahm sein Werk Formen an. Wo vorher Farben mit kaltem Unterton dominierten, ergoss sich jetzt ein Strom aus Licht und glänzendem Feuer, als würde Karina sich nackt in den Abgründen der Hölle wälzen.

Schweiß lief ihm übers Gesicht, tropfte von seiner Nase und seinem Kinn auf den Boden. Er trank einen Schluck, verschluckte sich, musste husten, prustete Schnaps auf die Leinwand und erfreute sich an dem Glanz, den er auf der Oberfläche hinterließ.

Völlig außer Atem betrachtete er das Bild, das nicht mehr viel mit dem ursprünglichen Entwurf gemein hatte. Aber die Proportionen waren gleich geblieben. Das war noch immer Karina, auch ohne ihr Gesicht.

Mit einem gequälten Stöhnen schloss er seine Augen, versuchte, sich an ihren Blick und ihren Mund zu erinnern. Aber der Alkohol forderte seinen Tribut. Alles drehte sich, als würde ihn ein alles verzehrender Wirbelsturm erfassen, der ihn mitriss und in die Höhe hob, weg von allem, was seine jämmerliche Existenz ausmachte.

Endlich öffnete er die Augen, schaute wieder zu seinem Werk.

Irgendetwas fehlte. Und er wusste auch, was. Er griff nach einer Tube Zinnoberrot, quetschte es auf seinen größten Pinsel – und hieb mit ihm wie mit einer Keule auf das Bild ein.

So war es besser. Viel besser. Dickes Blut überzog jetzt ihren goldgelb glühenden Körper.

Er atmete schwer. Trank einen großen Schluck von dem billigen Korn. Schwankte mit halb geschlossenen

Augen, während er hörte, wie der Wind draußen um das Haus rauschte.

Nein, nein, sie hatte keine Macht über ihn. Niemals wieder würde sie Macht über ihn haben!

Doch noch war das Bild nicht fertig, es fehlte die alles entscheidende letzte Idee, die das Werk unsterblich machen würde – obwohl es genau das zeigte, den Tod und das Vergehen!

Er griff nach einem Messer, das neben einigen beschmierten Paletten auf dem kleinen Beistelltisch lag – und stieß es in die Leinwand, riss es einmal quer durch das Bild – und noch einmal, genau über die Stelle, wo ihr Kopf sein musste.

Dann rutschte er zu Boden, erschöpft, kraftlos, und versank in traumlosen Schlaf.

31

Als Krumme am nächsten Morgen erwachte, hatte er leichte Kopfschmerzen. Nichts Dramatisches. Dennoch schickte er Böhme schon kurz nach sieben eine SMS, dass er sich nicht wohlfühle und sich später erneut melden werde.

In Ordnung, antwortete Böhme sofort, zwei kurze Worte, mehr nicht.

Am liebsten hätte er sich komplett aus dem Fall zurückgezogen. Er hatte das Gefühl, dass er nicht nur sich, sondern auch der jungen Kommissarin und ihren Kollegen einen Gefallen tun würde, wenn er wieder nach Husum fuhr.

Aber erst einmal wollte er einen Morgenspaziergang mit Sunny machen.

»Warte ... ich komme mit ...«, murmelte Marianne im Halbschlaf, bekam vor Müdigkeit aber nicht einmal die Augen auf.

Krumme deckte sie wieder zu, strich ihr über die Wange und ließ sie weiterschlafen. Warum sollte er sie mit seinen Selbstzweifeln quälen? Er freute sich über die Gelegenheit, an der frischen Luft in Ruhe über alles nachzudenken und endlich wieder eine Runde mit Sunny zu drehen, so wie in Husum, wo ihre gemeinsamen Spaziergänge am Hafen und durch die Altstadt ein tägliches Ritual waren.

Auch Sunny freute sich über seine Gesellschaft. Brav tippelte er an Krummes Seite durch die so früh am Morgen noch einsamen Kampener Straßen, die kurze Leine war gar nicht nötig.

Nebel lag in den Gärten der prachtvollen Friesenhäuser mit ihren riesigen Rhododendronbüschen und tauchte alles in eine unwirkliche Atmosphäre. Schon nach wenigen Kreuzungen hatte Krumme das Gefühl, die Orientierung verloren zu haben. Aber solange es bergab ging, näherten sie sich zweifellos dem Wasser. Und für den Rückweg hatte er ja Sunny. Krumme brauchte kein Navi. Ein »Sunny, bring uns zurück nach Hause« reichte fast immer.

Doch noch war es nicht so weit. Während sie grob in Richtung Meer gingen, hing Krumme seinen Gedanken nach. Er dachte an das Foto, das er bei Fichte in der Küche fotografiert hatte, und an die neuen Erkenntnisse, die sich daraus ergaben. Vielleicht konnte er ja auf diese Weise doch noch helfen. Wenn er es mit Pats Hilfe – und der seines alten Freundes Jahnke – schaffte, Fichte den Mord in Berlin nachzuweisen, würde sich das auch auf den Fall hier auf Sylt auswirken.

Er hatte Pat noch gestern Abend eine Kurznachricht geschickt und sich nach dem Stand der Dinge erkundigt.

»Könnte interessant werden«, hatte Pat geantwortet. »Ich kümmere mich um alles. Bleib du mal bei deinem Fall auf Sylt. Aber halt dich vom Wasser fern«, hatte sie am Ende ergänzt.

Er hatte keine Ahnung, was sie damit und mit dem Zwinker-Smiley gemeint hatte.

Ein Knirschen ließ ihn aufhorchen. Ein rostiger Wetterhahn? Oder ein altes Windrad? Nein, das war es nicht. Angestrengt blickte er in den dichten Nebel, während das Geräusch immer näher kam.

Plötzlich löste sich eine wackelnde Gestalt aus dem grauen Dunst ...

Ein altes Fahrrad. Darauf saß ein Mann mit Basecap, auf dem Gepäckträger eine Brötchentüte und eine Tageszeitung.

»Moin«, rief ihm der unrasierte Radfahrer zu, dann war er schon wieder im Nebel verschwunden.

Krumme schaute ihm verwirrt hinterher. Kannte er den Mann nicht von irgendwoher?

Aber zum Grübeln war keine Zeit. Sunny wollte weiter und zog mit Macht an der Leine, weiter Richtung Osten, zum Meer, vorbei an hohen Hecken und weitläufigen Anwesen, vor denen teure Limousinen und SUVs im fahlen Morgenlicht glänzten.

Wer hier wohl alles wohnte? Nicht, dass ihm das wirklich wichtig war, aber vielleicht konnte er Marianne nachher ja ein paar berühmte Namen präsentieren. Er dachte daran, dass er ihr gestern Abend versprochen hatte, Heide Owen einen Gefallen zu tun. Eine Kleinigkeit, und sobald das erledigt war, konnten sie eigentlich direkt weiter zum Autozug fahren und aufs Festland zurückkehren.

Er seufzte. Er ahnte schon, was die Kollegen sagen würden. »Haben wir doch gleich geahnt, dass er bei der ersten Schwierigkeit kneift.«

»War der Schlag an den Kopf wirklich so schlimm?«

»Was für ein Weichei!«

Und vor allem: »Vielleicht ist der Mann doch schon zu alt für den Job!«

Vielleicht stimmte das ja sogar. Vielleicht war er tatsächlich zu alt für *diesen* Job. Musste er sich nach allem, was er in seiner langen Karriere erreicht hatte, von diesen jungen Hüpfern herumschubsen lassen? Sollten sie Fichte doch allein überführen, wenn sie alles besser wussten.

Nachdenklich betrachtete er eine Eiche, die sich eindrucksvoll über den Nebel erhob. Er stellte sich direkt an den mächtigen Stamm, beobachtete, wie eine Amsel von Ast zu Ast sprang, und konnte oben in der Krone sogar den blauen Himmel sehen.

Wie schön. Er deutete es als Zeichen für eine bessere, hellere Zukunft.

Dann marschierte er weiter. Das Meer konnte nicht mehr weit sein. Er roch schon das Salz, glaubte, das Rauschen der Wellen zu hören.

Doch jetzt meldete sich der Preuße in ihm. Machte er nicht eine klägliche Figur, wenn er sich einfach verdrückte? Wenn er frühzeitig die Flinte ins Korn warf? Nein, das war wirklich nicht seine Art – und sein Alter hatte damit gar nichts zu tun.

Krumme erreichte erneut eine Wegkreuzung. Zwei enge Pfade, die beide schon nach ein paar Metern im nebeligen Dunst verschwanden. Einer der Wege musste direkt zum Meer führen.

Aber welcher?

Er schaute sich um. So wohlhabend Kampen war, für eine Beschilderung schien es nicht zu reichen. Wo zum Teufel war er?

Du hast doch ein Handy, hörte er eine Stimme, die verdächtig nach Pat klang. Krumme verdrehte die Augen. Aber natürlich, wieso stellte er sich ständig wie ein alter Opa an, an dem der technische Fortschritt komplett vorbeigegangen war?

Er kramte mit seiner freien Hand nach seinem Telefon, wollte gerade den Online-Kartendienst aktivieren, als er einen Schrei hörte.

War das ein Mensch gewesen? Oder eine Möwe? Oder Krähe? Er hatte seine Wollmütze in der Kälte bis über beide Ohren gezogen, es war durchaus möglich, dass ihm sein Gehör einen Streich spielte.

Unsicher blickte er hinauf in die grauen Schleier, hinter denen die aufgehende Sonne als bleiche Scheibe nur zu erahnen war. Seltsam, nach dem Schrei herrschte auf einmal eine fast unnatürliche Stille. Als würde der Nebel jedes Geräusch aufsaugen. Kein Rascheln in den Hecken, kein fernes Meeresrauschen. Nichts.

Ein bisschen unheimlich.

Er dachte an seinen nächtlichen Besuch in Keitum bei Fichte und dessen Behauptung, er habe seine Frau Karina gesehen. Wie er sich aufgeregt hatte, als er ihm nicht geglaubt hatte!

Was, wenn er die Wahrheit gesagt hatte?

Er blickte zu Sunny, der mit angelegten Ohren in den rechten der beiden Wege starrte.

Was hatte er gewittert?

Ihm fiel das Gespräch in dem Soko-Container ein. Was hatte Martje erzählt? Über diese Wiedergänger, die aus dem Meer zurückkamen, um alte Rechnungen zu begleichen – diese Gonger?

So ein Blödsinn!

Krumme wollte sich gerade wieder in Gang setzen, als ihn ein schlurfendes Geräusch erstarren ließ.

Schritte.

Krumme lief ein Schauer über den Rücken, der nichts mit dem kalten Wetter zu tun hatte.

Böses ahnend, hielt er die Luft an, als auf einmal ein Schatten aus dem Nebel heraus auf ihn zu trat – und die Hand nach ihm ausstreckte …

32

Zehn Minuten später saß Krumme in dem Café einer kleinen Bäckerei, die um diese Uhrzeit bereits geöffnet hatte.

»Was für eine Überraschung, dass wir uns ausgerechnet hier wieder treffen, mein lieber Krumme«, sagte Ferdinand Gröde und streckte seine langen Beine unterm Tisch aus, auch wenn das bedeutete, dass Krumme seine unter seinen Stuhl drücken musste.

»Ja, allerdings«, brummte er.

»Sie haben eben aber ganz schön belämmert geguckt!«, schmunzelte der Bestsellerautor und warf der hübschen Kellnerin, die ihnen zwei Tassen Cappuccino brachte, einen frechen Blick zu.

»Das war nur … die Freude«, erwiderte Krumme, dem es draußen an der Hecke tatsächlich die Sprache verschlagen hatte. Ein untoter Gonger hätte ihn nicht mehr erschrecken können! Aber auch so war er wie gelähmt und hatte sich nicht wehren können, als Gröde darauf bestand, seinen »Husumer Freund« zu einem Kaffee einzuladen.

Ausgerechnet dieser Kerl! Wie er bereits von Gröde wusste, war er für zwei Lesungen nach Sylt gekommen. Eine würde in zwei Tagen hier in Kampen im

Kaamp-Hüs stattfinden, die andere bereits heute Abend im Meerkabarett in Keitum.

»Wie schön«, sagte Krumme, dem es schwerfiel, den arroganten Fatzke überhaupt anzuschauen.

Was Gröde natürlich nicht entging. Freundlich klopfte er ihm auf die Schulter. »Sagen Sie bloß, Sie sind mir immer noch böse wegen unseres kleinen Disputs in Husum?«

»Immerhin haben Sie mich wie einen dummen Jungen dastehen lassen.«

»Ach was, Schnickschnack, das war doch alles nur Show! Ich red mal mit meinem Verlag. Es gibt bestimmt andere Events, bei denen Sie mit Ihrem kriminalistischen Wissen glänzen können.« Gröde lehnte sich auf seinem Korbstuhl zurück und legte die Hände auf den Tisch. »Erzählen Sie mir mal lieber, was Sie hier so früh auf Kampens Straßen treiben! Haben Sie gehofft, Jürgen Klopp zu treffen?«

»Jürgen wen?«

»Jürgen Klopp. Soll hier irgendwo wohnen, niemand weiß, wo genau. Vielleicht ist es auch nur eine Legende. Früher haben alle behauptet, sie hätten Gunter Sachs irgendwo in Kampen gesehen. Jetzt ist es eben Jürgen Klopp. Die Zeiten ändern sich.«

Er bemerkte Krummes irritierte Miene und klopfte ihm wieder auf die Schulter. »Sagen Sie bloß, Sie kennen Jürgen Klopp nicht? Den Fußballtrainer. Immer unrasiert, Brille und Sportkäppi.«

Krumme nickte nur, was Gröde wieder falsch verstand.

»Kann es sein, Sie interessieren sich nicht nur nicht für Bücher, sondern genauso wenig für Fußball?«

»Nein, nein, Fußball ist schon okay …«

Gröde betrachtete ihn mit einem Augenzwinkern. »Hertha?«

»Wie bitte?«

»Sie sind doch aus Berlin. Dann sind Sie Hertha-Fan. Habe ich recht?«

»Ich bin eigentlich von niemandem Fan.«

»Mein Verein ist Union. Irgendwie der ehrlichere Fußball, finde ich. Außerdem wohne ich im Prenzlberg. Da hat jeder eine Union-Fahne im Fenster.«

»Ist das so?«, fragte Krumme.

Gröde winkte ab. »Ist ja auch egal. Also noch mal: Was treiben Sie hier auf der Insel der Reichen und Schönen? Doch bestimmt keinen Urlaub.«

»Meinen Sie, ich kann mir den nicht leisten?«

Gröde zuckte mit den Schultern. »Sylt ist so teuer geworden, selbst ich könnte mir das kaum leisten. Und dabei stand ich fast ein ganzes Jahr auf der *Spiegel*-Bestsellerliste«, ergänzte er so laut, dass es auch die hübsche Bedienung hören konnte.

Krumme war zu müde, um Gröde anzuflunkern. »Ich habe hier beruflich zu tun.«

Gröde horchte auf. Er beugte sich verschwörerisch vor. »Sie ermitteln? Hier? Worum geht's denn? Taschendiebstahl in Westerland? Mundraub im Gogärtchen?« Er lachte gackernd über seinen eigenen Witz.

Krumme zögerte. Eigentlich sollte er mit Sunny sofort zurück zum Hotel. Aber Gröde hatte ihn in seinem Stolz getroffen. »Ich bin als eine Art ... Consultant engagiert.«

»Oh, als Berater, wie interessant. Erzählen Sie mehr, mein Guter.«

Krumme überlegte, ob er diesem Schnösel wirklich etwas erzählen sollte. Aber warum nicht, er war ja sowieso bald wieder weg.

Also verriet er ihm, worum es ging, aber natürlich nur in groben Umrissen und ohne Namen. Ein Mord ohne Leiche, ein sehr impulsiver Verdächtiger, den er bereits aus einem anderen Fall in Berlin kannte. Was der Grund war, dass man ihn um seine Hilfe gebeten hatte.

Gröde hatte sehr aufmerksam zugehört und immer wieder genickt. »Ah, es geht um diesen Maurer-Fall«, sagte er jetzt. »Der Künstler, der seine Frau umgebracht haben soll, eine geborene Russin, richtig? Und man hat noch immer keine Leiche gefunden? Erstaunlich.«

Krumme sah ihn überrascht an. »Sie sind ja ziemlich gut informiert.«

Gröde zeigte ihm ein süffisantes Lächeln. »Mein lieber Freund, auch wenn Sie mir das nicht zutrauen, aber gut informiert zu sein, gehört zur Pflicht eines jeden Autors. Natürlich habe ich in der Zeitung über diesen Fall gelesen.«

Krumme nickte. Das bedeutete, dass er umso vorsichtiger sein musste mit dem, was er erzählte. Aber Gröde hatte bereits angebissen, lehnte sich zurück und ließ den Fall vor dem inneren Auge Revue passieren.

»Ein Mord ohne Leiche«, wiederholte er. »Immer eine interessante Konstellation. Erinnert mich an einen amerikanischen Krimi, den ich vor einiger Zeit gelesen habe. Sehr spannend, wenn auch etwas konventionell.«

»Ach ja? Und wie ist er ausgegangen?«

Gröde kratzte sich an der hohen Stirn. »Im Detail kann ich das gar nicht sagen. Aber es steckte irgendeine Verschwörung dahinter, so viel weiß ich noch.«

Mit einem Schnippen bestellte er sich noch einen Cappuccino und nahm dann wieder Krumme ins Visier. »Und wie ist der Stand der Dinge? Haben Sie sich nützlich machen können?«

»Was meinen Sie?«

»Sie sind der Berater. Haben Sie zur Lösung des Falls beitragen können?«

Krumme hüstelte verlegen. Sollte er jetzt ausgerechnet mit diesem selbstgefälligen Kerl über seine Probleme bei den Ermittlungen reden? Ganz bestimmt nicht!

»Es ist ein recht schwieriger Fall«, sagte er ausweichend.

Gröde schlug die langen Beine übereinander. »Verstehe, laufende Ermittlungen. Sie dürfen nicht über Details reden.«

Krumme nickte. Aber der Schriftsteller war noch nicht fertig.

»Vielleicht kann ich Ihnen ja umgekehrt ein wenig helfen. Bei aller Bescheidenheit und auch wenn ich nur ein kleiner Schreiberling bin – mit Psychologie und

kriminellen Neigungen kenne ich mich ganz gut aus.«
Er zwinkerte freundlich. »Fragen Sie mal meine vielen
Leserinnen und Leser.«

»Nichts würde ich lieber tun, aber …«

Gröde ließ ihn nicht ausreden. »Dieser Maler zum
Beispiel …«

»Adrian Maurer«

»Genau. Nachdem, was ich gelesen habe, kann ich
mir gut vorstellen, dass dieser Mann ein extrem
schwieriger Mensch ist«, begann er zu referieren und
schaute dabei versonnen aus dem Fenster auf die inzwischen belebtere Straße. »Ichbezogen, arrogant. Ein
unberechenbarer Narzisst. Aber davon gibt es viele.
Die Frage ist, ob es bei ihm krankhafte Züge gibt.
Kurz: ob dieser Mann ein gefährlicher Psychopath
ist.« Er tippte mit seinem Zeigefinger auf die Tischplatte. »Da müssen Sie ansetzen, Krumme. Reizen Sie
den Mann, treiben Sie ihn in die Ecke. Bringen Sie ihn
dazu, seine Maske fallen zu lassen.«

»Ich werde mich bemühen.«

»Diese Menschen sind sich selbst der schlimmste
Feind. Auch wenn sie nicht vor Gericht kommen, am
Ende treiben ihre Dämonen sie fast immer in den
Wahnsinn. Also verzweifeln Sie nicht.«

»Danke für den Tipp«, brummte Krumme.

Gröde reckte sich und sah Krumme von oben herab
an. »Die menschliche Psyche mit all ihren Windungen
und Abgründen, sie ist das größte Rätsel dieser Welt.
Und gleichzeitig der Schlüssel für jeden Fall, vergessen
Sie das nicht.«

Krumme blickte auf seine Uhr. »Verzeihen Sie, ich habe noch eine Verabredung, und mein Hund wird langsam unruhig ...«

Gröde hob die Hände: »Ich weiß, Sie denken, dass ich mich in meinen Büchern sehr oft zu sehr auf die dunkle Seite der menschlichen Natur konzentriere. Aber Sie täuschen sich, mein Freund. Wut, Irrsinn, ein kranker Geist, das Streben nach Vergeltung und die Gier nach Blut – das sind nur selten die Ursachen für Mord. Das weiß ich wohl.«

Krumme kam sich langsam vor wie im falschen Film. Er wollte aufstehen, aber Gröde beugte sich wieder vor und ergriff seinen Arm, fixierte ihn mit seinen dunklen Augen, als wäre er ein armer Büßer, den es zu bekehren galt.

»Stattdessen sollten Sie bei Ihren Ermittlungen nach der Liebe suchen. Sie allein macht den Unterschied, sie ist die stärkste Macht im Leben. Sie kann uns in den Himmel, ja, ins Paradies führen. Sie ist das wahre Glück. Aber wehe, sie wird enttäuscht, dann kann sie auch dem vermeintlich Schwächsten übermenschliche Kräfte verleihen und ihn in einen Teufel verwandeln.«

33

Es war die Sonne, die ihn weckte. Er blinzelte, brauchte unendlich viel Kraft, um die Augen zu öffnen. Mit einem Grunzen hob er den Kopf, stellte fest, dass er mitten im Atelier auf dem Boden lag. Die Palette mit den Farben von gestern klebte an seinem Rücken. Er riss sie ab und pfefferte sie fluchend in die Ecke.

Dann richtete er sich stöhnend auf, ging zuerst auf die Knie, stemmte sich langsam auf die schwankenden Beine und versuchte, das Gleichgewicht zu halten.

Mit seiner Hand tastete er nach seinem geschwollenen Kinn. Sofort erinnerte er sich an die Schlägerei unten am Kliff, an diese Kerle, die ihn fertigmachen wollten. An den Moment, wo er diesen elenden Kommissar über den Haufen gerannt hatte. Ächzend vergrub er sein Gesicht in den Händen. Was war nur los mit den Menschen, dass sie sich alle gegen ihn stellten?

Er schluckte, spürte zähen Schleim in seinem Mund, suchte nach einem Glas, in dem sich normalerweise seine Pinsel befanden, und spuckte hinein.

Was für ein beschissener Morgen! Nicht zum ersten Mal in den vergangenen Wochen fehlte ihm die Erinnerung an das, was in der letzten Nacht passiert war. Er schüttelte den Kopf, um wieder klarer denken zu können, aber erst als er einen Schluck Korn aus der fast leeren Flasche getrunken hatte, ging es ihm ein bisschen besser.

Sein Blick fiel auf das Gemälde mit dem Akt von Karina. Seine Kunst, was würde er ohne sie machen? Sie gab ihm Halt, half ihm, der Welt zu zeigen, welches Chaos in seinem Kopf herrschte. Sie war ein Ventil für all die Gefühle, die in ihm kämpften, den Hass, die Wut, aber auch die Liebe, um die er so oft betrogen worden war.

Er legte den Kopf schief und betrachtete das Bild. Tatsächlich konnte er sich kaum daran erinnern, wie er es gemalt hatte. Aber er war zufrieden mit seinem Werk, obwohl oder gerade weil es gute Erinnerungen in ihm weckte.

Aber was waren das für Schnitte in der Leinwand?

War er das gewesen?

Wer sonst! Er entdeckte das Messer, nicht weit von der Stelle, wo er auf dem Boden geschlafen hatte.

Er kratzte sich am Kopf. Hatte er eine Grenze überschritten? Selbst in seinem schmerzenden Verstand ahnte er, was die Polizei von ihm denken würde, falls sie dieses Bild sehen würde.

Aber egal. Jetzt brauchte er erst einmal eine große Dosis Koffein. Er hatte auch hier oben im Atelier eine Kaffeemaschine. Doch den besseren Kaffee gab es unten in der Küche.

Immer noch benommen vom Schnaps und den verstörenden Erinnerungen an den letzten Tag, stapfte er mit seinen dicken Stiefeln die steile Treppe hinunter ins Erdgeschoss. Kurz darauf saß er am Küchentisch, mit einem heißen Kaffeebecher in der Hand, dieses Mal ohne Alkohol, und starrte nachdenklich aus dem Fenster hinaus in den Wintertag.

Nichts lief so, wie er es geplant hatte.

Er hatte Krumme angerufen, damit er ihm half und mit seinem Namen für ihn bürgte. Und was hatte das gebracht? Obwohl er ihm alles erklärt hatte, ihm sein Innerstes offenbart hatte, damit er ihn und seine Handlungen besser verstand, hielt der Kerl nur weiter zu seinen Polizistenfreunden. Schlimmer noch: Wenn er Pech hatte, zeigte der Mann ihn sogar wegen der »Tätlichkeit« von gestern an. Er erinnerte sich daran, wie Krumme für einen Moment benommen am Boden gelegen hatte. Wie die anderen Bullen daraufhin auf ihn losgegangen waren. Sie hatten gedroht, ihn sofort zu verhaften. Ein Glück, dass Kupfer bei ihm gewesen war und sich in diesem Moment vor ihn gestellt hatte. Er war ein Idiot, aber ein nützlicher Idiot. Nicht zum ersten Mal. Aber dafür gab er schließlich auch ein kleines Vermögen aus.

Und Kupfer hatte recht gehabt. Krumme war selber schuld gewesen! Wenn er nicht alles weitergeplappert, dem Soko-Kindergarten nichts von Karina und der vorletzten Nacht erzählt hätte, wäre es nie zu diesem Durcheinander am Kliff gekommen.

Ja, ein Durcheinander, das war es gewesen. Er schloss die Augen und sah sofort wieder die hasserfüllten Gesichter der anderen. Vor allem von diesem großen Typen aus dem Laden, in dem Karina gearbeitet hatte. Beim Gedanken an den verdammten Hausmeister kam ihm sofort die Galle hoch. Er konnte sich noch genau daran erinnern, als er Karina einmal bei dieser Kurklinik abgeholt hatte. An die Küsschen, die dieser grobe Klotz seiner Frau zum Abschied auf die Wangen gedrückt hatte. Er ballte die Faust, bereute, dass er ihm nicht damals schon eine verpasst hatte.

Aber dass auch Karinas andere Kollegen so voller Hass auf ihn gewesen waren, überraschte ihn. Er erinnerte sich an die vor Wut aufgerissenen Augen, die Fäuste, die sie geschüttelt hatten. Einer ihrer Kollegen hatte sogar in seine Richtung gespuckt, war ihm praktisch an den Hals gesprungen, um ihm eine Ohrfeige zu verpassen …

Wieder schaute er aus dem Fenster. Der Morgennebel zog sich langsam übers Meer zurück, so wie es aussah, würde es heute ein kalter, aber sonniger Tag werden. Einer der letzten, für die nächste Woche war Tauwetter vorhergesagt worden.

Was ihm die nächste Woche wohl bringen würde? Wie lange würde Kupfer ihm noch helfen können?

Erneut fasste er sich an die Stirn. Er sah vor sich auf den Tisch, hatte plötzlich das Gefühl, irgendetwas Wichtiges übersehen zu haben.

Aber was? Er kniff die Augen zusammen, hielt beide Hände an die Schläfen, ging in Gedanken erneut die letzten Tage durch. Doch sosehr er sich anstrengte, so konzentriert er in seinen Erinnerungen kramte, er konnte nicht erkennen, worauf ihn sein Unterbewusstsein aufmerksam machen wollte.

Nur dass es wichtig war.

Er fluchte leise. Er sollte aufhören, so viel Schnaps zu saufen. Diese Aussetzer, Phasen, an die er sich nicht mehr oder nicht mehr richtig erinnern konnte, nahmen zu. Hatte Karina vorletzte Nacht tatsächlich vor seinem Haus gestanden, oder hatte er sie sich nur eingebildet? Er wusste es nicht.

Und was war in der Nacht vor zwei Wochen passiert, als Karina verschwand? Auch da war er betrunken von seinem Kumpel Giorgio zurückgekehrt. Nach der Rückfahrt, im eisigen Wind, hatte er das Gefühl gehabt, praktisch wieder nüchtern zu sein. Aber stimmte das?

Er wusste nur in Bruchstücken, wie er in der letzten Nacht an dem Aktbild gearbeitet hatte. Was, wenn in dieser anderen Nacht Dinge passiert waren, wenn er schlimme Dinge getan hatte, an die er sich später nicht mehr erinnern konnte?

Erinnern wollte.

Vielleicht war ja das Alter an allem schuld! Karina hatte behauptet, er würde langsam dement. Das würde auch seine Stimmungsschwankungen erklären, hatte sie gesagt. Sogar beim Arzt war er deshalb gewesen. Zum Glück hatte der festgestellt, dass alles in Ordnung war.

Aber der Arzt in Westerland war ein besserwisserischer Idiot. Was, wenn er sich getäuscht hatte und sein Gehirn doch langsam anfing, sich in Brei zu verwandeln?

Er schüttelte den Kopf. Schluss mit der Grübelei.

Ihm ging's gut. Er war nicht krank und noch lange kein seniler Idiot! Er durfte sich von den Leuten, die ihn bedrängten und bedrohten, einfach nicht verrückt machen lassen.

Er schaute sich nachdenklich in der Küche um, betrachtete die Bilder, Skizzen und Fotos, die an der Pinnwand hingen. Nachdem die Spurensicherung der Polizei alles auf links gedreht hatte, war das Chaos im Haus größer denn je. Mira, die Putzfrau, hatte er natürlich gefeuert. Schließlich hatte die dumme Kuh vor zwei Wochen einfach die Polizei gerufen, als sie das Blut in der Küche gesehen hatte – statt erst ihn zu wecken und mit ihm zu reden.

In seine trüben Gedanken versunken, erhob er sich und schlurfte in die Stube. Hier vor allem war Karinas Reich gewesen. Fichte ging jetzt nur selten hierher, zu schmerzhaft waren die Erinnerungen. Er betrachtete die vielen Vasen, die Karina im Zimmer verteilt hatte. Alle Blumen waren vertrocknet, traurig hingen die Blüten herunter. Einige stanken bereits, wie er jetzt feststellte.

Auf einer Anrichte standen Fotos in Bilderrahmen. Karina mit ihrer Familie in Russland, ihrer bescheuerten Mutter, die ihn nicht hatte ausstehen können. Mit ihrem Bruder, mit dem er sich bei seinem letzten Besuch fast geschlagen hatte.

Dann die Fotos mit ihm. Er nahm das von der Hochzeit in die Hand und betrachtete es.

Wie glücklich Karina in ihrem Hochzeitskleid aussah.

Auch er selbst machte eine gute Figur, fand Fichte. Er war damals schon weit in den Sechzigern gewesen, wirkte aber locker zehn Jahre jünger.

Ganz anders als heute. Er blickte in den Spiegel und sah sein aufgedunsenes Gesicht.

Scheiße, dachte er, das hatte er nicht verdient.

In dem Moment sah er es.

Verstand, was sein Unterbewusstsein ihm die ganze Zeit zuflüstern wollte. Was eben noch eine Ahnung gewesen war, stand auf einmal klar und deutlich vor ihm.

Von einem Augenblick zum anderen erkannte er die Zusammenhänge. Die Erinnerung an die verhängnisvolle Nacht vor zwei Wochen, die Eindrücke des letzten Abends – auf einmal schoben sich die Puzzlesteine zu einem Ganzen zusammen.

Die Erkenntnis, endlich die Hintergründe zu verstehen, traf ihn mindestens so heftig wie einer der harten Schläge, die er gestern am Kliff kassiert hatte. Er schwankte, musste sich auf einen Stuhl setzen – so sehr wurde er von einer alles überspülenden Welle aus Wut und Hass erfasst!

34

Nach dem Mittagessen im Hotel rief Krumme erneut bei Böhme in Westerland an und sagte ihr, dass er heute nicht mehr kommen würde.

»Mir geht's schon wieder besser, aber ab und zu ist mir noch ein bisschen schwindelig«, sagte er und das stimmte. Aber das konnte auch an dem vielen Kaffee liegen, den er zusammen mit Gröde und später mit Marianne getrunken hatte. »Ich denke, ich lass es heute etwas ruhiger angehen und bleib vor allem im Hotel. Vielleicht schaue ich mich später noch mal in Keitum um, gehe die Wege ab, um zu sehen, wie die Zeiten zusammenpassen.«

Böhme hatte kein Problem mit seiner Absage. »Lassen Sie sich Zeit. Gesundheit ist das Wichtigste. Wir halten Sie auf dem Laufenden, wenn sich etwas Neues ergibt«, sagte sie. Enttäuschung klang anders. Aber was sollte sie mit ihm auch anfangen, nachdem Fichte offiziell erklärt hatte, nicht mehr mit ihm reden zu wollen?

Eigentlich hätte er auch sofort zurück nach Husum fahren können. Aber Marianne wollte unbedingt mit ihm zu Heide Owen.

Sie hatte Ursel angerufen und gefragt, ob sie sie mit nach Munkmarsch begleiten wollte. »Wär doch toll, wenn die beiden sich kennenlernen. Zwei einsame Frauen, vielleicht passt das ja, und sie freunden sich an«, hatte sie zu ihm gesagt.

Krumme war skeptisch. Er hatte mitbekommen, wie Mariannes Bekannte auf der anderen Seite erst mal völlig still gewesen war, bis sie schließlich »Na schön, ich komm mit« gesagt hatte.

»Wollt ihr beiden euch nicht allein einen schönen Tag bei Frau Owen machen?«, fragte er seine Freundin. »Ich passe so lange auf Sunny auf und gehe mit ihm spazieren.«

»O nein, Sunny ist doch gerade der Grund, warum sie uns noch mal sehen will. Außerdem hast du mir was versprochen.«

Also fuhren sie alle zusammen. Zuerst mussten sie Ursel abholen. Krumme wusste nicht, was er erwartet hatte, doch als sie bei dem Apartmentgebäude in Kampen ankamen, stand dort vor der Haustür eine große Hummel. Erst bei genauerem Hinschauen erkannte er eine Frau mit einem dicken Pelzmantel, hochhackigen Schuhen und einer riesigen Sonnenbrille.

Auch Marianne war irritiert. »Was ist denn mit dir los, Ursel?«, fragte sie, als sie ausstieg.

»Was denn? Es ist Winter und mir ist kalt«, erwiderte ihre Freundin leicht pikiert und strich sich dabei über ihren Pelzmantel.

»Und was sollen die Schuhe? Wo sind deine Winterstiefel?«

»Nur weil es kalt ist, muss man doch nicht komplett wie eine Wilde aussehen.«

Marianne seufzte. Dann machte sie Ursel mit Krumme bekannt, der ebenfalls ausgestiegen war, um Mariannes neue Freundin auf dem Beifahrersitz Platz nehmen zu lassen.

Auf der Fahrt durch die Kampener Heide versuchte Marianne, ein wenig Konversation zu machen. Aber Mariannes Freundin war nicht nach Plaudern und starrte hinter ihrer Sonnenbrille nur geradeaus auf die Straße.

Die winzige Gemeinde Munkmarsch, die sie wenig später erreichten, lag auf einem schmalen Streifen zwischen dem Sylter Flughafen und dem östlichen Wattenmeer und bestand im Wesentlichen aus ein paar, allerdings sehr mondänen, Friesenhäusern, die sich eng an die Dünen schmiegten. Mittelpunkt des Ortes waren ein Luxushotel und ein kleiner Hafen, der vor dem Bau des Hindenburgdamms die Verbindung zum Festland gewesen war. Heide Owens Anwesen befand sich nur wenige Schritte davon entfernt, war hinter seiner hohen Hecke aber kaum zu entdecken. Erst nach mehrmaligem Klingeln öffnete sich ein schweres Tor, und sie konnten über eine lange Auffahrt hinauf zum Haus fahren.

Krumme war beeindruckt. Marianne hatte nicht übertrieben, das Haus war wirklich riesig. Kaum zu glauben, dass die Schauspielerin hier seit so vielen Jahren allein wohnte.

Als sie aus dem Auto ausstiegen, konnten sie die ganze Sylter Ostküste von Keitum bis nach List sehen. Der kleine Hafen von Munkmarsch lag praktisch

direkt vor ihnen, genau wie der daneben anschlie-
ßende Strand. Marianne hatte ihm verraten, dass Frau
Owen ein Fernglas auf ihrem Tisch liegen hatte. Lan-
geweile würde sie damit so schnell nicht haben.

Marianne klatschte in die Hände und ging voran
Richtung Haustür. »So, dann werd ich euch mal Heide
vorstellen.«

Krumme blickte zu dem Friesenhaus auf dem Nach-
bargrundstück, das hinter der Hecke emporragte.
»Geht ihr schon mal vor. Ich komme gleich nach.«

Marianne wandte sich zu ihm um, verstand, was er
vorhatte, und nickte dankbar.

»Gut«, sagte sie, »aber halt dich nicht lange damit
auf. Ist ja vielleicht alles nur ein Missverständnis.«

Krumme nickte und machte sich auf den Weg. Er
verließ das Grundstück über die jetzt offen stehende
Toreinfahrt und marschierte dann die frei zugängliche
Auffahrt zum Nachbarhaus hinauf.

Hatte sich oben unter dem Reetdach die Gardine
bewegt?

Er streckte den Rücken und hob den Kopf. Haltung
zeigen!

Nur Augenblicke nach seinem Klingeln wurde ihm
von einem Mann um die dreißig geöffnet. Ein sportlicher, südländisch wirkender Typ in T-Shirt, Jeans und
Sportschuhen.

»Ja, hallo?«, sagte er und musterte den vom Wind
zerzausten Krumme misstrauisch.

»Kriminalhauptkommissar Krumme von der Kripo
Nordfriesland«, stellte er sich vor und schaute auf das

Klingelschild. Dort standen zwei Namen. »Herr Ramos?«

Der Mann schüttelte den Kopf. »Nein, ich bin der andere. Jens Hartmann. Was kann ich für Sie tun, Herr Kommissar?«

Nun kam ein zweiter Mann an die Tür, offensichtlich Herr Ramos. Er trug einen Dreitagebart, war ebenfalls um die dreißig Jahre alt und ein ähnlich sportlicher Typ. In der Hand hielt er eine teuer aussehende Kamera mit einem langen Teleobjektiv. Er machte eine besorgte Miene, als er hörte, dass Krumme von der Kripo kam.

»Ist etwas passiert?«, fragte Ramos.

Der Wind wehte hier besonders frisch, und Krumme spürte, wie die Kälte durch die Jacke kroch. »Wollen wir uns vielleicht drinnen unterhalten?«

»Erst wenn Sie uns verraten, worum es geht«, sagte Hartmann.

Er seufzte. Es schien doch ein bisschen komplizierter zu werden, als er gedacht hatte. »Es geht um eine Beschwerde.«

»Von wem?«

»Von Ihrer Nachbarin. Sie fühlt sich von Ihnen belästigt.«

»Wie bitte?« Die beiden schauten sich verblüfft an. »Die Dame von da drüben? Wieso das denn?«

»Sie wissen, wer die Dame ist?«

»Natürlich. Heide Owen.«

»Die bekannte Schauspielerin.«

»Ganz genau. Aber auch als bekannte Schauspielerin hat Frau Owen ein Recht auf Privatsphäre. Gerade in diesen für sie schweren Zeiten.«

»Schweren Zeiten?«, echote Hartmann und tauschte einen verständnislosen Blick mit seinem Mitbewohner.

Krumme seufzte. Musste er denn wirklich alles haarklein erklären? Er trat von einem Bein aufs andere.

»Wie Sie vielleicht wissen, ist vor ein paar Wochen Dylan Carter gestorben.«

»Dylan Carter?«, fragte Hartmann. »Wer soll das sein?«

»Nie gehört«, ergänzte Ramos.

Langsam hatte Krumme genug von dem Theater. »Dylan Carter war die große Liebe von Frau Owen. Sie ist völlig durcheinander, weil er jetzt verstorben ist. Und empfindet es als sehr ungehörig, dass Sie sich hier einquartiert haben, um indiskrete Fotos von ihrer Trauer zu machen.« Er zeigte auf die Kamera, die Ramos in seiner Hand hielt.

Die beiden Männer starrten erst sich und dann ihn an.

»Und deshalb hat sie die Kriminalpolizei gerufen?«

Krumme räusperte sich. »Ich habe zufällig gerade hier zu tun. Frau Owen bat mich, hier mal nach dem Rechten zu schauen. Sie möchte endlich wieder das Haus verlassen können, ohne dass Sie hinter der Gardine stehen und Fotos machen.«

Hartmann verschränkte die Arme vor der Brust. »Ich denke, aus meinem Fenster kann ich so viele Fotos machen, wie ich will, oder?«, sagte er ungerührt.

»Aber nicht von Frau Owen in ihrem Garten. Das ist ein Eingriff in ihre Intimsphäre«, erwiderte Krumme mit Nachdruck, obwohl er sich über die rechtliche Grundlage in einem solchen Fall gar nicht so sicher war. Überhaupt hatte er sich diese ganze Angelegenheit etwas einfacher vorgestellt.

Ramos lächelte. »Aber die Dünen gehören doch allen, oder nicht, Herr Kommissar?«

»Natürlich ...«

»Was, wenn ich nur die schöne Landschaft fotografieren möchte, aber Frau Owen zufällig mit auf dem Bild ist?«

»Kein Problem, wenn Sie das Foto nicht an irgendwelche Illustrierten verkaufen.«

»An Illustrierte?«

»Keine Ahnung«, brummte Krumme ungeduldig, »diese Klatschblätter, die man an den Kiosken kaufen kann, ich kenne mich damit nicht aus.« Er rieb seine Hände aneinander. Langsam wurde ihm richtig kalt.

Ramos sah ihn einen Moment nachdenklich an. Dann lächelte er über das ganze Gesicht. »Lieber Herr Kommissar Krümel ...«

»Krumme! Kriminalhauptkommissar Krumme von der Kripo in Husum.«

Jetzt lächelte auch Hartmann und steckte beide Hände in seine Hosentaschen.

»Herr Kriminalhauptkommissar Krumme, wie wär's, wenn Sie erst einmal ins Haus kommen, bevor wir hier alle erfrieren?«

Kurz darauf saßen sie in dem geräumigen Wohnzimmer, wo die beiden Männer ihm einen Tee anboten. Krumme fragte sich, ob Marianne schon auf ihn wartete. Aber egal, die drei Damen hatten sicher genug zu reden und kamen auch gut ohne ihn klar.

Während Hartmann in die Küche ging, um den Tee zuzubereiten, schaute Krumme sich in dem Raum um. Erstaunlich, wie viel Geld man mit der Promi-Knipserei verdienen konnte. Überall stand hochwertiges Fotozubehör herum. An den Wänden hingen großformatige Fotos, einige in Schwarz-Weiß, andere in Farbe. Eine afrikanische Wüstenlandschaft im schimmernden Mondlicht war da zu sehen. Eine imposante Aufnahme der Skyline einer arabischen Metropole. Ein Bild zeigte die beiden Männer mit ihren Kameras auf einem Katamaran vor einer Tropeninsel.

»Sehr gemütlich haben Sie es hier«, sagte er zu Ramos.

»Ja, wir fühlen uns in dem Haus auch sehr wohl.«

»Sind die Fotos alle von Ihnen?«

Ramos setzte sich auf ein großes Sofa aus edlem Rinderleder und schlug die Beine übereinander. »Gefallen Sie Ihnen, Herr Kommissar?«

»Sehr.«

Ramos zeigte auf das Bild mit der Wüste. »Dafür haben wir einen Preis bekommen. Von der National Geographic Society.«

Krumme drehte sich um und begutachtete die geschmackvolle Einrichtung des Wohnzimmers. Überall zeigte sich viel Liebe zum Detail und großer Kunstsinn.

Endlich fiel der Groschen. Krumme spürte, wie ihm die Röte ins Gesicht schoss. Er räusperte sich. »Ähm, Entschuldigung, kann es sein, dass Sie gar keine Paparazzi-Fotografen sind?«

35

Es hatte auch Vorteile, das Büro für sich allein zu haben. Nicht dass Theo als Kollege eine besondere Nervensäge war. Aber bei ihm konnte sie keine Musik hören, zumindest nicht ihre Musik. Theo mochte Country gern. Wenn er zufällig Johnny Cash oder Hank Williams im Autoradio hörte, drehte er sofort lauter und begann, im Takt zu wippen.

Pat hörte lieber deutschen Hip-Hop auf Deltaradio und genau das lief jetzt auf ihrer kleinen, aber feinen Bluetooth-Box.

Am Morgen hatte sie von Theos Kumpel KHK Jahnke ein dickes Paket mit Infos zu dem dreißig Jahre alten Mordfall aus Neukölln bekommen. Per Mail, obwohl die Dokumente, Fotos und Protokolle damals noch nicht digitalisiert worden waren – Theos Freund hatte das jetzt nachgeholt und die halbe Nacht alles abfotografiert und eingescannt. So wie es aussah, war Krumme nicht der Einzige, für den der ungelöste Fall von vor dreißig Jahren immer noch von großer Bedeutung war.

Sie sichtete gerade das Material, als Horst Krüger, ihr Patenonkel und Chef, überrascht hereinschaute, mit einem Ordner unter dem Arm.

»Moin, Pat«, sagte er, »was treibst du denn hier am Sonntag?«

Pat zögerte. »Ich muss noch ein paar Dinge erledigen.«

»Ah, verstehe.« Horst setzte sich ihr gegenüber auf Theos Stuhl. Er blickte irritiert zum Lautsprecher, wo gerade *Viva la Dealer* von Capital Bra lief. Pat schaltete etwas leiser.

»Und was machst du hier?«, fragte sie ihn.

Er hielt den Ordner hoch. »Ich brauchte ein paar Unterlagen. Hab morgen eine Besprechung«, sagte er.

Pat nickte. Sie merkte, wie ihr Onkel sie nachdenklich betrachtete.

»Gibt's noch was?«, fragte sie.

»Schon was von deinem Kollegen gehört?«

»Von Theo? Nein, nicht wirklich.«

»Was soll das heißen?«

»Na ja, er hat mir von seinem Hotel erzählt. Und dass es auf der Insel besonders kalt ist, kälter als hier. Und dass er gespannt auf die Kollegen aus Flensburg ist.«

»Das ist alles?«

Sie nickte. War es natürlich nicht, aber selbst, wenn Horst ihr Patenonkel war, wollte sie ihm nicht verraten, wie verzweifelt Theo gestern geklungen hatte.

Horst drehte sich nachdenklich in Theos quietschendem Stuhl hin und her.

»Hast *du* denn was von ihm gehört?«, fragte Pat.

Horst seufzte. »Nicht von ihm selbst, aber von den Kollegen vor Ort.«

»Haben die sich beschwert?«

»Wieso sollten sie?« Er musterte sie misstrauisch.

»Ich … ich dachte nur«, stotterte sie. »Wenn du extra zu mir herkommst, dann willst du vielleicht …« Pat stockte, entschied sich, lieber Horst reden zu lassen.

Er stöhnte. »Nein, keiner hat sich beschwert. Aber gestern Abend soll es zu einem Zwischenfall am Keitumer Kliff gekommen sein.«

Pat sah ihn alarmiert an. »Was für ein Zwischenfall?«

Horst erzählte ihr von einer Schlägerei zwischen Maurer und Einwohnern aus Keitum. Theo hätte versucht zu schlichten, wäre aber dabei zwischen die Fronten geraten. Hatte dann sogar einen Schlag abbekommen und war für einen Moment ohnmächtig gewesen.

»Wie schrecklich!«

Horst nickte. »Ja, nicht so schön. Ich hatte ja gehofft, seine Anwesenheit würde neuen Schwung in den Fall bringen, aber doch nicht so.«

Pat dachte an die Textnachricht, die Theo ihr heute Morgen geschickt hatte. Da hatte er von alldem nichts erwähnt. »Ohnmächtig? Und wie geht's ihm jetzt?«

»Eine Ärztin hat ihn durchgecheckt. Alles halb so wild, aber er wollte wohl erst einmal zu Hause bleiben. Also im Hotel.«

»Ist wohl besser.«

Horst hob die Schultern. »Natürlich.« Er überlegte. »Denkst du, er schmeißt die ganze Angelegenheit hin?«

»Du meinst, Theo gibt auf?«

»Kurz vor der Schlägerei soll Maurer gesagt haben, Krumme solle sich in Zukunft von ihm fernhalten.«

Pat schaute überrascht. »Woher weißt du das denn alles?«

»Na ja, natürlich war dieser … Vorfall ein Thema bei Gesprächen zwischen der Soko und Flensburg. Die haben sich dann in Kiel gemeldet und von Lahn dann bei mir.«

»Ihr redet alle über Theo, aber keiner *mit* ihm?«

Horst sah sie stirnrunzelnd an. »Pat, bitte.« Er zog ungeduldig seine Krawatte glatt. »Also, was denkst du? Hält er durch?«

»Keine Ahnung.« Sie war erschüttert. Was war da auf Sylt los? Und warum hatte Theo ihr nichts davon erzählt?

Horst schaute nachdenklich aus dem Fenster, wo gerade ein Streulaster über die glatte Straße fuhr. Dann blickte er wieder zu Pat. »Ich mein, ich habe mich sehr für seinen Einsatz bei dem Fall eingesetzt. Wenn er jetzt schon nach so kurzer Zeit die Brocken hinwirft, dann …« Er brach ab.

»Du machst dir Sorgen, sein Versagen würde auf dich zurückfallen? Im Ernst?«, fragte sie vorwurfsvoll.

Horst stöhnte leise. »Quatsch, Krumme ist mein bester Mann. Was er, was ihr beide, in den letzten Jahren geleistet habt, ist beachtlich …«

»Aber?«

»Ich will einfach nur wissen, ob ich mich auf ihn verlassen kann. Nicht dass er aufgibt.«

»Keine Sorge, das glaube ich nicht. Und wenn doch, dann hat er gute Gründe.«

Offensichtlich war das nicht die Antwort, die Horst hören wollte.

»Na schön, hoffen wir das Beste.« Er versuchte, diskret einen Blick auf ihren Monitor zu werfen. »Und was für Dinge musst du noch erledigen, dass du an einem Sonntag extra ins Büro kommst?«

Pat wechselte mit einer ebenso diskreten Tastenkombination von den offenen PDF-Dokumenten zu einem unverfänglichen Word-Dokument. »Ach, so dies und das. Gerade lese ich mir noch mal durch, worum es bei dem Fall damals in Berlin genau gegangen ist. Nur interessehalber.« Dass ihr Interesse weit darüber hinausging und sie gemeinsam mit Jahnke den ganzen Fall wegen eines neuen Ansatzes noch mal durcharbeitete, musste Horst nicht wissen. Noch nicht.

»Na dann ... viel Spaß«, sagte er und stand mit einem Ruck auf.

»He, mach dir keine Sorgen«, gab Pat ihm versöhnlich mit auf den Weg. »Theo weiß, was er tut.«

36

»Noch einen Tee, Herr Kommissar?«

Jens Hartmann hielt die Kanne in der Hand und sah Krumme an.

»Eigentlich sollte ich längst wieder drüben sein«, sagte der und hielt dankbar seine Tasse hin.

Hartmann lächelte und schenkte Krumme zum dritten Mal ein.

»Wenn ich daran denke, dass ich drauf und dran war, Sie auf die Wache vorzuladen«, sagte Krumme und nahm sich noch einen der Kekse, die ihm die beiden auf den Tisch gestellt hatten.

»Kein Problem«, sagte Ramos grinsend. »Ist ja nichts passiert.«

Hartmann nickte. »Tatsächlich sind wir sehr große Bewunderer von Frau Owen. Wenn ich ehrlich bin, war sie sogar ein Grund dafür, dass wir uns für dieses Haus entschieden haben.«

»Direkt neben einem so legendären Star zu wohnen ...«

»... das ist schon etwas Besonderes!«

»Aber als wir uns dann vor ein paar Wochen bei ihr als neue Nachbarn vorstellen wollten, hat sie uns die Tür vor der Nase zugeschlagen«, sagte Ramos. »Wir sollten sofort ihr Grundstück verlassen und uns nie mehr blicken lassen.«

»Was wir seitdem auch nicht mehr getan haben. Wir wollten die alte Dame natürlich nicht belästigen.«

Krumme zeigte zu einer Fototasche, die neben dem Tisch stand. »Als Sie bei Frau Owen waren, hatten Sie da so eine Tasche dabei?«

»Kann schon sein.« Hartmann zuckte mit den Schultern.

Krumme lächelte. »Tja, sieht so aus, als wenn Frau Owen die Lage falsch eingeschätzt und sich völlig umsonst nicht mehr aus dem Haus getraut hat.«

Die beiden Männer sahen ihn betroffen an. »Nur weil wir sie besuchen wollten?«

»Noch habe ich Frau Owen nicht persönlich kennengelernt. Aber sie hat sehr lange allein gewohnt und ist wohl mit den Jahren ein wenig … ängstlich geworden.«

»Das tut uns sehr leid. Vielleicht sollten wir noch einmal ganz in Ruhe mit ihr reden.«

Hartmann lächelte. »Nicht dass wir Frau Owen nicht auch gern mal wirklich fotografieren würden. Aber dann, wie es sich gehört, vielleicht in einem Studio und gewiss nicht hinter Gardinen.«

»Porträtfotos machen Sie auch?«

»Manchmal. Aber eigentlich haben wir uns auf Landschaftsmotive spezialisiert.«

»Wollen Sie mal unser aktuelles Projekt sehen?«, fragte Ramos.

Krumme schaute auf die Uhr. Drei Uhr. Marianne würde noch nicht aufbrechen wollen. Er nickte.

Die beiden Fotografen führten ihn in ihr Atelier, das ähnlich groß war wie das von Fichte, aber aufgeräumter, heller und freundlicher, was nicht nur an dem Sonnenlicht lag, das durch die großen Fenster hereinschien.

Und überall Fotos. Sie lagen auf den Tischen, hingen an den Wänden und sogar an Bändern, die quer durch den Raum gespannt waren.

Und auf allen war das gleiche Motiv zu sehen: Sylt im Winter. Krumme setzte seine Brille auf, um sich die Bilder genauer anzusehen.

Verschneite Wege. Sich übereinanderschiebende Eisschollen im Watt. Weiß gepuderte Dünen und Reetdachhäuser. Gefrorenes Schilf. Im Eis eingeschlossene Muscheln. Möwen, die durch das winterliche Watt staksten. Überwältigend schöne Panoramabilder und überraschende Detailansichten.

»Ganz wundervoll«, murmelte Krumme.

»Ja, gefallen Sie Ihnen?«, fragte Hartmann stolz.

Krumme nickte, ging langsam herum und nahm sich Zeit für jedes Foto. Das war endlich mal eine Kunst, die ihm wirklich gefiel, nicht zu vergleichen mit Fichtes Psychokleckserei. Krumme hatte ja leider überhaupt kein Talent zum Fotografieren. Marianne schimpfte immer mit ihm, weil er es schaffte, sogar mit ihrer teuren Automatikkamera jedes Bild zu verwackeln.

»Es ist verrückt, es gibt so viele Fotobücher über Sylt, zu allen Jahreszeiten, zu jedem Thema«, erklärte Ramos.

»Aber Sylt im Winter, mit Schnee und Eis, da haben wir nichts gefunden«, sagte sein Freund. »Was vielleicht daran liegt, dass es heutzutage auch hier oben nur noch selten so richtig kalt wird.«

»Wir dachten, es wäre doch eine gute Idee, unsere Wahlheimat auf diese Weise besser kennenzulernen. Mit einer Fotoreportage.«

Hartmann lächelte. »Wir haben sogar schon einen Verlag dafür.«

Wie sich herausstellte, kamen die beiden ursprünglich aus Frankfurt. Ihre Arbeit hatte sie rund um den ganzen Globus geführt, nach Afrika, an den Persischen Golf, nach Asien. »Aber irgendwo wollten wir endlich unsere Homebase haben. Und da fiel unsere Wahl hier auf dieses wunderschöne Haus. Wir haben uns schon bei unserem ersten Besuch sofort in das Anwesen verliebt.«

»Kann ich verstehen«, sagte Krumme, ganz im Bann der Bilder. Vielleicht sollte er mit Marianne doch noch ein paar Tage auf der Insel bleiben, um sich all diese Orte anzuschauen.

Plötzlich stutzte er.

»Was ist das für ein Foto hier?«

Hartmann trat näher. »Ach, das haben wir vor zwei Wochen aufgenommen«, sagte er. »Unten am Hafen. War schon ziemlich spät. Leider hat das Licht der Laterne nicht ganz ausgereicht.«

»Sehr stimmungsvoll eigentlich«, ergänzte sein Freund. »Natürlich könnte man das leicht bearbeiten. Aber so was machen wir grundsätzlich nicht.«

Krumme beugte sich vor und schaute sich das Bild genauer an. Es zeigte den kleinen Hafen von Munkmarsch. Im Vordergrund funkelte von Raureif überzogenes Seegras, daneben war ein Poller zu erkennen. Dahinter, in einiger Entfernung, öffnete sich das Panorama des nächtlichen Hafens mit den im Licht der Sterne funkelnden Schiffen.

Der dunkle Pier zwischen den kleinen Booten war völlig verlassen. Bis auf zwei Personen, die sich unweit einer Laterne unterhielten. Eine Person stand mit dem Rücken zur Kamera. Sie trug einen Kapuzenmantel. Ob Mann oder Frau war nicht zu erkennen. Daneben ein großer Mann. Leider war das Foto recht körnig, die Gesichtszüge waren verschwommen. Trotzdem kam er Krumme bekannt vor. Er schaute noch mal auf das Datum und die Uhrzeit, die oben in der Ecke des Bildes standen.

»Gefällt Ihnen das Foto? Sie können es gern haben«, sagte Hartmann.

»Haben Sie davon das Negativ?«, fragte Krumme.

»Ein Negativ nicht. Aber die Datei auf der Festplatte.«

»Können Sie das Foto eventuell vergrößern?«

»Ich denke schon.«

Hartmann ging zu einem Laptop, aktivierte ihn und öffnete nacheinander verschiedene Ordner und Dateien. Es dauerte nicht lange und er hatte das entsprechende Foto des Munkmarscher Hafens gefunden. Noch ein Klick, und er konnte Krumme den vergrößerten Ausschnitt präsentieren.

»Gut so?«, fragte er ihn.

Krumme beugte sich vor und nickte. Auf einmal spürte er einen wohligen Schauer im Nacken. Wie immer, wenn er nach langer Suche auf eine heiße Spur stieß.

»Können Sie mir das ausdrucken?«

»Kein Problem. Wenn Sie wollen, rahme ich es Ihnen auch.«

»Nicht nötig. Aber wenn ich Ihnen eine E-Mail-Adresse gebe, könnten wir es dann gleich dorthin schicken?«

Er zeigte ihnen eine Visitenkarte. Die beiden Männer sahen erst die Adresse und dann Krumme überrascht an. »Wie? An die Polizei? Jetzt sofort?«

Krumme nickte. »Das wäre sehr freundlich.«

37

Fichte stand im dunklen Schatten einer alten Eiche und starrte auf die Tür, die zum Personaltrakt des Gertrud-Hader-Hauses führte. Der eisige Wind trieb gefrorene Blätter über den Rasen und fuhr durch seine zerzausten Haare. Aber ihm war nicht kalt. Im Gegenteil, er kochte innerlich vor Wut, hätte sie am liebsten laut herausgeschrien, um dann direkt in dieses verdammte Haus zu gehen, sich den Kerl zu schnappen und vor der ganzen Mannschaft grün und blau zu schlagen.

Aber dann hatte er sich an gestern erinnert, an die Schlägerei unten am Meer. An all die Menschen, die ihn hasserfüllt angestarrt hatten. Mittlerweile schien es, als wenn ihn ganz Keitum für einen Teufel hielt.

Nein, er durfte nicht die Kontrolle verlieren. So wie es aussah, hatten sich alle gegen ihn verschworen. Hilfe hatte er von niemandem zu erwarten, nicht von der Polizei und schon gar nicht von Krumme. Wie hatte er nur so naiv sein können zu glauben, dass ausgerechnet dieser Schwachkopf auf seiner Seite stehen würde?

Auf keinen Fall durfte er sich erneut provozieren lassen. Er musste sich in Geduld üben. Der Moment würde kommen, um Rache zu nehmen. Doch zuerst wollte er Antworten. Er wollte endlich die ganze Wahrheit erfahren.

Deshalb musste er an diesen Kerl heran. Allein. Nur wie? Auf dem Gelände war niemand zu sehen. Aber er konnte hören, dass in der Küche gearbeitet wurde. Ab und zu war hinter den Gardinen schemenhaft das Personal zu erkennen.

Er erinnerte sich, wie er Karina einmal von der Arbeit abgeholt hatte. Um ein guter Ehemann zu sein, um Interesse zu bekunden. Aber auch, um zu erfahren, was sie oft bis spät in den Abend trieb – statt bei ihm zu Hause zu sein.

Er hatte ihre Freunde kennengelernt. Hatte beobachtet, wie Karina gelacht hatte, so unbeschwert und glücklich, wie er sie schon lange nicht gesehen hatte.

»Du gehst da nicht mehr hin«, hatte er später zu Hause zu ihr gesagt. »Ich habe Angst, dich zu verlieren. Und das darf einfach nicht passieren.«

An diesem Abend war es zu einem heftigen Streit gekommen. Sie war völlig durchgedreht, hatte ihn angeschrien, beleidigt, verletzt. An diesem Abend hatte er sie zum ersten Mal geschlagen. Er erinnerte sich, wie sie am Ende zusammen auf dem Boden gesessen hatten. Wie er sie in den Arm genommen und mit ihr geweint hatte.

Andere Zeiten. Damals hatte das ganze Elend begonnen. Seit diesem Tag war Karina nicht mehr sie selbst gewesen. Eine schreckliche Tragödie, die Schuld daran war, dass er hier in der Kälte herumstand und sich wie ein Verbrecher neben einem Baum versteckte.

Er schaute auf die Uhr. Nachdem, was er von Karina wusste, würde es bald eine längere Pause geben – bis das Abendessen zubereitet wurde.

Und tatsächlich, wenig später öffnete sich die Tür, und zwei Frauen traten heraus. Sie schimpften über das Wetter, schlangen sich Schals um den Hals und zogen die Reißverschlüsse ihrer Jacken hoch. Dann hakte sich die eine bei der anderen ein und sie marschierten zügig davon.

Nach einer Weile verließ auch der dicke Koch das Haus. Er hatte ihn, Fichte, schon immer voller Verachtung angesehen. Und gestern war der Kerl einer von den Leuten gewesen, die am lautesten geschrien hatten.

Doch dieses Mal kam er lächelnd auf ihn zu.

»Moin. Was treibst du denn hier draußen bei der Kälte?«, rief er.

Fichte traute seinen Ohren nicht – bis er begriff, dass nicht er gemeint war, sondern Weber, der Hausmeister, der sich schräg hinter ihm genähert hatte! Erst im allerletzten Moment gelang es Fichte, sich wieder in den Schatten der Eiche zurückzuziehen und so unsichtbar für die Männer zu bleiben.

Ausgerechnet diese Arschlöcher! Mit geballten Fäusten beobachtete er aus seinem Versteck, wie sie darüber sprachen, ob sie am Abend zusammen ein Fußballspiel gucken wollten. Aber Weber bedauerte, er musste mit seiner Frau zu einer Lesung ins Meerkabarett. Er verzog das Gesicht, was dieser dämliche Koch sehr witzig zu finden schien, denn er lachte laut.

Weber war verheiratet? Das hatte Fichte nicht gewusst. Und trotzdem hatte er sich an Karina herangemacht!

Endlich hatten die beiden Männer genug gequatscht. Sie verabschiedeten sich und verzogen sich in verschiedene Richtungen.

Fichte war wieder allein.

Wie lange sollte er noch hier draußen warten? Wenn er richtig gerechnet hatte, sollte jetzt nur noch eine Person in der Küche sein. Und er wusste genau, welche Person.

Aber was, wenn er sich irrte? Wenn irgendwelche dämlichen Typen da drinnen noch Tee tranken? Alle in dieser Klinik wussten, wer er war. Die würden sofort die Polizei rufen, wenn er nach der Sache von gestern plötzlich auftauchte.

Er überlegte, sah zu dem Haus. Schließlich wischte er seine Zweifel beiseite. Der Wunsch, endlich die Wahrheit zu erfahren, war übermächtig.

Zeit, die Initiative zu ergreifen.

38

Was Theo über die digitale Welt wusste, das wusste er von ihr, Pat. Sie hatte ihm die Bedienung seines Handys beigebracht. Sie hatte ihm gezeigt, wie er Informationen, die er bei der Recherche sammelte, Texte und Fotos, sogar Audiodateien abspeichern und direkt in die entsprechenden Ordner seines Computers im Büro schicken konnte. Sie hatte ihm erklärt, wie er Diagramme erstellte, die seine Ermittlungsergebnisse übersichtlich darstellten, basierend auf crossmedialen Personenprofilen. Dazu hatte sie ihm neue Recherche-Tools auf dem Rechner installiert, von denen er einige sogar tatsächlich benutzte.

Trotzdem blieb Pats Kollege grundsätzlich bei seinen alten Methoden, kritzelte überall seine Notizen hin und vergaß ständig, sein Handy aufzuladen.

Aber umgekehrt hatte sie auch einige Dinge von Theo übernommen. Zum Beispiel, Ermittlungsergebnisse auf großen Karteikarten zu vermerken, um diese gut sichtbar an die Wand zu heften. Digital war gut und schön. Aber eine richtige Übersicht erhielt man erst, wenn man es an der Wand vor sich sah.

Auch den Ergebnisbericht des Mordfalls in Berlin-Neukölln hatte sie so an die Wand geheftet. Sie hatte sich perfekt ins Thema eingearbeitet. Sie hatte alles gelesen und mit den neuesten Informationen aktualisiert, die sie heute Morgen aus Berlin erhalten hatte. Die ganze Wand war voller Karten und Fotos, verbunden mit roten Bindfäden.

Um letzte Fragen zu klären, hatte sie sogar KHK Dieter Jahnke in Berlin angerufen.

»Ja, natürlich waren Fichtes Fingerabdrücke überall am Tatort«, sagte sie ins Telefon, als Jahnke noch einmal den Stand der damaligen Untersuchung zusammenfasste. »Aber was heißt das schon?«

»Dass er am Tatort zur Tatzeit war«, antwortete ihr Berliner Kollege.

»Aber die Fingerabdrücke waren nicht auf der Tatwaffe.«

»Er hat doch zugegeben, an dem Tag Latexhandschuhe getragen zu haben. Wie jeder vernünftige Mörder. Für mich spricht das Fehlen der Fingerabdrücke auf der Tatwaffe eher für seine Schuld und nicht dagegen.«

Pat war nicht überzeugt. »Er sagt, er hat die Handschuhe getragen wegen einer Allergie gegen dieses bestimmte Terpentin. Er hat dafür sogar ein Attest vorgelegt.«

»Von seinem Schwager. Was ist das schon wert?«

»Aber warum so um die Ecken denken, Dieter? Was, wenn es eben gar nicht so kompliziert war?«

»Was soll das heißen? Wenn einer das perfekte Mordmotiv hat, zur betreffenden Zeit am Tatort war, vorher angedroht hat, dass ›die Schlampe‹ es noch bereuen wird, dass sie mit ihm Schluss gemacht hat, und wenn er unabhängig davon bekannt für seine Gewaltausbrüche ist, was ist dann so abwegig daran zu glauben, dass er auch der Täter ist?«

Pat stand vom Schreibtisch auf. Trat an die Wand mit den Fotos. »Natürlich. Aber nun haben wir den neuen Ansatz mit dem Foto, das Theo bei Fichte zu Hause gefunden hat.«

Am anderen Ende der Leitung hörte man, wie Jahnke sich eine neue Zigarette anzündete und einen ersten tiefen Zug nahm. »Was schlägst du vor, Pat?«

»Vergessen wir mal etwaige Motive, Vorgeschichten und auch die Ergebnisse der Spurensicherung. Das habt ihr damals alles bearbeitet und konntet Fichte trotzdem nicht überführen.«

»Und was machen wir stattdessen?«

»Schauen wir uns noch mal das Gartenfest an. Wer war wann da? Ist wann wohin gegangen? Und wann wieder zurückgekommen?«

Jahnke stöhnte. »Nach dreißig Jahren wird das nicht ganz einfach zu rekonstruieren sein.«

»Aber wir haben doch die Verhöre. Die können wir noch mal durchgehen und vergleichen und …«

Pat hörte Lärm draußen auf dem Flur.

»Moment mal, Dieter«, sagte sie und wollte gerade nachschauen, was da los war, als die Tür aufgerissen wurde und eine uniformierte Beamtin hereinkam. Annika, sie saß heute unten am Empfang der Polizeidirektion.

»Pat!«, rief sie aufgeregt. Als sie das Diagramm an der Wand entdeckte, hielt sie überrascht inne.

»Was ist denn?« Pat hielt die Hand auf die Sprech-muschel.

»Da draußen ist so ein Typ, der mit dir reden will«, sagte Annika. »Nur mit dir.«

»Wer denn?«

»Keine Ahnung, kann irgendwie nicht richtig Deutsch.«

Pat zuckte mit den Schultern. »Na dann, soll rein-kommen.«

»Er sieht aber gefährlich aus.«

»Ich komm schon klar.«

»Okay, musst du wissen.« Während Pat schnell das Gespräch mit Jahnke in Berlin beendete, ging Annika wieder hinaus auf den Flur und rief: »Okay, Sie kön-nen rein.«

Kurz darauf stürmte ein Hüne in blauer Latzhose, Troyer und dicken Arbeitsstiefeln in ihr Büro.

Pat traute ihren Augen nicht. »Harke?«

Er sah schrecklich aus. Die Haare standen nach al-len Seiten ab, die Augen waren schreckgeweitet, als hätte er ein Gespenst gesehen. Er sah Pat nicht an. Stattdessen ging sein Blick ins Leere, als wäre er in Ge-danken ganz woanders.

»Meine Güte, was ist denn los?«

»Theo«, rief er atemlos, »Theo is in Gefahr!«

»Theo? Wieso? Der ist doch …?«

»He dröff nich mit ehr mitgahn«, unterbrach er sie.

Pat verstand Plattdeutsch nicht oder nur schlecht. Sie packte Harke bei den Schultern, schüttelte ihn, als müsse sie ihn wecken.

»Harke, jetzt noch mal klar und deutlich. Was ist los?«

Harke holte Luft und sah ihr jetzt zum ersten Mal in die Augen. »Theo darf nicht mit ihr mit. Sonst stirbt er.«

39

Wo bleibst du denn? Wir warten hier alle auf dich!

Krumme schaute auf sein Handy. Klar, Marianne wurde langsam ungeduldig.

Hab alles geregelt. Muss aber noch was erledigen. Bin kurz am Hafen. Melde mich später, schrieb er zurück.

Bestimmt hatte Marianne jetzt erst recht Fragen. Aber er hatte im Moment keine Zeit für Plaudereien mit älteren Damen, so berühmt sie auch sein mochten.

Er hatte auch Böhme eine Nachricht geschickt, zusammen mit der Datei der beiden Fotografen. Er war sicher, die Kommissarin und ihr Soko-Team wussten, was sie zu tun hatten. Ihn brauchten sie dafür nicht.

Die Gelegenheit für ihn, um sich hier in Munkmarsch etwas genauer umzuschauen.

Der kleine Hafen befand sich auf der anderen Straßenseite des Fünfsternehotels Fährhaus, ein weißer, reich verzierter Prachtbau aus wilhelminischen Zeiten. Durch die Fenster des hauseigenen Cafés sah er Gäste, die sich bei Champagner, Kaffee, Kuchen und Torte vor dem kalten Wetter versteckten, während auf dem Parkplatz vor dem Hotel Porsches und Bentleys auf ihre Besitzer warteten.

Aber Krumme interessierte sich nur für den Hafen und die Schiffe, die dort lagen.

Eher Schiffchen. Er hatte in einem Touristenführer gelesen, dass Sylt trotz seines mondänen Publikums kein Mekka für große Jachten war. Die wenigen, die den Mut hatten, sich durch die stürmische Nordsee zur Insel zu kämpfen, legten im nördlichen List oder an Sylts südlichem Ende in Hörnum an.

Im viel kleineren Munkmarscher Hafen verschwand alle paar Stunden das Meer komplett, dann fielen selbst im Hafenbecken die meisten Schiffe trocken.

So auch an diesem Nachmittag. Mochten im Frühling und Sommer vor allem Jollen am Pier liegen, sah Krumme jetzt nur ein paar kleine Motorboote mit und ohne Kabine, die schräg auf dem Watt lagen.

Die Hände in den Taschen seiner Winterjacke vergraben, schlenderte er an der rutschigen Mole entlang. Nirgends war ein Mensch zu sehen. Der Hafen und die dazugehörenden Hallen waren geschlossen, so auch die Segelschule und die kleine Strandbar.

Krumme schaute über das Watt Richtung Festland, sah die sich träge drehenden Windräder hinter der schmalen Küstenlinie. Er wusste, dass sich dort drüben auch die Grenze zu Dänemark befand.

Er fragte sich, was das Paar hier mitten in der Nacht getrieben hatte. Hartmann, der das Foto vor zwei Wochen auf dem Weg nach Hause quasi im Vorbeigehen geschossen hatte, hatte gesagt, dass die beiden sich wohl gerade gestritten hatten. Worüber, hatte er nicht hören können. Ob es sich bei der Person, die mit dem

Rücken zur Kamera stand, um einen Mann oder eine Frau handelte, wusste er nicht. Die andere Person war eindeutig ein Mann. Auf der Vergrößerung hatte Krumme den schlaksigen Kerl sofort wiedererkannt: Daniel Behrens, den Hilfskoch aus dem Gertrud-Hader-Haus. Was hatte der an diesem gottverlassenen Ort verloren? Und das ausgerechnet in der Nacht, in der Karina Maurer ermordet wurde!

Oder war sie gar nicht tot?

Die zweite, in eine dicke Jacke gehüllte Person – war sie das womöglich? Fichtes Frau?

Krumme sah sich um. Selbst wenn es Spuren gegeben haben sollte, hatte der kalte Wind sie längst davon geweht. Oder mit einem eisigen Panzer überzogen. Die Wege und der Pier waren spiegelglatt, der Aufenthalt in diesem Bereich nicht ungefährlich. Nicht ohne Grund war das Hafengelände eigentlich gesperrt. Krumme war trotzdem einfach über die Kette gestiegen.

Er blickte zum Strand, der hinter dem Hafen auf der nördlichen Seite begann. Der Frost der letzten Tage hatte immer neue Eisschollen an die Küste geschoben, übereinanderliegende Platten, die in der blassen Wintersonne bedrohlich knackten.

Krumme spürte auf einmal eine seltsame Stille. Er sah Möwen oben am Himmel, hörte aber nicht ihre spöttischen Schreie. Ein Austernfischer verharrte, als wäre er eingefroren, auf einem Bein stand er regungslos im Watt. Selbst die kleinen Wellen, die in einem nahen Priel gegen die Eisschollen liefen, verursachten nicht den geringsten Laut.

Krumme kam sich vor wie in einem Traum, gefangen in der herben Schönheit des winterlichen Nordfriesland.

Als er ein leises Scharren vernahm.

Mit einem Ruck drehte er sich um.

Und dann sah er sie.

Sie stand auf einem kleinen Kabinenboot. Die Haare hingen ihr nass über den Kopf, als wäre sie gerade aus dem Wasser gestiegen. Trotz der Kälte trug sie nur einen weißen Pullover zur Jeans.

Das Gesicht weiß wie Schnee, die Lippen fest zusammengepresst, schaute sie von der anderen Seite des kleinen Hafens zu ihm hinüber.

Ihre Blicke trafen sich. Krumme schwankte, tief berührt von der grenzenlosen Verzweiflung, die er in ihren eisblauen Augen zu erkennen glaubte.

Es dauerte einen Moment, bis er sich aus seiner Starre löste. Was passierte hier? Er fasste sich an den Kopf. Träumte er?

Langsam setzte er sich in Bewegung, vorsichtig Schritt für Schritt, um sie nicht zu erschrecken. Oder zu vertreiben. Wurde dann immer schneller.

Er wollte etwas sagen. Aber auf einmal fühlte sich sein ganzer Mund taub an. Nur ein gequältes Grunzen kam über seine Lippen.

»Frau Maurer«, presste er schließlich heraus. Er hob die Hand, winkte ihr über das kleine Hafenbecken zu.

Doch sie reagierte nicht. Steif wie eine römische Statue stand sie mit angelegten Armen auf dem Heck des kleinen Bootes. Nur der Kopf bewegte sich langsam, folgte ihm auf seinem Weg durch den Hafen.

Krumme lief mittlerweile über den vereisten Pier, hatte Angst, dass sie verschwinden würde, wenn er nicht schnell genug bei ihr war.

Erneut hob er die Hand. »Frau Maurer«, rief er, erleichtert, dass ihm seine Stimme wieder gehorchte. »Bleiben Sie, wo Sie sind, ich komme zu Ihnen.«

Aber das tat er nicht. Es war viel zu glatt, um quer durch den Hafen zu laufen. Nur Meter von Karina und dem Boot entfernt stolperte er, rutschte auf einem Rollgitter aus, schlug hart auf dem Boden auf – und sah und spürte dann gar nichts mehr.

40

Er wartete, bis zwei Frauen – offensichtlich weiteres Küchenpersonal –, die den Seiteneingang soeben verlassen hatten, irgendwo in dem weitläufigen Gelände verschwunden waren.

Dann war es endlich so weit.

Mit ein paar schnellen Schritten erreichte er einen von Schnee bedeckten Strandkorb, der zu Dekorationszwecken neben der Tür aufgestellt worden war. Dort ging er kurz in Deckung. Immer noch niemand zu sehen.

Er erhob sich, ging zur Tür und öffnete sie. Vor ihm lag der Flur. Niemand zu sehen oder zu hören. Schnell trat er ein und atmete durch, keiner hatte ihn gesehen, und endlich war er wieder im Warmen.

Die Küche befand sich am Ende des Flurs. Mit wenigen Schritten war er bei der Tür, hinter der er jetzt leises Scheppern hörte. Sonst war alles ruhig.

Er legte die Hand auf die Türklinke und überlegte ein letztes Mal. Noch war nichts geschehen, noch konnte er zurück …

Aber nein, wenn er die Wahrheit wissen wollte, musste er weitergehen.

Er drückte die Tür auf und ging hinein.

Die Küche. Alles war aufgeräumt und geputzt und glänzte im Neonlicht. Gerade stellte ein schlaksiger Mann in weißer Kochjacke letzte Teller und Tassen in einen großen Schrank.

»Einen Moment, bin gleich ...« Der Mann stockte, als er sah, wer da in die Küche gekommen war. Entsetzt riss er die Augen auf und trat einen Schritt zurück.

»Hallo, Daniel«, sagte Fichte. Seinen Nachnamen hatte ihm Karina nie verraten, und er war ihm auch egal. Langsam ging er auf ihn zu.

»Was ... was wollen Sie hier? Raus! Sofort!«, stammelte Daniel, während er sich mit dem Rücken am Küchentresen entlangschob.

»Ganz ruhig. Ich will nur mit dir reden.« Fichte hob die Hände, um zu zeigen, dass von ihm keine Gefahr ausging. Doch irgendwie wollte der Junge das nicht glauben.

»Ich will aber nicht mit Ihnen reden. Hauen Sie ab! Oder ich rufe um Hilfe.«

»Blödsinn. Hier ist niemand. Die Letzten sind gerade gegangen. Wir sind ganz alleine.«

Der Junge zitterte vor Angst. Man roch, wie er schwitzte. Für Fichte der Beweis, dass er richtig vermutet hatte.

»Ich sage es zum letzten Mal, gehen Sie, sofort! Sonst ...«, versuchte Daniel, ihm trotzdem zu drohen.

»Sonst was?«

Daniel schnappte sich ein auf dem Tresen liegendes Fleischermesser, hielt es mit zitterndem Arm in seine Richtung. »Verschwinden Sie! Raus hier!«

Fichte musterte ihn. Der Junge war ein Waschlappen. Aber das Messer sah gefährlich aus.

»Was hast du mit Karina gemacht?«

Die Frage brachte Daniel aus dem Konzept. »Mit Karina? Wieso ... was ...?«

»Die Wahrheit. Ich will die Wahrheit wissen.«

Der Junge starrte ihn mit ungläubiger Miene an, das Messer immer noch auf ihn gerichtet. Fichte konnte sehen, wie es in ihm arbeitete.

Plötzlich stieß Daniel mit dem Messer in seine Richtung, schaffte es, ihn an der Hand zu verletzten. Ein langer, aber nicht besonders tiefer Schnitt. Fichte fluchte, wich zurück, gab Daniel so die Gelegenheit, zur Tür zu springen. Er wollte sie aufreißen, aber Fichte war schneller. Mit der ganzen Kraft seines schweren Körpers warf er sich gegen die Tür und schlug Daniel im gleichen Moment das Messer aus der Hand und packte ihn brutal am Arm.

Sofort begann der Junge, um Hilfe zu rufen, schlug wild um sich. Fichte versuchte, ihm die Hand auf den Mund zu halten, aber Daniel biss ihn, traf ihn sogar mit der Faust ins Gesicht.

Fichte stöhnte. Und versetzte dem Jungen mit der Rückseite der flachen Hand einen so heftigen Schlag, dass der mit lautem Stöhnen nach hinten fiel, mit dem Kopf gegen einen Küchenschrank stieß, dann hart auf dem Boden aufschlug und sich nicht mehr rührte.

Mit einer Mischung aus Entsetzen und Hass starrte Fichte auf den regungslosen Mann herab. Was für eine

Scheiße! Er hatte doch nur mit dem Mistkerl reden wollen!

Immer noch außer Atem hielt er die Finger an Daniels Hals, vergewisserte sich, dass er ihn nicht umgebracht hatte.

Ein Glück, er lebte.

Aber was jetzt?

Was, wenn jemand sie gehört hatte und hereinkam, um nach dem Rechten zu sehen?

Er musste sich beeilen, schnell eine Entscheidung treffen!

Leise fluchend wusch Fichte sich das Blut von der verletzten Hand ab und umwickelte sie mit einem Geschirrtuch.

Er wollte sich gerade zum Gehen wenden, als er von draußen Stimmen hörte. Frauen. Und sie kamen näher.

Er schaute aus dem Fenster und sah, wie zwei Polizistinnen in Uniform mit einer dritten älteren Frau in Strickjacke über den Rasen auf das Haus zugingen. Fichte meinte sich zu erinnern, dass die Ältere die Leiterin der Kurklinik war.

Jeden Moment konnten sie hereinkommen.

Er musste einen Ausweg finden. Schnell! Sofort!

41

Wo blieb Theo nur? Marianne schaute immer wieder auf die Uhr. *Ich melde mich später,* hatte er geschrieben. Später? Was hieß später?

Nach Theos Nachricht hatte sie sich mit dem Fernglas ans Panoramafenster gestellt, um runter zum Hafen zu schauen. Leider konnte sie nicht alles einsehen, ein Teil blieb für sie durch Hallen verdeckt. Trotzdem hatte sie eine Zeit lang beobachten können, wie Theo auf dem Gelände herumgegangen war. Doch nun hatte sie ihn schon eine Weile nicht mehr gesehen.

Was um Himmels willen trieb er da? Hatte er sich heute Morgen nicht krankgemeldet? Immerhin war er gestern nach dem Schlag an den Kopf kurz bewusstlos gewesen. Sie seufzte leise. Aber wann hatte Theo jemals Rücksicht auf seine Gesundheit genommen?

»Und, Marianne? Haben Sie Ihren Mann entdeckt?«, erkundigte sich Heide Owen, die zusammen mit Ursel an einem kleinen Tisch saß und einen Tee trank.

»Gerade kann ich ihn nicht sehen. Vielleicht ist er auf dem Weg hierher«, behauptete Marianne und entschied, ihre Sorgen lieber für sich zu behalten.

Sie blickte mit einem nachdenklichen Lächeln zu

den beiden Damen. Vielleicht war es doch nicht so eine gute Idee gewesen, Ursel mitzubringen. Schon bei der Begrüßung hatte ihre sonst so gesprächige Bekannte keinen Ton herausbekommen, wohl aus Nervosität, einer so prominenten Person gegenüberzustehen. Ursel hatte sogar einen Knicks gemacht. Zum Glück war Heide Owen durch den aufgeregt herumspringenden Sunny so abgelenkt gewesen, dass sie es nicht bemerkt hatte.

Während Marianne am Fenster stand und sich um Theo sorgte, lief die Konversation zwischen den beiden älteren Damen noch recht zäh. Zuerst hatte Ursel versucht, ihre berühmte Gastgeberin mit ihrem Wissen über die Kampener Gourmetszene zu beeindrucken, bis sie erfuhr, dass Heide Owen schon seit vielen Jahren nicht mehr ausgegangen war und auch nicht das geringste Interesse daran hatte.

Nun waren sie bei einem anderen Thema.

»Ich bin ein großer Fan Ihrer Filme, Frau Owen«, bekannte Ursel.

»Oh, wie reizend, das freut mich.«

»Vor allem dieser eine, den finde ich ganz wunderbar. Wie heißt er noch?« Ursel überlegte angestrengt, schaute sehr verlegen, weil ihr der Titel vor Aufregung nicht einfallen wollte. »Irgendwas wie dieses Schloss in Potsdam. Sans…«

»Sanssouci?«, half Heide Owen. »Sie meinen *Die Spaziergängerin von Sanssouci*?«

Ursel strahlte. »Genau, den meine ich! Was für ein großartiger Film!«

»Das stimmt«, erwiderte Heide Owen, »aber da spiele ich gar nicht mit. Sie verwechseln mich bestimmt mit Romy Schneider.«

»Oh«, machte Ursel und nippte verlegen an ihrem Tee, während Heide Owen mit angestrengter Miene zu Marianne sah.

»Wollen Sie sich nicht wieder zu uns setzen?«, fragte die Schauspielerin, und es klang wie ein Hilferuf.

Marianne legte das Fernglas zur Seite und nahm Platz. »Entschuldigung, dass ich so unruhig bin«, sagte sie. »Aber ich habe keine Ahnung, warum Theo noch nicht da ist.«

»Es ist meine Schuld«, sagte Heide Owen. »Ich hätte Sie nicht mit meinen Sorgen wegen dieser Paparazzi behelligen dürfen.«

»Es ist gut, dass sich Herr Krumme darum kümmert«, erklärte Ursel kategorisch. »Schlimm, dass diese Kerle Geld mit Ihrem Leid verdienen wollen, Frau Owen.«

»Ja, nicht wahr?« Heide Owen nickte ihr dankbar zu.

»Ins Gefängnis sollte man solche Leute stecken und dann den Schlüssel wegwerfen.«

Heide Owen lächelte. Sie sah zu Marianne. »Ich hoffe, Ihr Mann weist diese Leute ein für alle Mal in ihre Schranken.«

»Bestimmt«, sagte Marianne und nippte an ihrem Darjeeling. Sollte sie ihre Erwartungen ein bisschen dämpfen? Nicht jetzt, denn überraschend schienen die beiden Damen nun doch ein gemeinsames Thema gefunden zu haben.

Ursel sprach über Lady Dis Tod und war sich mit Heide Owen einig, dass die Paparazzi damals eine Mordanklage verdient hatten.

Während die beiden Damen sich angeregt unterhielten, war Marianne in Gedanken weiter bei Theo. Ob er vielleicht nur keine Lust auf die Teerunde hatte und lieber spazieren gehen wollte? Möglich war es, obwohl sie vorhin den Eindruck gehabt hatte, dass er Heide Owen durchaus gern kennengelernt hätte.

Mariannes Blick ging wieder zum Fenster und dem Ausblick über die Sylter Ostküste. Gerade durchbrach das Licht der Sonne die gewaltigen Wolkenberge. Ein einzelner Sonnenstrahl tastete sich über das Watt und brachte das sich an der Küste auftürmende Eis zum Funkeln. Sie beobachtete, wie mehrere Möwen sich vor die Wolken schoben und dort stumm ihre Kreise zogen.

In diesem Moment meldete sich ihr Handy. Endlich! Das war bestimmt Theo.

Sie entschuldigte sich bei den Damen und stellte sich mit dem Telefon ans Fenster. Sie sah auf das Display. Eine Husumer Festnetznummer.

Verwundert nahm sie das Gespräch an.

»Marianne? Bist du's?«

»Pat? Du? Was ist denn …?«

Pat ließ sie nicht ausreden. »Ist Theo bei dir?«

»Nein, leider nicht. Was gibt's denn?«

Sie hörte, wie Pat tief Luft holte.

»Ich versuche, ihn schon die ganze Zeit zu erreichen, aber er nimmt nicht ab.«

»Aber vor Kurzem hat er mir noch eine Nachricht geschickt. Was ist denn los?«

Marianne fiel auf, dass die beiden Damen mitfühlend zu ihr schauten.

»Ich will hier keinen verrückt machen«, sagte Pat mit gedämpfter Stimme. »Aber Harke ist gerade bei mir. Er sagt, er hat eine wichtige Nachricht für Theo.«

42

Krumme richtete sich benommen auf, hielt sich den Kopf und stöhnte. Verdammt, das war jetzt das zweite Mal innerhalb von weniger als vierundzwanzig Stunden, dass er stürzte und sich den Kopf stieß. So schmerzhaft hatte er sich seine Zeit auf Sylt nicht vorgestellt.

Sein Blick ging zu dem kleinen Kabinenboot.

Karina Maurer war verschwunden.

Wenn sie denn jemals da gewesen war!

Ächzend und leicht schwankend kam er auf die Füße, musste aufpassen, das Gleichgewicht zu halten. Der Boden war spiegelglatt.

Er war ja selber schuld. Er hätte niemals rennen dürfen. Seine Winterstiefel hatten kaum Profil. Fahrlässig – und das in seinem Alter, da konnte ein Sturz schlimme Folgen haben!

Er klopfte den Schnee und den Schmutz von seiner Jacke. Was hatte das alles zu bedeuten? Das nächtliche Foto mit dem Hilfskoch und jetzt Karina Maurers unheimlicher Auftritt?

Krumme rutschte mehr, als dass er ging, zu dem Boot. Er spürte einen Stich in der Seite. Bestimmt würde er morgen einen großen blauen Fleck an der Hüfte haben.

Er schaute vom Kai hinunter in das Boot. Hatte Karina wirklich dort gestanden?

Wie alle anderen Schiffe im Hafen war auch dieses von einer feinen Schneeschicht überzogen.

Aber Spuren konnte er hier nicht entdecken, weder auf dem Heck noch auf dem Dach oder dem Bug. Er schaute sich um, fragte sich, ob er sich bei der Perspektive getäuscht haben könnte.

Nein, wenn Karina Maurer tatsächlich im Hafen gewesen war, dann hatte sie auf diesem Schiff gestanden.

Hatte er sie sich nur eingebildet? Lag es an dem gestrigen Sturz? Hatte er sich vielleicht doch eine Gehirnerschütterung zugezogen?

Es gab noch eine andere Erklärung. Er erinnerte sich an die wirre Geschichte, die Martje ihm von ihrer Großmutter erzählt hatte. Hatte er etwa einen Geist gesehen? Eine Untote oder einen Gonger, wie es auf Sylt hieß? Besonders lebendig hatte Karina Maurer tatsächlich nicht ausgesehen …

Nein. Auch wenn er in seiner Zeit hier in Nordfriesland mittlerweile einige verrückte Dinge erlebt hatte, sträubte sich sein Verstand, an so einen abergläubischen Quatsch zu glauben.

Er blickte sich um. Spielte ihm jemand einen Streich? Er hatte plötzlich das Gefühl, dass er beobachtet wurde. Er schaute zum Hotel, sah daneben in den Dünen, zum Teil verdeckt von riesigen Rhododendronhecken, mehrere Villen, darunter die von Heide Owen und den beiden Fotografen. Alles sah friedlich aus. Eine Sylter Idylle.

Und doch – irgendetwas stimmte nicht. War es das seltsam weiche Licht, das funkelnd die Luft erfüllte? Oder die noch immer anhaltende Stille? Er konnte sich an einen Wintertag vor ein paar Jahren auf Eiderstedt erinnern, damals hatte eine dicke Schneedecke jedes Geräusch geschluckt. Aber viel Schnee lag hier nicht, dafür war der Wind auf der Insel und direkt am Meer viel zu heftig.

Plötzlich war Karina Maurer wieder da.

Nicht bei den Schiffen, nicht auf dem Pier. Jetzt stand sie vor den geschlossenen Hallen, auf der anderen Hafenseite.

Und schaute erneut zu ihm, regungslos, mit starrer Miene.

Krumme machte sich sofort auf den Weg, sie durfte ihm nicht entkommen. Trotzdem achtete er jetzt auf den spiegelglatten Boden, setzte sorgfältig jeden Schritt, um nicht wieder zu stürzen.

Der Kopf dröhnte, die Hüfte schmerzte, aber es war ihm egal. Dort drüben war die Lösung dieses seltsamen Falls. Er musste zu ihr, musste sie aufhalten, bevor sie wieder verschwand.

Die Gestalt vor der Halle rührte sich noch immer nicht, wie eine Statue stand sie da. Sie beobachtete, wie er langsam näher kam. War da jetzt ein schmales Lächeln auf ihren bleichen Lippen? Er war nicht sicher, aber gleich würde er ihr von Angesicht zu Angesicht gegenüberstehen, dann würde er sie fragen, dann würde sich alles aufklären.

Plötzlich ging ein Ruck durch den Leib der Frau. Sie

drehte sich um und marschierte los, weg von den Schiffen, weiter aufs Hafengelände, langsam, aber mit festen Schritten. Als müsste sie im Gegensatz zu ihm nicht auf den rutschigen Untergrund achten.

Krumme kniff die Augen zusammen. Trug sie etwa keine Schuhe? War sie barfuß? Wieder fiel Krumme auf, dass ihr Haar nass war. Wie konnte das sein?

Krumme rief ihren Namen, forderte sie auf, stehen zu bleiben, als sie plötzlich hinter der geschlossenen Hafenbar verschwand.

Krumme beschleunigte seine Schritte, lief nun doch, egal, wie glatt der Boden war. Kurz darauf erreichte er die Bar, bog um die Ecke und erwartete, ihr im nächsten Moment direkt ins bleiche Gesicht zu schauen.

Aber auf der anderen Seite der Bar war niemand. Vor ihm lag ein Fußweg, der vom Hafengelände wegführte. Ein verlassener Weg hinaus in die Dünen.

43

»Daniel?«

Das war die Stimme der Klinikchefin. Fichte stand in der Speisekammer, in die er sich im allerletzten Moment versteckt hatte. Den leblosen Hilfskoch hielt er wie einen Sack Kartoffeln fest umschlungen vor sich. Er wagte kaum zu atmen und lauschte, wie die beiden Polizistinnen die Küche und die benachbarten Räume durchsuchten.

»Dann ist er schon zu Hause?«, fragte eine Polizistin.

»Nein, er hat Spätdienst und sein Fahrrad steht ja noch vor der Tür.«

»Dann müsste er also hier irgendwo sein?«, fragte die andere Polizistin – und öffnete dabei die Tür zur Speisekammer. Zum Glück warf sie nur einen kurzen Blick hinein – und bemerkte so Fichte nicht, der sich in Schockstarre mit Daniel im Arm zwischen zwei Regalen an die Wand presste.

»Keine Ahnung«, antwortete die Klinikchefin. »Vielleicht macht er ja auch einen Spaziergang.«

»Bei dem Wetter?«, fragte die Polizistin, während sie die Tür zur Speisekammer wieder schloss. Fichte stieß die Luft aus, sie hatte nichts gemerkt.

»Was wollen Sie überhaupt von Daniel?«

»Wie gesagt, wir dürfen uns zu den laufenden Ermittlungen nicht äußern.«

»Aber es geht um den Mord?«

»Wie gesagt ...«

»Herr Behrens wohnt in Tinnum?«, unterbrach die andere Polizistin ihre Kollegin.

»Ja. In einem kleinen Apartment«, informierte sie die Klinikleiterin. »Ich kann Ihnen die Adresse geben. Früher hatten wir ein Wohnheim für unsere Angestellten hier in Keitum. Aber das ist leider nicht mehr zu bezahlen.«

»Oh, das Problem kenne ich«, sagte eine der Polizistinnen. »Ich wohne schon lange in Niebüll und fahr jeden Tag mit der Bahn auf die Insel.«

Die Damen begannen, über die schwierige Wohnungslage auf der Insel zu plaudern, als Daniel sich in Fichtes Armen zu regen begann.

Fichte blieb fast das Herz stehen. Er presste dem immer noch bewusstlosen Mann eine Hand auf den Mund. Zum Glück dachte der aber doch nicht daran aufzuwachen. Er stöhnte nur leise, ohne die Augen aufzuschlagen.

Endlich gaben die drei Frauen ihre Suche auf. Die Klinikleiterin erklärte, dass sie den beiden Polizistinnen in ihrem Büro Daniels Handynummer und genaue Adresse geben werde. Dann hörte Fichte, wie die Tür zur Küche zufiel. Glück gehabt! Erleichtert atmete er aus und ließ Daniel erschöpft zu Boden gleiten. Der rührte sich noch immer nicht. Hatte er eventuell zu stark zugeschlagen? Hoffentlich nicht. Offensichtlich wusste er etwas über Karina, was sogar die Polizei erfahren wollte. Fichte musste unbedingt herauskriegen, was!

Er erinnerte sich, dass die Klinikleiterin den Polizistinnen Daniels Handynummer geben wollte. Nach kurzer Suche fand er das Handy in dessen Tasche und schaltete es aus. Das fehlte noch, dass das Ding auf einmal losging und ihn verriet.

Aber jetzt musste er unbedingt mit ihm reden.

Nur wo? Hier ging es nicht.

Er fasste einen Entschluss. In der Küche fand er schnell, was er suchte: einen Lappen und eine Rolle Klebeband. Damit knebelte und fesselte er Daniel. Dann schleifte er ihn über den Flur zum Ausgang.

Fichte hatte gehofft, Daniel wie ein Paket auf der Schulter zu sich nach Hause tragen zu können, aber der junge Mann war schwerer als gedacht – und Fichte musste schmerzlich zur Kenntnis nehmen, dass er nicht mehr der Jüngste war.

Für einen Moment stand er ratlos über den leblosen Körper gebeugt da. Was für eine bescheuerte Aktion! Schon sah er Angestellte und Patienten über die Anlage laufen. Auch im Schatten des Hauses war es nur eine Frage der Zeit, bis er entdeckt wurde.

Unter einem Carport stand ein VW-Caddy. Das wäre die Lösung gewesen. Aber natürlich war der Wagen abgeschlossen. Fichte hielt sich für einen Mann mit vielen Talenten, Autoknacken gehörte leider nicht dazu.

Doch was stand da hinter dem Caddy?

Ein Fahrrad. Daniels Fahrrad, hatte die Frau mit der Strickjacke gesagt.

Dass es ein Lastenfahrrad mit einer kleinen Kabine war, hatte sie nicht verraten.

Fichte lächelte. Glück musste man haben.

44

Krumme zögerte nicht lange. Vorsichtig folgte er dem schmalen Pfad, der in Schlangenlinien durch die Dünen führte. Er war etwa zehn Meter gegangen, aber von Karina Maurer war nichts zu sehen, auch keine Fußspuren auf dem vereisten Boden.

Sollte sie sich vor ihm in den Dünen verstecken? Oder hatte sie sich wieder in Luft aufgelöst?

Schnaufend schaute er sich um, rief ihren Namen. Doch er stockte. Was war mit seiner Stimme? Wieso hörte er sich selbst nur gedämpft, als wären seine Ohren mit Sand oder Seetang verstopft?

Kehr um, rief eine innere Stimme. *Du läufst in dein Unglück!*

Nicht aufgeben, sagte eine andere Stimme. *Schon bald wirst du die Wahrheit erfahren!*

Krumme entschied sich weiterzugehen. Der gefrorene Sand knirschte unter seinen Stiefeln. Wenigstens war es nicht mehr glatt wie im Hafen.

Es dauerte nicht lange und er ließ die Dünen hinter sich und trat hinaus auf einen weißen Strand. Zu seiner Linken war auf einer Anhöhe ein Kiefernwald zu sehen, wo sich die Munkmarscher Friesenhäuser mit ihren Reetdächern zwischen den Bäumen versteckten.

Der Strand war völlig verlassen. Als wäre er der letzte Mensch auf der Welt. Krumme wandte sich nach rechts. Und da entdeckte er sie.

Karina Maurer. Weit draußen im gefrorenen Watt, zwischen den Eisschollen, die die Flut an die Küste geschoben hatte.

Sie stand dort regungslos und steif mit angelegten Armen. Und schaute direkt zu ihm, mit trauriger und unendlich verzweifelter Miene.

Krumme rief ihren Namen, so laut er konnte, und wieder klang es sonderbar, als würde er in einem geschlossenen Raum stehen. Er rief, sie solle sofort zurückkommen, versprach, hier am Ufer auf sie zu warten und sich um sie zu kümmern.

Aber Karina Maurer machte keine Anstalten zurückzukommen. Sie stand da wie ein Gespenst und rührte sich nicht. Wenn er herausfinden wollte, ob sie real war, musste er zu ihr aufs Eis gehen.

Krumme schaute sich verzweifelt um. Warum war weit und breit kein Mensch? Niemand, der ihm bestätigen konnte, dass es da draußen auf dem Eis eine Frau gab, dass er nicht völlig durchgeknallt war.

Er holte das Handy aus der Hosentasche. Vielleicht war es das Beste, die Soko in Westerland zu alarmieren. Böhme und Laue würden ihm sonst nie glauben, wenn er ihnen von seinem Abenteuer erzählte. Doch dann entschied er anders. Nein, das würde alles zu lange dauern. Tatsächlich schien es, als wenn sich die Eisscholle, auf der Karina Maurer stand, immer weiter hinaus ins gefrorene Watt entfernte.

Krumme schoss zur Sicherheit ein Foto mit seinem Handy und entschied, die Sache hier und jetzt zu Ende zu bringen. Er musste endlich die Wahrheit erfahren. Über die Nacht vor zwei Wochen, über das, was Karina Maurer mit dem Hilfskoch getrieben hatte. Und über das, was Fichte ihr angetan hatte.

Krumme setzte einen Fuß auf das Eis. Erleichtert stellte er fest, dass es stabil genug war, um ihn zu tragen. Vorsichtig ging er auch mit dem anderen Fuß auf das Eis und hörte sofort ein feines Knacken, spürte ein Vibrieren, das sich über das gesamte Watt auszubreiten schien.

Langsam setzte er einen Schritt nach dem anderen, immer weiter auf die Frau zu. Gleich habe ich dich, dachte er. Hier konnte sie sich nicht mehr verstecken. Nur noch ein paar Meter, dann wäre er bei ihr.

Plötzlich legte sie den Kopf schief, beobachtete ihn mit großen Augen. Und sie weinte! Krumme kam langsam näher und sah, wie ihr glitzernde Tränen übers bleiche Gesicht liefen und schließlich auf den Boden tropften.

Plötzlich ein lautes Krachen. Die Welt geriet ins Wanken. Krumme schaute erschrocken nach unten, sah, wie sich Risse über das Eis verteilten.

Dann brach der Boden auf!

Krumme sackte nach unten ins Wasser, suchte verzweifelt mit den Händen Halt, rutschte aber immer wieder ab.

Es war zu spät. Ein kalter Sog zog ihn in die dunkle Tiefe. Er versank im schwarzen Nichts. Das

Letzte, was er hörte, war das Gurgeln des Wassers und das jetzt gedämpfte Knirschen des Eises über ihm.

Und ganz in der Ferne ein leises Bellen.

45

Was für ein Durcheinander! So hatte Krumme sich seinen ersten Besuch bei der berühmten Heide Owen nicht vorgestellt. Marianne hatte ihn zusammen mit der Notärztin in das große Haus der ehemaligen Schauspielerin gebracht und ihm dann die nassen Sachen ausgezogen. Während der aufgeregte Sunny um ihn herumsprang, hatte er nur in Unterhose vor den verstörten älteren Damen gestanden. Und selbst die Unterhose hatte er ausziehen müssen, aber erst, nachdem Frau Owen ihm einen von ihren seidenen Morgenmänteln gebracht hatte.

Nun saß er vor dem brennenden Kamin, mit einem Becher Kamillentee in der Hand und wollte nicht glauben, was Marianne ihm erzählte.

»Du hast unglaubliches Glück gehabt! Wäre ich nicht rechtzeitig gekommen, wärst du womöglich ertrunken!«, erklärte ihm Marianne.

»Noch mal von vorn«, sagte Krumme, der versuchte, sich zu konzentrieren.

Marianne seufzte. »Harke ist bei Pat aufgetaucht und hat ihr gesagt, ich soll dich warnen, du wärst in Lebensgefahr. Verrückt, was?«

»Allerdings. Wie kommt er darauf, dass ich …?«

Krumme rieb sich die Schläfen, die pochten, als würde jemand von innen dagegen hämmern.

»Ja, seltsam. Ich habe selbst mit ihm gesprochen. Er war so ernst, klang so bestimmt ... Jedenfalls habe ich mir sofort Sunny geschnappt und bin runter zum Hafen.«

»Sie ist sofort losgerannt«, bekräftigte ihre Freundin Ursel, die mit ihrer Gastgeberin auf dem Sofa saß und ihr Gespräch aufmerksam verfolgte. »Wir hatten keine Ahnung, was passiert ist.«

Frau Owen nickte zustimmend.

Krumme blickte wieder zu Marianne. »Hat er denn vom Hafen gesprochen?«

Sie überlegte. »Nein, ich glaube nicht. Aber wo sonst hättest du in Gefahr sein sollen? Du warst doch am Hafen. Ich habe dich ja sogar dort gesehen – mit dem Fernglas.«

»Mit dem Fernglas?«, fragte Krumme und runzelte die Stirn.

»Sei froh, dass ich dir nachspioniert habe«, fuhr Marianne fort, »sonst hätte ich dich nie rechtzeitig da unten im Hafenbecken gefunden.« Sie zeigte zu Sunny, der seinen großen Kopf auf Krummes nacktes Knie gelegt hatte, das unter dem viel zu kleinen Bademantel herausragte. »Eigentlich musst du dich vor allem bei ihm bedanken. Der Kleine hat dich als Erster zwischen den Schiffen entdeckt und wie verrückt gebellt.«

Krumme lächelte verlegen und klopfte dankbar auf Sunnys mächtige Schulter. Immer noch benommen versuchte er, seine eigenen Erinnerungen mit den Ereignissen der letzten Stunde zusammenzubringen.

Karina Maurer auf dem knirschenden Eis.

Das Eis, das auf einmal auseinandergebrochen war.

Das Wasser, das ihn in die Tiefe gezogen hatte, hinab in ein schwarzes Nichts.

Dann Sunnys Bellen, seine handtuchgroße Zunge, die ihm übers Gesicht geleckt hatte.

Die Erkenntnis, dass er sich nicht im Meer, sondern auf dem Hafenschlick befand, neben den auf dem trockenen Grund liegenden Schiffen.

Mariannes entsetzter Blick.

Die von ihr alarmierte Notärztin – dieselbe wie gestern Abend! Sie hatte ihn untersucht und dann mit dem Rettungswagen hier hinauf in Heide Owens warmes Wohnzimmer gebracht.

Die arme Frau – so einen Trubel hatte sie in ihrem großen Haus auf Sylt gewiss noch nie erlebt! Krumme hatte ihr bereits verraten, dass sie sich in ihren Nachbarn getäuscht hatte und dass die beiden keine Paparazzi, sondern international bekannte Fotografen waren. Worauf Frau Owen sehr verlegen dreingeschaut hatte.

Zum Glück hatte die Ärztin außer einer leichten Unterkühlung keine Verletzung feststellen können. Die einzige Beule, die sie gefunden hatte, war die von seinem Abenteuer des gestrigen Abends.

Nun war die Ärztin wieder weg und Krumme saß zusammen mit den drei Damen vor dem Kamin. Während Heide Owen sie – assistiert von Ursel – mit Tee versorgte und dazu eine Keksdose auf den Tisch stellte, war er immer noch verwirrt, hatte Mühe zu begreifen, was geschehen war.

Hatte er sich seinen Gang zum Strand und seinen Versuch, Karina Maurer aus dem Watt zu retten, nur eingebildet?

Unmöglich! Wenn er die Augen schloss, konnte er das knackende Eis unter seinen Füßen noch spüren, hörte das kalte, gurgelnde Wasser über seinem Kopf, als er in die Tiefe gesunken war.

»Theo, ist alles in Ordnung mit dir?«

Krumme sah überrascht auf.

Marianne sah ihn besorgt an. »Du sagst keinen Ton. Geht's dir gut?«

Er nickte gedankenverloren. »Sag mal, als ihr mich gefunden habt, war ich mit dem Kopf unter Wasser?«

»Nein, natürlich nicht. Du lagst auf dem Trockenen. Aber die Flut lief schon wieder ein. Nur ein bisschen später, und du wärst ertrunken.«

Ursel hob den Zeigefinger. »Oder erfroren. Hat die Ärztin gesagt.«

Er stöhnte. Marianne strich ihm über die zerzausten Haare. »Ganz ruhig, Theo. Es ist ja noch mal gut gegangen.«

Krumme sah sie zweifelnd an. »Eigentlich dachte ich, ich wäre zum Strand gegangen und dann raus aufs Watt, auf die Eisschollen, und da bin ich dann eingebrochen.«

»Das hast du geträumt. Du warst im Hafen. Aber du hast noch immer nicht erzählt, was du dort eigentlich gesucht hast.«

Krumme blickte in die neugierigen Gesichter der drei Frauen. Was sollte er ihnen erzählen? Dass er Karina Maurer allein, mit nassen Haaren, auf einem Schiff stehend gesehen hatte? Und ihr bis aufs schwankende Eis gefolgt war? Wohl besser nicht.

Stattdessen berichtete er von seinem Besuch bei den beiden freundlichen Fotografen im Haus nebenan. Von den vielen Fotos, die im ganzen Haus hingen. Und von einer Aufnahme des Munkmarscher Hafens, die dem Fall, mit dem er gerade zu tun hatte, eventuell eine neue Wende geben würde.

»Sie meinen den Mord an dieser armen Frau aus Keitum?«, fragte Ursel. »Marianne hat uns bereits alles erzählt.« Ihre Augen funkelten vor Neugier.

Krumme schaute vorwurfsvoll zu Marianne, die nur mit den Schultern zuckte.

»Ja, ganz recht«, sagte er. Er hoffte, dass das Thema damit erledigt war. Aber Ursel ließ nicht locker. »Haben Sie den Beweis gefunden, um diesen verrückten Künstler endlich zu überführen?«

Krumme räusperte sich. »Sie sind ja gut informiert.«

»Die ganze Insel weiß, was dieser Kerl mit seiner Frau gemacht hat.«

»Ach ja?« Heide Owen machte große Augen.

Ursel konnte nicht glauben, dass die berühmte Frau nicht zu wissen schien, was um sie herum auf der Insel geschah, und sie sah es als ihre Pflicht an, ihr alles zu erzählen. Ihre Gastgeberin hörte genau zu und war entsetzt, was für schlimme Dinge bei ihr in der Nachbarschaft passierten.

Krumme war erleichtert, dass er für den Moment nicht mehr im Mittelpunkt stand.

Er schaute zu Marianne, die nach seiner Hand griff.

»Ist das nicht verrückt«, sagte sie leise, »Harke hat dir schon wieder das Leben gerettet. Und dabei ist er noch nicht mal auf der Insel.«

Krumme nickte nachdenklich. Das war allerdings unglaublich. Er konnte es kaum erwarten, sich bei ihm zu bedanken. Und er nahm sich vor, seinen Freund bei der Gelegenheit zu fragen, was er von seinem »Traum« hielt. Er war sicher, dass er ihm einiges zum Thema »Gonger« erzählen konnte. Und falls nicht, konnte er ja seinen Mitbewohner Nis, den kleinen Kobold, fragen.

»Sag mal«, wandte er sich an Marianne. »Als du mich mit dem Fernglas am Hafen beobachtet hast, ist dir da vielleicht sonst noch etwas aufgefallen?«

»Was soll mir denn aufgefallen sein?«

Er zögerte. »Na ja, was *genau* hast du gesehen?«

»Einen mittelalten Mann mit hoher Stirn, der allein kreuz und quer im verlassenen Hafen herumläuft, das habe ich gesehen.«

»Sonst nichts?«

»Mir hat das gereicht.« Sie drückte seine Hand. »Du kannst dir nicht vorstellen, wie erleichtert ich bin, dass dir nicht mehr passiert ist.«

In diesem Moment ertönte eine schrille Klingel durch das Haus, die alle erschrocken zusammenzucken ließ.

Heide Owen sah überrascht auf. »Da ist jemand am

Tor.« Sie wollte ächzend aufstehen, hatte in dem Trubel aber ihren verstauchten Fuß vergessen.

Marianne sprang auf. »Lassen Sie, Frau Owen, ich mach das schon.«

Sie verließ zusammen mit Sunny das Wohnzimmer und ging zur Haustür, während Krumme mit Ursel und Frau Owen zurückblieb. Schweigend schauten sie aneinander vorbei an die Wand. Krumme zog den seidenen Morgenmantel verschämt über sein Knie.

»Noch einen Tee, Herr Kommissar?«, erkundigte sich Frau Owen und goss ihm gerade eine Tasse ein, als die Wohnzimmertür aufging und Marianne mit zwei Besuchern hereinkam – Böhme und Laue. Überrascht sahen die Kriminalkommissare Krumme im Morgenmantel in trauter Runde mit den beiden Damen vor dem brennenden Kamin.

»Moin, Herr Kollege«, sagte Böhme mit einem breiten Lächeln. »Sieht so aus, als hätten wir uns ganz umsonst Sorgen um Sie gemacht.«

46

Fichte schenkte kubanischen Rum in ein Glas und nahm einen großen Schluck. Mit grimmiger Miene betrachtete er das Foto von Karina, das an der Pinnwand hing. Es zeigte sie zusammen mit ihren Kolleginnen und Kollegen im Gertrud-Hader-Haus, glücklich und zufrieden.

Er schaute sich in der Küche um. Das bunte Geschirr, die Tischdecke mit Blumenmotiven, die altmodischen gepolsterten Stühle, die Karina in Dänemark gekauft hatte, das gerahmte Foto ihres russischen Heimatdorfes, die albernen Matroschkafiguren ihrer Mutter. Überall fanden sich Karinas Spuren. Am Ende, als sie sich immer häufiger gestritten hatten, hatte sie sich fast ausschließlich im Erdgeschoss eingerichtet, während er fast nur noch oben im Atelier gehaust hatte. Wie in der Nacht, in der Karina verschwunden war.

Zeit, endlich herauszufinden, was damals passiert war.

Er schnappte sich sein Taschenmesser, verließ die Küche und stapfte die Treppe hinauf. Oben angekommen, riss er die Tür zum Atelier auf und trat ein. Sein Blick fiel sofort auf sein neuestes Werk. Die nackte

Karina im Farbensturm, dramatisch beleuchtet von zwei Kerzen, die er rechts und links neben dem Gemälde aufgestellt hatte. Ein Meisterwerk, fand er. Mittlerweile gefielen ihm sogar die Schnitte in der Leinwand. Sie spiegelten sehr genau seine aktuelle Gemütslage.

Er war ganz in die Betrachtung des Bildes versunken, als ihn ein leises Stöhnen aus den Gedanken riss.

Daniel. Natürlich! Er saß, noch immer gefesselt und geknebelt, auf dem Stuhl und schwitzte sich die Seele aus dem Leib. Mit dem Lastenfahrrad war es kein Problem gewesen, den langen Kerl hierherzubringen. Erst beim Hochtragen war er aufgewacht. Für einen Augenblick hatte es fast so ausgesehen, als würde er an seinem Knebel ersticken. Trotzdem hatte Fichte ihn nicht abgenommen, sondern hatte ihn zuerst auf dem Stuhl festgeschnallt, um dann noch mal runterzugehen und sich was zu trinken zu holen.

»Wie gefällt dir mein neuestes Werk?«, fragte Fichte und zeigte auf die Staffelei. »Grandios, oder?«

Daniel konnte natürlich nicht antworten. Fichte trat zu ihm, beugte sich herab, schaute ihm direkt in seine Augen, konnte seine Panik sehen. Schweiß stand auf seiner Stirn, lief in dicken Tropfen die Schläfen herunter.

Gut so. Der Kerl hatte allen Grund, Angst vor ihm zu haben.

Fichte richtete sich wieder auf und holte tief Luft. Dann griff er in seine Tasche und holte das Messer heraus.

Sein Gefangener zuckte stöhnend zurück, zerrte wild an seinen Fesseln. Er hatte keine Chance, sich zu befreien. Fichte wusste, wie man Knoten band.

Er klappte das Messer auf, setzte die Klinge an Daniels Hals – und schnitt das Klebeband, mit dem er den Knebel befestigt hatte, durch, riss es dann mit einem Ruck von der Haut. Daniel schrie vor Schmerzen auf.

»Du blödes Arschloch! Was soll die Scheiße?«, brüllte er, während ihm Tränen übers Gesicht liefen. »Du bist ja irre, total irre!«

Fichte verzog keine Miene, betrachtete den schluchzenden Daniel – und gab ihm plötzlich eine schallende Ohrfeige.

Der Hilfskoch zuckte erschrocken zurück, vergaß vor Schreck zu weinen und starrte ihn fassungslos an.

»Was ... was ist nur los mit dir?«, stammelte er.

Statt einer Antwort bekam er eine weitere Ohrfeige, dieses Mal auf die andere Seite. Sein Kopf knallte nach hinten gegen die Stuhllehne.

»Warum ...?«, fing Daniel stotternd an, aber seine Stimme versagte, Blut tropfte ihm aus dem Mundwinkel.

»Was hast du mit Karina gemacht?«, fragte Fichte.

Daniel sah ihn verblüfft an. »Was?«

Wieder schlug Fichte zu.

»Was hast du mit Karina gemacht?«, wiederholte er, mit der gleichen kalten Stimme wie zuvor.

»Nichts, du perverses Schwein«, schluchzte Daniel. »Du bist es gewesen! Du hast sie umgebracht!«

Fichte betrachtete ihn voller Verachtung. Schon hob er die Hand, wollte erneut zuschlagen. Doch dann entschied er sich anders, griff nach einem zweiten Stuhl, stellte ihn direkt vor den gefesselten Daniel, setzte sich und schaute ihm einen langen Moment tief in die Augen.

»Nein, ich habe Karina nicht umgebracht«, sagte er dann. »Und ich denke, das weißt du ganz genau.«

Daniel schwieg. Er wirkte nach den Schlägen benommen, schien Schwierigkeiten zu haben, den Kopf hochzuhalten. Trotzdem versuchte er, seinem Blick standzuhalten.

»Ich will dir mal erzählen, wie ich den Abend, an dem Karina verschwunden ist, erlebt habe«, fing Fichte an. »Karina und ich, wir hatten uns an dem Tag gestritten, wie so oft in den letzten Wochen. Keine Ahnung, worum genau es ging. Ich glaube, sie wollte wie immer mehr Aufmerksamkeit. Mehr Geld, mehr Liebe.« Er seufzte, kratzte sich am Kopf. »Aber ich habe ihr erklärt, dass ich nicht ihr Diener bin, dass ich mich um meine Arbeit kümmern muss.«

»Du hast sie geschlagen«, flüsterte Daniel.

»Kann schon sein. Aber nur, weil sie wieder hysterisch geworden ist, weil sie einfach nicht verstehen wollte, was die Arbeit für mich bedeutet.« Unvermittelt packte er Daniels Kiefer, drückte seinen Mund zu einer Schnute zusammen. »Ja, vielleicht ist es ein bisschen heftiger geworden. Aber was geht dich das an? Karina ist meine Frau!«

Sein Gast wand sein Gesicht mit einem wütenden

Schnauben aus seiner Hand. Fichte lächelte voller Verachtung.

»Wie auch immer. Am Abend hatte ich eine Verabredung mit meinem Kumpel Giorgio in Tinnum. War nett, wie immer. Wir haben gequatscht und Fußball geguckt. An dem Abend habe ich besonders viel getrunken. Vielleicht zu viel.«

Er schaute nachdenklich zu Boden.

»Keine Ahnung, wann genau ich zurückgekehrt bin. Aber als ich ins Haus kam, war alles still. Ich dachte, Karina würde schon schlafen. Für einen Moment habe ich überlegt, noch einmal zu ihr zu gehen, ins Bett. Um ihr zu sagen, dass es mir leidtat. Und um ihr zu sagen, dass ich ihr verzeihen würde. Aber dann dachte ich, lieber nicht, du bist viel zu besoffen. Besser, du gehst direkt in die Kiste. Also bin ich die Treppe hoch und habe mich hingelegt und friedlich bis zum nächsten Morgen geschlafen.«

Daniel schüttelte den Kopf. »Hast du nicht«, zischte er wie eine böse Schlange. »Du bist zu ihr und hast sie brutal ermordet.«

Fichte lächelte – und schlug wieder zu. Dieses Mal nicht so heftig wie zuvor. Nur eine kurze, verächtliche Ohrfeige, um ihn zum Schweigen zu bringen.

»Respekt, Kleiner, ganz schön mutig, dass du es wagst, mir so ins Gesicht zu lügen. Aber zurück zu meiner Geschichte. Ja, ich war an dem Abend betrunken gewesen. Aber ich habe es mit dem Fahrrad bis nach Hause geschafft. Ich war also nicht komplett weg. Zuerst habe ich gar nicht darüber nachgedacht, ja, ich hatte es sogar vergessen. Aber nach unserem Zusammentreffen gestern Abend unten am Kliff ist mir doch wieder etwas in den Sinn gekommen. Eine Sache ist mir an dem Abend vor zwei Wochen nämlich aufgefallen, als ich so allein unten an der Treppe gestanden habe. Weißt du, was?«

Er beugte sich zum Gesicht des gefesselten Daniel, schaute ihn fragend an. Aber der Junge schwieg, starrte nur an ihm vorbei auf Karinas Gemälde und zeigte keine Regung.

»Der Geruch«, sagte Fichte. »Eine Mischung aus Schweiß und dem jämmerlichen Versuch, diesen Geruch mit viel zu viel nach Minze duftendem Rasierwasser zu übertönen. Was natürlich nicht funktionierte. Manche Leute haben nun mal extremen Körpergeruch. Ist fast wie eine Behinderung. Egal, was sie auch tun …« Fichte beugte sich noch dichter an Daniels Kopf, flüsterte jetzt: »Am Ende bleibt immer ein unangenehmer Geruch, der an seinem Träger haftet, ob er in der Küche Kohl schneidet oder mir zusammen mit anderen Idioten an die Gurgel geht. Oder hier in mein Haus schleicht, um alles so zu arrangieren, dass es aussieht, als hätte ich meine Frau massakriert. Egal, was dieser Mensch tut, er ist und bleibt ein Stinker. Und egal, was er tut, er hinterlässt, immer eine stinkende Spur.«

Daniel zitterte am ganzen Leib. Er brachte kein Wort heraus.

Fichte grinste verächtlich und wischte ihm mit dem Handrücken den Schweiß von der Stirn.

»So, mein Lieber. Und jetzt erzählst du mir besser, was du mit meiner Frau angestellt hast.«

Aber Daniel schwieg. Er starrte mit leerem Blick auf den Boden.

»Raus mit der Sprache!«, brüllte Fichte plötzlich so laut, dass Daniel vor Schreck fast vom Stuhl fiel. »Was hast du mit Karina gemacht?«

Daniels Kopf ging ruckartig hin und her, wie bei einem Fisch auf dem Trockenen schnappte sein Mund auf und zu – aber kein Laut kam über seine Lippen.

Fichte seufzte müde. »Hör zu, ich werde dich grün und blau prügeln, wenn du nicht redest. Aber das muss ja nicht sein. Deine Entscheidung.«

Er betrachtete Daniel mit einem verächtlichen Lächeln.

»Weißt du eigentlich, dass die Polizei schon nach dir sucht?«

Jetzt zuckte Daniels Kopf hoch, er sah ihn fragend an.

Fichte nickte. »Sie waren vorhin bei dir in der Küche. Beinahe hätten sie uns erwischt.«

Daniel grinste schief. »Dann warten wir doch einfach, bis sie uns erwischen. Mal sehen, wem die eher glauben – mir und allen anderen, die Karina kannten –, oder dir mit deiner bescheuerten Geschichte von irgendwelchen Gerüchen.«

Fichte schloss die Augen, versuchte, sich zu beruhigen. Was ihm schwerfiel. Langsam begann der Junge, ihm auf die Nerven zu gehen.

»Hör zu, ich war bis jetzt sehr geduldig. Aber

wenn du nicht bald mit der Sprache rausrückst, dann ...«

»Dann was?«, unterbrach ihn Daniel mit bebender Stimme. »Willst du mich genauso verprügeln wie Karina? Nur zu, die Polizei wird wissen, was zu tun ist, wenn sie mich findet. Du kannst mich hier nicht ewig verstecken.«

Fichte sah den Jungen an. Der kleine Dreckskerl war widerspenstiger, als er gedacht hatte.

Er holte das Messer wieder aus der Tasche und klappte es auf. »Mach dir keine Hoffnung. Ich werde schon dafür sorgen, dass die Polizei dich hier nicht findet.«

Daniel ruckte auf seinem Stuhl herum, starrte auf die im Licht der Kerzen glänzende Klinge.

»Also, letzte Chance«, sagte Fichte. »Du sagst mir jetzt, was du Karina angetan hast, und ich lass dich vielleicht am Leben.«

Damit setzte er die scharfe Spitze des Messers auf Daniels nackten, gefesselten Unterarm – und drückte sie tief in das Fleisch.

Daniel schrie auf. »Nein, nein, bitte nicht!«

Fichte zog das Messer zurück. »Ich höre.«

Dem Jungen liefen die Tränen über die Wangen. »Ich habe Karina nichts getan. Ganz im Gegenteil.«

»Was soll das heißen?«

»Ich habe sie gerettet!«

Fichte schaute ihn verwirrt an. »Gerettet? Vor was?«

»Vor dir, du Arschloch! Vor sich selbst! Verdammt, Karina war völlig verzweifelt! Sie hat versucht, sich umzubringen. Sie wollte sich vor den Zug werfen!«

Fichte schüttelte verwirrt den Kopf. »Was redest du für einen Schwachsinn? So was hätte Karina niemals getan.«

Daniel atmete schwer. »Von wegen. Sie stand schon auf den Gleisen. Sie hätte es getan, wenn ich sie nicht im letzten Moment zur Seite gestoßen hätte!«

47

Krumme stand mit Böhme am Panoramafenster und sah hinunter zum Munkmarscher Hafen, der in der Abenddämmerung von mehreren Scheinwerfern hell erleuchtet wurde. Zwei Polizeiwagen standen neben dem Transporter der Spurensicherung auf dem Parkplatz. Das ganze Gelände war mit rot-weißem Flatterband abgesperrt. Was auch nötig war, denn mittlerweile hielten sich neben den Gästen aus dem Hotel Fährhaus auch zahlreiche Anwohner am Hafenrand auf und wollten wissen, was in ihrem beschaulichen Örtchen passiert war.

»Meinen Sie, die finden was?«, fragte Krumme, die Hände in den Taschen von Heide Owens Morgenmantel. Die Schauspielerin hatte ihm jetzt sogar dicke Wollsocken gebracht, damit er auf den Steinfliesen in ihrem Haus keine kalten Füße bekam.

»Sagen Sie's mir«, erwiderte Böhme, in der Hand eine Teetasse. »Schließlich haben Sie sich da unten ja schon mal umgeschaut.«

Er zuckte mit den Schultern. »Wollte mir nur ein Bild von dem Ort machen.«

»Der unter Umständen ein Tatort ist. Warum haben Sie nicht auf uns und die Spurensicherung gewartet?«

»Keine Sorge, ich habe nichts angefasst.« Krumme holte tief Luft. »Was Neues von dem Aushilfskoch?«

Böhme schüttelte den Kopf. »Bei der Arbeit war er nicht. Und in seiner Wohnung in Tinnum haben wir ihn auch nicht gefunden. Die Fahndung läuft, auch auf dem Festland, vor allem in Niebüll und Bredstedt, wo seine Familie lebt.«

Krumme nickte.

»Und wir haben mit dem Hafenmeister gesprochen«, fuhr Böhme fort. »Daniel Behrens hilft hier im Sommer oft aus, um sich was dazuzuverdienen.«

Krumme überlegte. »Aber jetzt ist Winter, der Hafen ist geschlossen. Was hat er hier zur Tatzeit getrieben?«

»Ich bin sicher, das finden wir raus.«

»Haben Sie die zweite Person genauer identifizieren können?«

»Nein, nicht wirklich. Aber die Größe würde zu Frau Maurer passen. Und sie hatte genauso einen Wintermantel. Keine besondere Marke, aber in ihrem Haus in Keitum haben wir ihn nicht gefunden.«

Krumme schaute zum Kamin, wo Böhmes Kollege Laue sich bei einer Tasse Tee mit den Damen unterhielt. Es war deutlich zu sehen, wie vor allem Mariannes Freundin und Frau Owen dem durchtrainierten jungen Mann jedes Wort von den Lippen ablasen.

»Schön, dass Sie wieder im Team sind«, sagte Böhme.

Er blickte überrascht zu ihr. »Wirklich?«

»Aber natürlich. Denken Sie, ich hätte mir keine

Sorgen gemacht, als Sie da gestern bewusstlos am Boden lagen?«

Er seufzte. »Und heute schon wieder.«

Sie grinste. »Ich muss zugeben, am Anfang dachte ich, Sie würden sich hier auf Sylt nur eine schöne Zeit machen wollen.«

»Ach ja?«

Sie hob die Hände. »Aber ich muss mich entschuldigen, Sie geben wirklich alles für den Fall.« Sie zeigte lächelnd auf seinen Morgenmantel. »Ach übrigens, cooles Outfit.«

Krumme verzog den Mund. »Frau Owen hatte auf die Schnelle nichts anderes.«

»Steht Ihnen gut. Hat was von Hercule Poirot.«

Er sah sie überrascht an. »Der belgische Meisterdetektiv? Den kennen Sie?«

»Klar. Meine Oma hat ihn geliebt.« Böhme sah ihn mit einem frechen Grinsen an.

Auch Krumme musste lächeln. Dann blickte er wieder aus dem Fenster. Die Beamten nahmen vor allem die nähere Umgebung des Bereichs unter die Lupe, der auf dem Foto zu sehen war.

»Wenn wieder Ebbe ist, werden wir den Grund mit Stangen absuchen«, erklärte die Kommissarin.

»Schauen Sie sich auch das kleine schwarze Kabinenboot an?«

Böhme nahm Frau Owens Fernglas und sah zum Hafen. »Wieso gerade das?«

Er zögerte. »Na ja, ist doch ganz in der Nähe. Von der Stelle, wo die beiden standen, meine ich.«

Böhme betrachtete ihn misstrauisch. »Wissen Sie eventuell mehr als ich?«

»Nein, wie kommen Sie drauf?« Er wich ihrem Blick aus. Ganz sicher würde er ihr nichts von der untoten Karina erzählen. Oder war sie nicht untot gewesen, sondern nur nass, weil sie ins Wasser gefallen war? So oder so, Krumme war sicher, dass nur Martjes Großmutter ihm seine unheimliche Geschichte glauben würde. Und Harke vielleicht.

Böhmes Blick ruhte immer noch argwöhnisch auf ihm. »Erklären Sie mir, was genau da unten passiert ist?«

»Nichts Besonderes. Ich bin ausgerutscht und ins Hafenbecken gefallen.«

»Und zur gleichen Zeit ist ein Kumpel von Ihnen in Husum zu Ihrer Kollegin gelaufen und hat behauptet, Sie wären in Lebensgefahr.«

»Harke, ein Betriebshelfer aus der Gegend. Ich habe ihn vor ein paar Jahren bei einem anderen Fall kennengelernt. Ein guter Freund, aber manchmal auch ein bisschen verrückt.« Er machte mit dem Finger eine kreisende Bewegung an der Schläfe.

»Verrückt, aber doch so glaubwürdig, dass Ihre Kollegin sofort bei Ihrer Lebensgefährtin anruft, um sie zu warnen, dass Sie in Lebensgefahr sind. Was dann auch zutraf.«

Krumme kratzte sich am Kopf. »Zum Glück hat Marianne gewusst, wo sie suchen muss, und mich dann rechtzeitig vor der Flut gefunden.«

Böhme sah ihn forschend an. »Ja, was für ein Glück. Diesen Harke würde ich gerne mal kennenlernen.

Vielleicht kann er uns auch sonst bei den Ermittlungen helfen«, ergänzte sie mit leichtem Spott.

Krumme nickte und dachte, dass das vielleicht keine so schlechte Idee wäre. Schon bei früheren Fällen hatte sein Freund mit seinem Sinn für Spökenkram immer wieder wichtige Hinweise geliefert.

Ein Handy klingelte. Krummes Handy. Es lag auf dem Tisch neben dem Kamin, zusammen mit seinem Autoschlüssel, seinen Papieren und den anderen Dingen, die Marianne aus seiner klitschnassen Winterjacke gerettet hatte.

Krumme wechselte erstaunt einen Blick mit ihr. Warum hatte das Telefon denn vorhin nicht funktioniert? Er sah auf das Display und dann zu Böhme. »Fichte!«

Alarmiert trat sie zu ihm. Auch Laue sprang auf. Auf ein Zeichen von ihm zogen sich die drei in die Küche zurück. Krumme stellte auf Lautsprecher.

»Ja?«, meldete er sich.

»Krumme? Sind Sie das?«

Er bejahte, worauf erst einmal Stille auf der anderen Seite herrschte. Bis auf ein schweres Atmen – und Meeresrauschen im Hintergrund.

»Fichte? Alles in Ordnung bei Ihnen?«

»Sind Sie allein?«

Krumme wollte gerade verneinen, als Böhme mit Nachdruck nickte.

»Ja.«

Fichte hustete. »Wahrscheinlich sind Sie's nicht, auch egal.«

»Was kann ich für Sie tun?«

Wieder Stille. Das Rauschen der Wellen und das Kreischen einer einsamen Möwe.

»Ich muss mit Ihnen reden. Können Sie zu mir kommen?«, brummte Fichte. »Allein«, ergänzte er.

»Zu Ihnen nach Hause?«

»Nein.« Er nannte Krumme den Ort.

Wieder nickte Böhme.

»In Ordnung, ich komme. Was ist denn los?«

Erneut schweres Atmen. Fichte schien unter großem Druck zu stehen.

»Ich habe Neuigkeiten für Sie«, sagte er schließlich, und nach einer kurzen Pause: »Ich weiß, wo Karina ist.«

»Was? Wo denn?«

»Bis gleich, Herr Kommissar.« Damit legte Fichte auf.

Krumme tauschte einen Blick mit Böhme und Laue. Ohne ein Wort wandte er sich um und ging zurück ins Wohnzimmer zu den erwartungsvoll dreinblickenden Damen.

»Wo sind meine Sachen? Ich muss noch mal weg.«

»Aber die sind klitschnass und dreckig«, sagte Marianne.

Krumme zupfte an seinem Morgenmantel. »Aber so kann ich ja wohl nicht gehen.«

Heide Owen erhob sich, stützte sich dabei auf ihre Krücken. »Ich glaube, ich kann Ihnen helfen, Herr Kommissar.«

48

Kurz darauf waren sie in Keitum. Krumme jetzt in einem schicken Anzug und Mantel, den Heide Owen einst für ihre große Liebe, den Schauspieler Dylan Carter, gekauft hatte. Er war fast fünfzig Jahre alt, aber praktisch wie neu.

»Jetzt sehen Sie aus wie John Steed aus *Schirm, Charme und Melone*«, hatte Böhme gewitzelt.

Aber Krumme war es egal, wie er aussah. Jetzt ging es darum, diesen Fall zu beenden.

Sie hielten auf dem Parkplatz, den er bereits von seinem ersten Besuch hier kannte. Die übrigen Mitglieder der Soko erwarteten sie bereits.

»Er sitzt unten am Ufer allein auf einer Bank und starrt aufs Meer«, informierte sie Martje.

Krumme nickte. »Ich hoffe, er hat Sie nicht gesehen?«, fragte er die junge Polizeimeisterin.

»Keine Sorge«, erwiderte Martje. »Wir haben uns nur aus der Ferne vergewissert, dass er wirklich da ist.«

»Na dann«, sagte Böhme, »Ihr Auftritt, Herr Kommissar.«

Im Auto hatten sie besprochen, dass Krumme allein mit Fichte reden sollte, mit einem versteckten Mikrofon unter der Jacke, um sie zu alarmieren, falls es Probleme gab.

»Dann sind wir sofort bei Ihnen«, hatte die Kommissarin gesagt.

»Gut zu wissen. Aber ich glaube nicht, dass Fichte Schwierigkeiten macht«, sagte Krumme. »Ich denke, er will wirklich nur reden.«

»Umso besser. Wenn das eine Beichte wird, haben wir seine Aussage auf Band.«

Krumme nickte. Dann ging er los. Ein enger Hohlweg führte hinunter zum Kliff. Das Licht einer einsamen Straßenlaterne ließ die vereisten Bäume und Sträucher links und rechts unwirklich aufleuchten. Schon bei den ersten Schritten wurde er von einer eisigen, vom Meer kommenden Brise erfasst.

Kurz darauf trat er hinaus auf den von den Sternen beleuchteten Hang.

Er atmete tief durch und schaute sich um. Das gefrorene Schilf, der schimmernde Schnee auf den Dünen, dazu die sanft auf das Ufer zulaufenden Wellen der Nordsee – als würde er mitten in der Welt einer Schneekugel stehen.

Fichte saß auf einer Bank, nicht direkt am Ufer, sondern auf einem höher gelegenen Weg, der in Schlangenlinien am Hang unterhalb des Keitumer Kliffs entlangführte.

Er ging auf den Maler zu, grüßte schon von Weitem, um ihn nicht zu erschrecken.

»'n Abend, Herr Fichte«, sagte er und trat näher.

Fichte hatte die Arme auf die Knie und den Kopf

auf die Hände gestützt. Jetzt schaute er auf und sah ihn an. »Wie sehen Sie denn aus?«, fragte er.

»Was?«

Fichte musterte ihn von oben bis unten. »Wollen Sie zu einem Gala-Empfang?«

Krumme verzog das Gesicht. Er hatte seinen edlen Aufzug für einen Moment vergessen. Er setzte sich neben ihn auf die Bank. »Sie wollten mich sprechen. Also, hier bin ich.«

»Wollten Sie nicht allein kommen?«

Krumme hüstelte. »Bin ich doch.«

»Von wegen. Ich habe gesehen, wie Ihre Soko-Freunde hier Verstecken spielen.«

Krumme stöhnte. »Schluss jetzt, außer uns beiden sehe ich niemanden.«

Fichte sah ihn mit blutunterlaufenen Augen an, nickte. »Schon gut, spielt auch keine Rolle.«

Er schaute wieder hinaus aufs Meer. Krumme wartete. Als Fichte weiter schwieg, entschied er sich, den Anfang zu machen.

»Sie wollten mir etwas erzählen?«

Fichte nickte. »Wunderschön hier, oder?«, fragte er traurig, fast verzweifelt.

»Ja, sehr schön. So was sollten Sie mal malen. Nicht diese schaurigen Schinken, die einem nur Angst machen«, erwiderte Krumme, der befürchtete, mit dem Hintern auf der eisigen Bank festzufrieren.

Fichte sah ihn überrascht an, schüttelte den Kopf, als hätte Krumme etwas sehr Törichtes gesagt. Dann schaute er vor sich auf den Boden.

»Karina haben meine Bilder sehr gefallen. Zumindest am Anfang.«

»Sie wollten mir verraten, wo Ihre Frau ist.«

Fichte nickte. Dann schlug er die Hände vors Gesicht. »Sie wollte sich umbringen.«

»Was?«

»Sie wollte sich vor den Zug werfen. Schluss machen. Wegen mir. Weil sie genug von mir hatte.«

»Selbstmord? Wer sagt das?«

»Sie hat nicht mehr an unsere Liebe geglaubt«, fuhr Fichte fort, ohne auf seine Frage einzugehen. »Nach allem, was ich für sie getan habe.«

»Was reden Sie denn da?«

»Karina war immer meine große Liebe gewesen. Ich habe sie aufgenommen, als sie allein in einem fremden Land praktisch auf der Straße stand. Ich habe mein Herz in ihre Hände gelegt. Warum? Weil ich ein hoffnungsloser Romantiker bin. Aber jetzt muss ich erfahren, dass alles nur eine Farce war.«

Krumme schaute den Künstler eindringlich an. »Fichte, alle hier wissen, dass Sie Ihre Frau geschlagen haben. Und nicht nur einmal. Was ist das für eine Romantik?«

»Seien Sie doch ruhig! Sie haben keine Ahnung, was für eine Beziehung Karina und ich hatten.«

»Eine kranke Beziehung, die am Ende in einer Katastrophe endete.«

»Krumme, ich warne Sie, noch ein Wort ...«

»Und dasselbe galt ja wohl auch für Ihr Verhältnis zu Frau Mahler in Berlin.«

»Das war etwas ganz anderes, und ich habe …«

Krumme ließ ihn nicht ausreden. »Es gab Zeugen, die gehört haben, wie sie geschrien, wie sie um Hilfe gerufen hat.«

»Ich habe das vor Gericht alles erklärt. Das war Teil eines Spiels und …«

»… und kurz darauf war sie tot«, fuhr Krumme unbeirrt fort. »Weil Sie ein kranker Mann sind.«

Fichte starrte ihn wütend an, die Fäuste geballt. War er zu weit gegangen? Krumme überlegte, ob der Zeitpunkt gekommen war, die Soko zu Hilfe zu rufen. Überhaupt schien es keine gute Idee, Fichte so herauszufordern, wo er mit ihm endlich über die Wahrheit reden wollte. Krumme hielt die Luft an. Hoffentlich hatte er so kurz vor dem Ziel nicht alles kaputt gemacht.

Doch Fichte sackte in sich zusammen und vergrub das Gesicht in seinen Händen.

»Sie sind ein jämmerlicher Spießer, Krumme«, sagte er mit gedämpfter Stimme. »Aber vielleicht haben Sie recht. Vielleicht habe ich tatsächlich Fehler gemacht.«

Krumme atmete aus. Er betrachtete den gebrochenen Mann neben sich, gab ihm einen Moment, um sich zu beruhigen.

»Zurück zum Anfang«, sagte er schließlich. »Sie haben gesagt, Ihre Frau hat sich vor den Zug geworfen.«

»Nein, verdammt, haben Sie nicht zugehört? Ich habe gesagt, dass sie sich vor den Zug werfen *wollte*. Aber im letzten Moment wurde sie gerettet.«

»Gerettet?«, echote Krumme. »Von wem?«

Fichte wischte sich mit dem Handrücken Tränen aus dem Gesicht. »Von diesem beschissenen Hilfskoch. Daniel Dingsbums. Keine Ahnung, wie sein Nachname ist.«

Krumme horchte auf. »Daniel Behrens?«

Fichte nickte. »Er hat Karina im letzten Moment von den Gleisen gestoßen.«

Krumme verstand gar nichts mehr. »Er hat ihr das Leben gerettet? Vor zwei Wochen, in der Nacht, als ...«

Fichte wedelte ungeduldig mit der Hand. »Nein, verdammt, noch ein paar Wochen vorher, keine Ahnung, wann genau. Er ist ihr gefolgt, als sie heulend von zu Hause weggelaufen ist, rüber zu den Gleisen, die zum Hindenburgdamm führen. Da wollte sie sterben, als er sie im letzten Moment zur Seite gerissen hat.«

Krumme war baff. »Hat er Ihnen das erzählt? Oder hat ...«

»Dieser Daniel hat mir alles verraten.« Fichte spuckte den Namen des jungen Mannes förmlich aus.

»Und Sie glauben, er hat die Wahrheit gesagt?«

»Oh, ich denke schon, dass er die Wahrheit gesagt hat«, sagte Fichte mit einem finsteren Lächeln, das Krumme frösteln ließ.

Nachdenklich betrachtete er den unheimlichen Mann, der neben ihm saß und mit leerem Blick zum dunklen Meer sah.

»Was hat er Ihnen noch erzählt, Fichte? Raus damit, ich will die ganze Geschichte hören.«

49

Dieses Bild machte ihn noch verrückt! Seine Wangen brannten, alle Glieder schmerzten, in den Mundwinkeln klebte Blut. Daniel saß gefesselt auf dem Stuhl, dazu verdammt, direkt auf dieses entsetzliche Gemälde zu blicken, das vor ihm auf einer Staffelei stand. Rechts und links davon flackerten zwei große Kerzen – ein schauriger Altar. Auf der zerschnittenen Leinwand die nackte, aber kopflose Karina in dem blutigen Farbensturm zu sehen war kaum zu ertragen.

Auch der Anblick der anderen Bilder war eine Qual.

Warum war alles so düster? Warum diese unnatürlichen Farben? Wasser musste blau sein und nicht lila oder rot! Und was sollten die verzerrten Gesichter überall? Daniel wusste, dass Maurer ein berühmter Künstler war, aber er verstand seine Kunst einfach nicht. Wollte sie nicht verstehen. Der Mann konnte nicht malen – das war alles, was diese kranken Bilder zeigten!

Wieso hatte Karina den Kerl nur nicht früher verlassen? Dann hätte alles gut werden können.

Nun saß er hier, allein in diesem unheimlichen Raum, der Werkstatt eines brutalen Psychopathen.

Sein Kopf dröhnte. Er schmeckte Blut im Mund. Sogar ein Zahn wackelte!

Immer wieder hatte Maurer auf ihn eingeschlagen. Doch nachdem er ihm alles gesagt hatte, war er auf einmal aufgestanden, hatte aus dem Fenster gestarrt und war dann ohne ein weiteres Wort aus dem Raum gestürmt. Kurz darauf hatte er von unten das Schlagen der Haustür gehört.

Daniel stöhnte, was sollte nun aus ihm werden? Was hatte dieses Monster vor? Würde er ihn freilassen? Kaum, auch wenn Daniel ihm unter Tränen versprochen hatte, ihn nicht bei der Polizei zu verpfeifen. Wahrscheinlicher war, dass Maurer wiederkommen würde – dann sturzbesoffen und noch wütender.

Was hatte er vorhin gesagt?

Niemand wird dich finden, wenn ich das nicht will!

Was sollte das bedeuten? Dass er ihn in kleine Stücke hacken würde, bis er in einen Mülleimer passte?

Maurer war alles zuzutrauen.

Er hatte auch gesagt, die Polizei würde nach ihm, Daniel, suchen. Daniel versuchte, sich darüber klar zu werden, was das bedeutete. Aber in der Hölle, in der er sich gerade befand, war vernünftiges Denken unmöglich. Wollten sie mit ihm noch mal über seine Aussage sprechen? Oder hatte die Polizei herausgefunden, dass er nicht die ganze Wahrheit gesagt hatte?

Nur eins stand fest: Er musste von hier verschwinden. Sofort. Bevor Maurer wiederkam.

Nach Hilfe rufen war sinnlos. Das Haus war von einem großen Garten umgeben, niemand würde ihn hören. Er musste sich von diesen verdammten Fesseln befreien und es irgendwie rausschaffen. Aber wie?

Karina hatte ihm erzählt, dass er auch sie einmal gefesselt und wie einen Hund angebunden hatte, als Strafe, damit sie nicht zu ihren Freunden ging.

Er schaute sich um, drehte den Kopf, soweit ihm das möglich war.

Und sah Maurers Messer.

Er hatte es hier vergessen, es lag gar nicht weit von ihm entfernt auf einem kleinen, einbeinigen Tisch.

Das war zu schaffen. Er spannte den Körper an, um seinem Stuhl einen Ruck zu geben. Und tatsächlich, es gelang ihm, sich langsam, Stück für Stück, an den Tisch heranzuruckeln.

Von plötzlicher Euphorie getrieben, versuchte Daniel, sich ein wenig zu drehen, um dann mit der freien Hand das auf dem Tisch liegende Messer zu greifen.

Nur ein kleines bisschen.

Nur noch einen Ruck.

Aber er hatte Pech. Er blieb mit dem Stuhlbein an einer Bodendiele hängen – und stürzte mit dem Stuhl um, lag auf einmal da wie ein hilfloser Käfer, mit den fest geschnürten Beinen in der Luft.

Er fluchte, stöhnte – sein Kopf hatte einen heftigen Stoß abbekommen.

Nicht aufgeben! Noch war nichts verloren. Er musste sich nur auf die richtige Seite drehen, versuchen, den Tisch umzuwerfen, um dann doch an das Messer zu kommen.

Ächzend ruckte er hin und her, quetschte sich die

Hand an der Lehne. Aber der Schmerz war ihm egal, solange er nur an das verdammte Messer herankam.

Und dieses Mal schien er Glück zu haben. Mit den Fingern der linken Hand konnte er den Fuß des Tisches umfassen und wenige Zentimeter hochstemmen. Er tat dies mit einem gewissen Schwung, der ausreichte, um den Tisch aus dem Gleichgewicht zu bringen. Laut polternd fiel er endlich um.

Leider stieß der Tisch aber auch eine der beiden Kerzen um. Brennend rollte sie über die Dielen und blieb vor einem alten zerschlissenen Teppich liegen.

An seinen Stuhl gefesselt und auf dem Boden liegend, beobachtete Daniel, wie der Teppich schon einen Augenblick später Feuer fing.

50

Krumme konnte nicht glauben, was er gerade gehört hatte.

»Karina lebt also wirklich?«, sagte er mit tonloser Stimme und sah Fichte an, der weiterhin ins schwarze Nichts starrte.

Fichte nickte erschöpft.

»Und die Blutspuren in der Küche? Das Messer?«

»Alles nur Theater.«

»Ihre Frau hat …?«

»Mich betrogen und belogen«, stöhnte Fichte. »Sie hat sich Blut abzapfen lassen, um mich wie einen Mörder aussehen zu lassen.«

»Aber wie kann das sein? Ich habe die Fotos von der Küche gesehen, das sah aus wie nach einem Schlachtfest!«

Fichte nickte mit versteinerter Miene. »Sie hat sich Equipment aus der Klinik besorgt und sich mehrfach Blut abnehmen lassen und es kühl gelagert. Als sie genug beisammen hatte, hat sie es wirkungsvoll in der Küche verteilt.«

»Das … das ist doch verrückt!«

Wieder nickte Fichte resigniert. »Ja, die sanfte, von allen geliebte Karina. Wer würde ihr so etwas zutrauen, nicht wahr?« Fichte lächelte finster. »Ich muss zugeben, ich habe sie unterschätzt.«

»Und Daniel Behrens? Wusste er von der Inszenierung?«

Fichte zuckte mit den Schultern. »Nachdem er sie auf dem Bahndamm gerettet hatte, soll sie ihn angefleht haben, ihr bei ihrer Rache zu helfen.« Er stöhnte. »Und bei ihrer Flucht vor mir. Ihrem Ehemann, der sie immer geliebt hat.«

Krumme seufzte, wollte nicht noch mal das Thema »Schläge« ansprechen. »Behrens hat sie also in der Nacht nach Dänemark gebracht?«

»Genau. Nach Rømø. Wer weiß, wo diese falsche Schlange jetzt steckt.«

Krummes Gedanken überschlugen sich. Wenn stimmte, was Fichte ihm da erzählte, dann mussten sie sofort Karina Maurer zur Fahndung ausschreiben. Allem voran mussten sie aber mit Daniel Behrens sprechen. Krumme sah zu Fichte, der zusammengesunken neben ihm saß.

»Wissen Sie, wo Behrens jetzt ist?«, fragte er.

»Habe ich doch schon gesagt.«

»Sie haben gesagt, er hat Sie angerufen. Das ist doch Quatsch.«

Fichte schwieg, sah nicht auf.

»Hören Sie«, fuhr Krumme fort. »Wenn Behrens diese Geschichte nicht bestätigt, ändert sich gar nichts. Dann bleiben Sie unser Hauptverdächtiger.«

»Finden Sie Karina. Dann erledigen sich Ihre lächerlichen Anschuldigungen von selbst.«

»Aber bevor wir …« Krumme stutzte, kniff die Augen zusammen und blinzelte zum Kliff hinauf, wo er einen flackernden Lichtschein zwischen den Bäumen zu sehen glaubte.

»Da oben brennt es«, stellte er fest.

Fichte stand auf, fuhr herum – und erstarrte. »Aber … das ist mein Haus!«

51

Feuer, überall Feuer!

Zuerst hatte der Teppich gebrannt, dann die Staffelei. Eine Schale mit Terpentin war fast explodiert – und auf einmal hatte der ganze Raum in Flammen gestanden.

Die an den Wänden aufgestellten Leinwände wölbten sich in der Hitze, Maurers Fratzengesichter schrien um Hilfe, bevor sie im Feuer vergingen.

Das Bild der nackten Karina, auf einmal schien es lebendig zu werden, die wieder flüssigen Farben tropften zäh wie klumpiges Blut auf die alten Dielen. Flammen fraßen sich durch die Schnitte in der Leinwand, zerrissen ihren Körper, bis Bild und Staffelei in einer Feuersäule aufgingen.

Flammen kletterten wie zischende Dämonen blitzschnell am hölzernen Regal empor, ließen es knirschend zusammenbrechen. Die brennenden Seiten der Bücher und Zeitungen segelten wie Feuervögel durch die heiße Luft, verteilten sich im Raum, klebten an der alten Gardine, blieben am Lampenschirm unter der Decke hängen, wurden von der Hitze an die Tapeten gedrückt. Schon schlugen die Flammen durch die Tür, hinaus auf den Flur, kletterten an den Jahrhunderte alten Balken entlang hinauf bis zum Dach.

Ein Inferno!

Und Daniel mittendrin. An den Stuhl gefesselt, mühte er sich verzweifelt, an das Messer zu gelangen, das – weit weg von ihm – fast bis vor die Wand gefallen war.

Doch er hatte sich ruckelnd und rutschend schon ein gutes Stück vorgearbeitet. Es fehlten nur noch wenige Zentimeter! Verzweifelt und von Todesangst getrieben, ruckte er immer weiter, versuchte, nicht auf die Schmerzen seiner Arme und das laute Hämmern in seinem Kopf zu achten. Er musste die Fesseln zerschneiden, unbedingt, sonst verbrannte er hier bei lebendigem Leibe!

Nur noch ein kleines Stück …

Mit letzter Kraft kippelte er mit dem Stuhl ein weiteres Stück über den Boden, stieß sich mit dem Knie ab, Richtung Wand.

Endlich!

Er hatte es geschafft! Mit den Fingerspitzen berührte er die im Feuer leuchtende Klinge, drehte das Messer, schnappte nach dem Griff …

… und schrie laut auf! Das Messer war glühend heiß! Reflexartig warf er es von sich, auf den Boden, mitten in die glimmenden Reste des Ölbildes, das zusammen mit der Staffelei längst ein Raub der Flammen geworden war.

Im selben Moment wurde ihm bewusst, was er getan hatte. Die letzte Möglichkeit, sich zu befreien, war dahin. Er lag gefesselt mitten im brennenden Atelier. Das Messer – jetzt unerreichbar weit entfernt in der Glut.

Was sollte er nur tun? Er bekam fast keine Luft mehr zum Atmen, er hustete. Es war so heiß, dass er kaum die Augen offen halten konnte.

Wo blieb nur Maurer? Er musste ihn hier rausholen! Jetzt!

Daniel hustete wieder, der Rauch brannte in seiner Lunge. Die Erkenntnis, alleine zu sein. Niemand würde ihm helfen. Schon spürte er, wie die Flammen hungrig nach seinen Füßen schnappten.

Das Ende. Er würde sterben. Qualvoll verbrennen. Dicke Tränen liefen aus seinen geschwollenen Augen ...

... als er auf einmal Karina sah!

Mit weit aufgerissenen Augen schaute er ungläubig zu ihr auf. Sie stand mitten im Raum, aufrecht und stolz in den Flammen, doch das Feuer konnte ihr nichts anhaben. Ihr bleiches, wunderschönes Gesicht glänzte im flackernden Licht. Die nassen Haare lagen tropfend auf den Schultern. Ihr triefendes Kleid schmiegte sich eng an ihren Körper.

Er öffnete den Mund, wollte ihren Namen rufen, aber aus seiner Kehle kam nur ein tiefes Krächzen.

Traurig sah sie zu ihm herab. Verzweifelt, voller Mitleid. Eine Heilige in den Flammen der Hölle.

Auf einmal lächelte sie.

Während um sie herum die Flammen tanzten, lächelte Karina ihm zu.

Endlich verstand Daniel.

Karina war zurückgekommen, zu ihm.

Um ihn zu retten, so, wie er auch sie gerettet hatte.

52

Fichte zu folgen war in der Dunkelheit nicht so einfach. Der Mann kannte einen Trampelpfad, der sie direkt zu seinem Garten hinter dem Haus führte. Der Pfad war steil und rutschig, und Krumme legte sich ein paarmal auf die Nase, schaffte es aber trotzdem, irgendwie Anschluss an Fichte zu halten.

Böhme, Laue und die übrigen Polizisten waren zur gleichen Zeit bei ihnen, was Fichte aber gar nicht zu bemerken schien. Er hatte nur Augen für sein brennendes Haus.

Eine Hälfte des Reetdachs stand bereits in Flammen. Dichter Qualm stieg auf, Funken sprühten. Es war nur eine Frage von Minuten oder Sekunden, bis das ganze Dach brennen würde.

»Meine Bilder!«, rief Fichte. Zum ersten Mal, seit er ihn kannte, sah Krumme in seinen Augen echte Panik. Schon stürmte er zur Tür, aber dort hatten zwei Schutzpolizisten Posten bezogen und stellten sich ihm in den Weg.

»Lasst mich durch!«, brüllte Fichte. »Ich muss meine Bilder retten!«

Kommissar Laue kam seinen Kollegen zu Hilfe, packte den Maler an den Schultern. »Sie können da nicht rein! Viel zu gefährlich!«, rief er gegen das laute Prasseln der Flammen an. »Die Feuerwehr muss jeden Augenblick eintreffen!«

Aber Fichte wollte nicht hören. Er stieß Laue von sich und stampfte weiter Richtung Tür. Die uniformierten Polizisten warfen sich auf ihn. Gemeinsam mit dem Kommissar schafften sie es, den wild um sich schlagenden und laut fluchenden Mann zu Boden zu ringen.

Ein ohrenbetäubendes Krachen ließ alle zusammenfahren. Das Dachfenster war unter dem Druck der Hitze geplatzt. Flammen wirbelten auf einmal hoch in die klare Nacht.

Fichte starrte wie gelähmt zum Dach, das nun in rasendem Tempo vollständig von den Flammen erfasst wurde. »Meine Bilder«, wiederholte er, mit Tränen in den Augen. Endlich ließ er es geschehen, dass die Beamten ihn zu einer Bank führten. Tief geschockt und ohne den Blick von dem brennenden Haus zu nehmen, sackte er dort zusammen, während in der Ferne jetzt die Sirenen der Feuerwehr zu hören waren und immer mehr Schaulustige aus der Nachbarschaft auftauchten.

Krumme sah zu Fichte. Ein gebrochener Mann, der alles verloren hatte. Aber Mitleid konnte er beim besten Willen nicht für ihn empfinden.

Martje trat zu ihnen. Sie zeigte zu einem windschiefen Schuppen, direkt neben dem Haus. »Da hinten steht Behrens' Fahrrad«, sagte sie zu Böhme.

Krumme drehte sich zu Fichte um. »Verdammt! Sagen Sie bloß, der Koch ist da drinnen?«

Fichte sagte nichts, starrte nur apathisch vor sich hin.

»Ach du Scheiße!«, rief Laue alarmiert. Er forderte einen uniformierten Polizisten auf, ihn zu begleiten. Gemeinsam rannten sie zum Haus.

»Bernt, nicht! Warte auf die Feuerwehr!«, rief Böhme erschrocken, aber Laue hörte nicht auf sie. Zusammen mit seinem Kollegen stürmte er zur Haustür, rüttelte an der Türklinke, schlug dann die Scheibe ein. Sofort fauchten ihnen Flammen entgegen, trotzdem schaffte Laue es, die Tür zu öffnen. Gemeinsam verschwanden sie im brennenden Haus.

Krumme blickte wütend zu Fichte. »Warum haben Sie mir nicht gesagt, dass Behrens bei Ihnen ist? Wenn den Männern irgendetwas passiert ...«

Aber Fichte zeigte keine Reaktion, schien Krumme gar nicht wahrzunehmen.

In diesem Moment war erneut ein lautes Krachen zu hören. Flammen schossen aus der offenen Tür. Böhme schrie auf, hielt die Hand schützend vor dem Funkenregen vors Gesicht, wollte ebenfalls ins Haus laufen, wurde aber von Martje und einer weiteren Kollegin zurückgehalten.

Kurz darauf stolperten Laue und sein Kollege hustend aus dem Gebäude. Laues Jacke brannte, die Haare rauchten, benommen hielt er sich die Hand vor den Mund. Sofort sprangen zwei Polizisten mit Decken hinzu, drückten ihn zu Boden und erstickten die Flammen.

Böhme eilte zu ihm. »Du bist so ein Idiot«, schimpfte sie, den Tränen nah.

»Wir haben von oben Schreie gehört«, stammelte der uniformierte Polizist mit aufgerissenen Augen, »wollten ins Atelier ...«

»... aber die Treppe ist unter uns zusammengebrochen«, ergänzte Laue hustend. »Beinahe hätten wir's nicht mehr geschafft.«

Krumme tauschte einen besorgten Blick mit Böhme, als endlich die Feuerwehr den Ort erreichte. Nur mit Unterstützung der Polizei schafften es die Helfer, zügig auf das Grundstück zu gelangen, so viele Gaffer hatten sich mittlerweile auf der schmalen Straße vor dem Haus versammelt.

»Schnell, oben ist noch jemand«, rief Böhme und erklärte ihnen, wo genau sie den jungen Mann vermuteten. Sofort machten sich die Männer an die Arbeit, holten ihre Ausrüstung, um mit Schutzmasken das brennende Gebäude zu betreten.

Krumme sah wieder zum Haus. Es schien hoffnungslos. Behrens war nicht mehr zu retten. Mittlerweile brannte das ganze Dach, Flammen schlugen meterhoch aus dem Reet in den dunklen Himmel.

In diesem Moment geschah etwas so Entsetzliches dass Krumme den Anblick in seinem ganzen Leben nie wieder vergessen würde! Aus dem glühenden Loch, das die Flammen in den Dachstuhl gefressen hatten, dort, wo sich Fichtes Atelier befunden haben musste, sprang plötzlich ein brennender Mann heraus! Ein greller Schrei hallte durch die Nacht, begleitet von einem entsetzten Stöhnen der vielen Menschen, die das Feuer aus sicherer Entfernung beobachteten!

Für einen quälend langen Moment schien die Zeit still zu stehen. Krumme starrte auf den Mann, der wie eine lebende Fackel durch die Luft rauschte. Daniel Behrens. Haare, Arme und Beine leuchteten im Feuer. Und für einen winzigen Augenblick meinte Krumme sogar die in Todesangst aufgerissenen Augen des durch die Nacht segelnden Hilfskoches zu sehen.

Dann stürzte Behrens mit einem dumpfen Schlag mitten in einen gefrorenen Rhododendronbusch.

Sofort waren Helfer da, warfen Decken über ihn und erstickten die Flammen. Rettungssanitäter eilten herbei. Auch Böhme lief hinzu, gefolgt von dem immer noch angeschlagenen Laue, der von einem weiteren Kollegen gestützt wurde.

Krumme rührte sich nicht von der Stelle. Er war wie gelähmt, stand alleine im vom Feuer hell erleuchteten Garten, schwankte und konnte nicht glauben, was er gerade gesehen hatte.

»Hallo, Herr Kommissar«, meldete sich auf einmal eine bekannte Stimme neben ihm, »Sie hier? Und ich habe mich schon gewundert, warum Sie nicht zu meiner Lesung gekommen sind.«

Krumme wandte sich um und sah in das grinsende Gesicht von Ferdinand Gröde.

»Es lief gerade so schön, drüben im Meerkabarett, die Leute lauschten gebannt, da kam die Nachricht, dass in der Nähe ein Haus brennt. Sofort sind alle rausgestürmt und hierhergerannt.« Er zeigte zu den Schaulustigen hinter dem Friesenwall. Dann sah er zu dem in Flammen stehenden Haus und zu den Feuerwehrleuten, die zu retten versuchten, was zu retten war.

Gröde nickte beeindruckt und gab Krumme dann einen freundlichen Klaps auf die Schulter. »Tja, wie es aussieht, Herr Kommissar, haben Sie mir diesmal wirklich die Schau gestohlen.«

53

Am nächsten Tag drückte ein Azorenhoch warme Luft über die nordfriesische Küste. Die Sonne schien. Es taute.

Als Krumme am dritten Tag nach den Ereignissen in Keitum gegen elf mit dem Taxi zur Nordseeklinik in Westerland fuhr, sah er draußen Familien, die durch die eisfreien Dünen radelten, als wäre bereits der Frühling ausgebrochen. Und natürlich war jeder Cabrio-Besitzer – und das waren auf Sylt nicht wenige – mit offenem Verdeck unterwegs. Krumme fröstelte allein bei dem Anblick.

Als er mit dem Taxi bei der Klinik eintraf, schaute er nervös auf die Uhr. Zehn Minuten zu spät. Er hatte mit Marianne noch Einkäufe gemacht. Als geborener Preuße hasste er es, zu spät zu kommen.

Kriminalhauptkommissarin Emily Böhme wartete bereits im Wartebereich in der hellen Eingangshalle. Bei ihr saß Polizeikommissarin Martje, die, wie Krumme mittlerweile gelernt hatte, den schönen nordfriesischen Nachnamen Volquardsen hatte.

»Moin. Entschuldigen Sie meine Verspätung«, sagte Krumme zur Begrüßung, als er zu den beiden Frauen ging, die sich sofort erhoben.

Böhme schaute überrascht auf die Uhr. »Wieso? Alles im grünen Bereich, Herr Kollege.«

»Ist immerhin ein wichtiger Termin.«

»Stimmt. Aber wir sind gut vorbereitet, das wird.« Böhme legte das Magazin, in dem sie geschmökert hatte, zur Seite. Die junge Kommissarin war an diesem Tag fast salopp gekleidet. Sie trug ein sportliches Kostüm, dazu elegante Halbschuhe und eine Lederjacke. Die langen roten Haare, die sie bisher zu einem strengen Dutt zusammengebunden hatte, trug sie heute offen.

Sie schnappte sich ihre Tasche mit ihrem Tablet-Computer und marschierte los.

»Haben Sie den Vormittag gut genutzt?«, erkundigte sie sich freundlich.

»Das kann man so sagen«, erklärte Krumme. »Wir haben uns gerade in Rantum einen Strandkorb für unseren Garten in Husum gekauft.«

»Oh, den Laden kenne ich«, sagte Martje. »Ist der nicht toll? Letztes Jahr haben wir meinen Eltern auch einen Strandkorb geschenkt. Das beste Geschenk ever!«

»Na, dann muss ich da wohl auch mal hin«, erklärte Böhme mit einem Zwinkern.

Als sie die Station erreichten, auf der Daniel Behrens lag, wandte sich Böhme zunächst an den Stationsarzt und erkundigte sich nach dem Zustand des Patienten und ob sie sich wie besprochen mit ihm unterhalten durften.

Der Arzt, ein junger Mann mit Halbglatze, hatte

keine Einwände. »Der Bursche hat unglaubliches Glück gehabt. Ein paar Verbrennungen zweiten Grades am Rücken und an den Händen und Armen, aber da wird außer einigen Narben nichts bleiben. Ein Wunder, wenn man bedenkt, dass seine Kleidung fast komplett verbrannt war. Dazu das gebrochene Bein. Aber auch da hatte er Glück im Unglück.«

»Wie gut, dass er direkt in einen Busch gesprungen ist«, sagte Krumme.

Der Arzt nickte. »Und dass die Sanitäter sofort da waren, hat auch geholfen. Auf jeden Fall hat Herr Behrens eine schlimme Rauchvergiftung erlitten, deren Folgen ihn noch eine Weile beschäftigen werden. Die Kollegin, die vor Ort war, meinte, nur ein paar Augenblicke länger in diesem Inferno, und er wäre erstickt.«

Als die drei Polizisten wenig später das Zimmer betraten, schien da eine Mumie im Bett zu liegen. Daniel Behrens war von Kopf bis Fuß bandagiert und praktisch nicht zu erkennen. »Sieht schlimmer aus, als es ist«, hatte ihnen der Arzt gesagt.

»Sie haben uns ja einen schönen Schrecken eingejagt, Daniel. Ich darf Sie doch Daniel nennen?«, sagte Krumme, um einen jovialen Ton bemüht. »Dürfen wir uns setzen? Wir hätten da ein paar Fragen an Sie. Es wird nicht lange dauern.«

Der Koch schaute für einen Moment unsicher in die Runde und musste auf einmal husten. »Ja, kein Problem«, sagte er, nachdem er wieder zu Atem gekommen war. »Was wollen Sie wissen?«

Böhme meldete sich zu Wort: »Uns interessiert vor allem das Gespräch, das Herr Maurer mit Ihnen geführt hat.«

»Gespräch?« Daniel schnaubte verächtlich. »Der Kerl hat mich gefoltert! Er hat mich an einen Stuhl gefesselt! Ich bin nur freigekommen, weil irgendwann die Fesseln Feuer gefangen haben.«

Böhme wechselte einen bestürzten Blick mit Krumme.

Der wandte sich an den jungen Mann. »Wenn das so ist, wird Fichte – ich meine, Herr Maurer – zur Rechenschaft gezogen werden. Das können wir Ihnen versprechen.«

Böhme übernahm wieder. »Nach Aussage von Herrn Maurer haben Sie Karina Maurer in der betreffenden Nacht tatsächlich nach Dänemark gebracht?«

Daniel nickte.

»Haben Sie sie einfach am Strand abgesetzt?«

Daniel nickte erneut. »Ja, sie hatte da irgendwelche Freunde.«

»Können Sie uns verraten, wo genau am Strand?«

»Keine Ahnung, irgendwo im Süden der Insel eben.«

»Okay.« Böhme hatte ihr Tablet hervorgeholt und machte sich eine Notiz.

»Das Schiff dafür haben Sie im Hafen von Munkmarsch – sagen wir mal – ausgeliehen, stimmt's?«, fragte Krumme.

Daniel schwieg.

Böhme blickte auf ihr Tablet. »Wir wissen vom

Hafenmeister, dass die *Piet*, ein kleines Kabinenboot, in der Nacht bewegt wurde. Und dass Sie als einer der wenigen wissen, wo der entsprechende Schlüssel im Büro hängt. Das Büro, das sich hinten in der Bootshalle befindet, zu der sie die Schlüssel haben, weil sie manchmal dort aushelfen.«

Daniel seufzte. »Ja, ich geb's zu. Ich habe das Boot für eine Nacht genommen.«

»Für den guten Zweck?«, fragte Krumme freundlich.

Daniel nickte dankbar. »Genau. Ich musste Karina helfen, von diesem Schwein wegzukommen.«

Böhme musterte ihn. »Herr Maurer hat uns berichtet, dass Sie seine Frau schon einmal … gerettet haben? Auf den Gleisen zum Hindenburgdamm?«

Daniel wiederholte nach Aufforderung der beiden Kommissare noch einmal seinen Bericht aus der Nacht vor fast vier Wochen.

»Sie mochten Frau Maurer sehr, nehme ich an?«, erkundigte sich Krumme.

Daniel zögerte mit der Antwort, seine Augen gingen unruhig zwischen ihm und Böhme hin und her. »Sie tat mir eben leid. Dieser Kerl hat sie wie Dreck behandelt. Hat sie geschlagen, immer wieder. Ich musste ihr einfach helfen.«

»Und da haben Sie sich auf diesen verwegenen Plan eingelassen?«, fragte wieder Krumme. »Karina Maurers Plan, das haben Sie zumindest ihrem Mann gesagt.«

»Ja, habe ich.«

»Ich fasse noch mal zusammen«, sagte Böhme mit Blick auf ihren Computer. »Sie haben den richtigen Zeitpunkt abgewartet und haben die Küche so präpariert, dass alles nach einem Kampf aussah. Haben Blut verteilt, das Sie Frau Maurer vorher abgenommen haben. Alles sollte so aussehen, als ob Herr Maurer seine Frau brutal ermordet hat.«

»Ziemlich heftige Intrige«, bemerkte Krumme. »Hatten Sie gar keine Skrupel?«

»Sie kennen den Kerl doch! Er hätte Karina nie gehen lassen«, schimpfte Daniel. »Und mich hat er gefoltert. Der Typ hat es nicht anders verdient. Der gehört weggesperrt.«

»Ja, er ist wirklich kein guter Mensch«, stimmte Krumme zu. »Für Ihre Scharade brauchten Sie ziemlich viel Blut«, fuhr Böhme fort. »Wie häufig haben Sie Frau Maurer Blut abgenommen? Dreimal? Viermal? Das müssen Sie schon länger vorbereitet haben, oder?«

»Ja, schon, aber …«

Böhme ließ ihn nicht ausreden. »Später haben Sie dieses Theater mit der Schubkarre gespielt, damit Spaziergänger denken mussten, Herr Maurer hätte irgendetwas Großes zum Watt gebracht?«

Daniel wich ihrem Blick aus, nickte nur stumm.

»Ein raffinierter Plan. Der sich im Übrigen so ähnlich in einem amerikanischen Kriminalroman findet.« Sie holte ein Buch aus ihrer Handtasche. »*Gone Girl* heißt er. Dieses Exemplar hier haben wir bei Ihnen in der Wohnung gefunden. Die entsprechenden Stellen waren markiert.«

Sie musterte Daniel nachdenklich, aber der schwieg. Durch den Verband war es unmöglich zu erraten, was er dachte.

»Noch mal zu der Sache mit der Schubkarre, die Sie im Mantel von Herrn Maurer zum Watt geschoben haben. Der nächtliche Spaziergänger, der Sie dabei gesehen hat, war Günther Riewerts, Ihr Chef aus der Küche. Wie wir und Sie bestimmt auch wissen, dreht er jeden Abend um diese Zeit seine Runde am Meer, es war also klar, dass er Sie beobachten würde.«

Wieder sah Böhme Daniel tief in die Augen. Bis der sich abwandte und lieber aus dem Fenster in den Garten schaute.

»Ihr Buch, Ihr Kollege und Ihr Kontakt zum Hafen – könnte es nicht doch sein, dass das Ganze von Anfang Ihr Plan war, Daniel?«, fragte sie.

Eine Weile sah Daniel starr vor sich hin, dann holte er tief Luft. »Ja, ich gebe es zu. Es war mein Plan. Und was ändert das?«

»Für Herrn Maurer ändert das so einiges«, erwiderte Böhme. »Dass seine Frau sich so einen Plan ausgedacht haben sollte, um ihn ins Gefängnis zu bringen, hat ihm besonders wehgetan.«

»Mir kommen die Tränen«, sagte Daniel voller Verachtung. »Ja, es war meine Idee. Na und? Karina hat trotzdem mitgemacht.«

»Nachdem Sie sie überredet haben, nehme ich an?«, fragte Böhme.

Daniel schwieg wieder.

Krumme half. »Sie haben sie an die Hand genommen, stimmt's? Ihr einen Ausweg aus ihrem Albtraum gezeigt.«

»Ganz genau! Karina sollte sich nicht alles gefallen lassen. Sich nicht dafür bestrafen, dass er sie so behandelt. Ich habe ihr gesagt, ich kenne einen Weg, wie sie ihren Mann ein für alle Mal loswird. Sie soll sich nicht so viele Gedanken machen, ich kümmer mich um alles.«

Krumme tat beeindruckt. »Und es war ja auch ein guter Plan.«

Daniel lächelte geschmeichelt.

»Leider gab's ein Problem«, schaltete sich Böhme ein. »Herr Maurer hatte die letzten Abende immer allein in seinem Atelier verbracht. Aber ausgerechnet an diesem Abend ist er bei seinem Kumpel in Tinnum gewesen und hatte sogar für die Zeit des vermeintlichen Mordes ein Alibi, und zwar durch die Überwachungskamera des Getränkekiosks.«

Daniel schnaubte verächtlich.

»Aber egal«, fuhr sie fort. »Das änderte nichts an Ihrer Flucht von der Insel.«

Krumme griff in seine Jackentasche und zog das Foto mit der nächtlichen Aufnahme heraus, das Heide Owens Nachbarn gemacht und für ihn vergrößert hatten. »Schauen Sie mal. Wussten Sie, dass Sie in Munkmarsch zufällig fotografiert worden sind?«

Er hielt ihm das Foto vor den bandagierten Kopf und konnte trotz des Verbands die Verblüffung in seinen Augen sehen.

»Das sind Sie. Und die zweite Person ist Karina Maurer, stimmt's?«

Daniel nickte.

Krumme zeigte wieder auf das Foto. »Es sieht aus, als wenn Sie sich gerade gestritten haben. Was war da los?«

Daniel zögerte und gab sich schließlich einen Ruck. »Karina war sauer, hatte sich das Schiff, mit dem wir fliehen wollten, größer vorgestellt. Sie hatte Angst, dass wir es mit dem kleinen Kahn nicht übers Meer schaffen.«

Böhme warf Krumme einen Blick zu.

»Sie sagten: mit dem *wir* fliehen wollten! Wollten Sie mit nach Dänemark?«

»Das hab ich nur so dahingesagt. Ich hab sie rübergefahren, abgesetzt, und das war's.«

Krumme beobachtete den jungen Mann. In seiner Stimme hatte er ein deutliches Zittern bemerkt. Fast tat er ihm leid. Er wusste, dass seine Kollegin von der Kripo in Flensburg jetzt zum entscheidenden Punkt kam. Er sah zu Böhme, die Daniel mit ernster Miene fixierte.

»Ich glaube Ihnen nicht, Daniel«, sagte sie ungerührt.

Daniel zuckte zusammen.

»Sie haben Frau Maurer in dieser Nacht gar nicht nach Dänemark gebracht«, fuhr Böhme fort. »Gar nicht bringen können.«

»Was ... was reden Sie da?«

Böhme erhob sich. Sie nahm Krumme das Foto aus der Hand und zeigte es Daniel. »Sehen Sie hier oben, da steht die Uhrzeit, wann es aufgenommen wurde.

Wir haben uns informiert. Um diese Zeit lief das Wasser bereits wieder ab. Ebbe. Unmöglich, mit dem Boot von Munkmarsch noch nach Dänemark zu fahren.«

»Aber ... es ist ein kleines Boot. Das hat kaum Tiefgang.«

»Ja, reden wir über das Boot. Wir haben es uns genau angeschaut. Sehr genau. Der Hafenmeister hat bestätigt, dass es vor einem Monat einen neuen Anstrich bekommen hat. Nun ist sehr deutlich zu erkennen, dass es vor Kurzem heftig auf Grund gelaufen ist. Und nur Sie haben das Boot in den letzten Wochen benutzt.«

Daniel blickte verzweifelt von Böhme zu Krumme, dann wieder zu der Kommissarin.

»Ja, ich geb's zu, wir haben einmal den Grund berührt«, murmelte er. »Aber wir haben es trotzdem bis Dänemark geschafft.«

Böhme tippte mit ihrem Stift auf den Bildschirm ihres Tablets.

»Bei unserer Untersuchung haben wir noch etwas entdeckt. Hinten am Heck, an der Reling. Blut- und Haarspuren. Die DNA-Analyse hat ergeben, dass sie eindeutig von Karina Maurer stammen.«

»Niemals«, rief Daniel aufgeregt. »Das kann nicht sein. Ich ...« Er verstummte.

»Sie haben alles gesäubert – wollten Sie das sagen?«, fragte Böhme. »Mag sein. Aber Sie haben ja keine Ahnung, wie genau die Methoden der Spurensicherung mittlerweile sind. Und durch die Kälte waren die Spuren auf dem Schiff perfekt konserviert.«

Daniel senkte den Kopf. Böhme setzte sich wieder und blickte nachdenklich zu Krumme.

»Mein Junge«, sagte der, »vielleicht wäre es eine gute Idee, wenn wir für Sie jetzt einen Anwalt anrufen.«

Daniel sah zu ihm auf. Trotz des Verbandes konnte Krumme sehen, dass er weinte.

»Sie hat mich ausgelacht«, schluchzte der junge Mann. »Nach allem, was ich für sie getan hatte, hat sie mich ausgelacht!«

Die Polizisten schwiegen betroffen.

Daniel schluchzte. »Ja, es war Pech, dass wir auf Grund gelaufen sind. Wären wir ein bisschen früher losgefahren, wäre alles kein Problem gewesen. Trotzdem hat sie mit mir geschimpft, über den Plan, weil wir auf einmal mitten auf dem Meer festsaßen. Aber egal, habe ich gesagt, zusammen kriegen wir alles hin. Und dann fangen wir woanders ein neues Leben an, sie und ich, zusammen habe ich gesagt. Da hat sie mich ausgelacht.«

Er schluchzte verzweifelt, sah dann zu Krumme.

»Ich habe noch nie eine Frau geschlagen, ich bin kein Schläger wie ihr Mann. Es war ein Unfall. Das müssen Sie mir glauben!«

Später saß Krumme mit Böhme und Martje in der Eingangshalle. Schweigend beobachteten sie, wie zwei Kinder in Begleitung ihrer Mutter jubelten, weil sie ihren Vater aus dem Krankenhaus abholen durften.

Bei Krumme und den beiden Frauen war die Stimmung dagegen verhalten. Jeder hing seinen Gedanken nach.

»Danke, dass Sie heute dabei waren«, sagte Böhme.

»Ist doch mein Job«, erwiderte Krumme.

»Nicht unbedingt. Eigentlich sind Sie ja nur wegen Maurer gekommen. Oder Fichte, oder wie immer er genannt werden will.«

»Trotzdem freue ich mich, dass ich helfen konnte.«

»Das konnten Sie. Dieses Foto aus Munkmarsch hat alles verändert.«

»Ein glücklicher Zufall. Wenn mich Frau Owen nicht wegen dieser sonderbaren Beschwerde zu ihren Nachbarn geschickt hätte ...« Krumme zuckte mit den Schultern.

»Und dann Ihr Hinweis, dass wir uns das Kabinenboot mal genauer anschauen sollten. Wir hatten uns eigentlich schon darauf eingestellt, den ganzen Hafen absuchen zu müssen. Ihr Tipp hat uns viel Zeit gespart. Wie sind Sie darauf gekommen? Was genau ist Ihnen bei Ihrem – Ausflug in den Hafen ausgerechnet bei dem Schiff aufgefallen?«

»Nennen wir es Instinkt«, sagte Krumme, der den wahren Grund lieber für sich behielt.

Böhme betrachtete ihn, lächelte. »Vielleicht war es ja auch die Erfahrung des Alters.«

Krumme verzog den Mund, wollte etwas erwidern, als Böhmes Handy klingelte. Sie schaute auf das Display.

»Oh, der Anwalt. Sorry, da muss ich ran.«

Sie stand auf und ging ein wenig zur Seite, um in Ruhe zu telefonieren. Krumme blieb mit Martje zurück.

Die junge Polizeimeisterin grinste. »Sie dürfen Emily nicht böse sein. Sie ist eben so.«

Krumme seufzte. »Ja, am Alter ist nicht alles schlecht.«

Martje lachte. Dann wurde ihr Gesicht wieder ernst. »Irgendwie tut Daniel mir leid«, sagte sie.

Krumme wiegte den Kopf. »Mir auch. Ein bisschen. Aber zuerst hat er Karinas Leiche ins Meer geworfen. Dann hat er das Boot gereinigt, um die Spuren zu beseitigen. Zurück auf Sylt hat er alle angelogen und weiter versucht, den Verdacht auf Fichte zu lenken – das alles zeigt, dass er nicht nur ein tragischer Pechvogel, sondern ein berechnender Täter ist.«

Martje seufzte tief, zum Zeichen, dass sie das natürlich wusste.

»Übrigens«, sagte sie dann, »ich muss Ihnen noch etwas erzählen, bevor Sie wieder aufs Festland zurückkehren.«

Krumme sah sie erwartungsvoll an.

Martje vergewisserte sich, dass Böhme sie nicht hören konnte. »Ich war die letzten Tage öfters hier, habe bei Daniel Wache geschoben«, verriet sie ihm dann. »Kurz haben Daniel und ich uns auch unterhalten. Na ja, unterhalten. Er war noch ganz benommen von den Schmerzmitteln und der OP. Aber er wollte unbedingt was loswerden.«

»Und was?«

»In der Nacht, in Maurers brennendem Atelier, als alles in Flammen stand, da hat er Karina gesehen.«

Krumme richtete sich auf. »Er hat sie *gesehen*?«

»Sie stand auf einmal mit nassen Haaren vor ihm.«

»Was hat sie gemacht? Hat sie was gesagt?«

»Keine Ahnung. Aber Daniel ist überzeugt, dass sie ihm geholfen hat, aus diesem Inferno herauszukommen.«

Krumme sah sie einen langen Moment nachdenklich an. »Er hat jede Menge Kohlenmonoxid eingeatmet, da sieht man so einiges.«

Martje zuckte mit den Schultern.

»Aber Sie glauben ihm?«, fragte Krumme.

Sie lächelte. »Meine Oma würde es. Und die war eine sehr schlaue Frau.«

54

Eine Woche später wurde Karina Maurers Leiche von einem dänischen Krabbenkutter nicht weit von Rømø aus dem Meer gezogen. Vorher hatte die Soko nach Daniels Angaben alle Priele und Sandbänke zwischen Sylt und dem Festland abgesucht. Ohne Erfolg. Doch nun konnte KHK Böhme und ihr Team den Fall endlich abschließen.

Krumme hatte die Insel da schon längst wieder mit Marianne und Sunny verlassen.

Zwei Wochen nach seiner Rückkehr lud Polizeirat Horst Krüger alle ins Friedrichs ein, Husums bestes Fischrestaurant, in der Nähe des alten Binnenhafens. Eine gewagte Wahl, schließlich hatten Krumme und Pat vor zwei Jahren mit Mordermittlungen in dem Restaurant für erhebliches Aufsehen gesorgt.

Neben Krüger, Pat und Krumme waren auch Mike, Marianne und Krügers Gattin Franziska eingeladen. Aber bevor es mit dem Essen losging, hatte Krüger noch Champagner für alle bestellt.

Mit erhobenem Glas stand er an der Stirnseite des Tisches, der sich in einem ruhigeren Seitenflügel des Restaurants befand.

»Liebe Freunde, einmal mehr steht die Kripo Husum mit ihrer ausgezeichneten Arbeit in den Schlagzeilen! Ein Erfolg, der mich umso stolzer macht, da für diesen Triumph niemand anders als meine liebe Patentochter Pat verantwortlich ist. Aus diesem Grund habe ich dich und deine Freunde hier zum Essen eingeladen und freue mich auf einen wundervollen Abend!«

Alle applaudierten. Krumme, der neben Pat saß, beugte sich zu ihr vor. »Hast du es gut«, flüsterte er, »mir hat er als Dankeschön nur einen Cappuccino aus seiner Kaffeemaschine spendiert!«

Pat grinste, wandte sich dann wieder ihrem Patenonkel zu, der noch nicht fertig war.

»Meine liebe Pat, ich habe heute mit dem Kollegen bei der Neuköllner Kripo telefoniert. Kriminalhauptkommissar Jahnke hat gesagt, dass es ausschließlich dein Verdienst war, dass der Mörder von Agnes Mahler nach fast dreißig Jahren doch noch ermittelt werden konnte.«

Wieder gab es Applaus.

»Ich hätte jetzt behaupten können, dass es als Leiter dieser Direktion auch mein Erfolg gewesen wäre«, fuhr Krüger fort. »Aber dann hätte ich gelogen. Denn ich muss zugeben, dass Pat nicht nur sehr scharfsinnig, sondern auch sehr verschwiegen sein kann. So hatte ich keine Ahnung, dass sie neben ihrer normalen Arbeit zusätzlich mit dem Berliner Kollegen auch noch an diesem ungelösten Fall arbeitete. Umso mehr, liebe Pat, freue ich mich, dass wir heute auf dich und deinen großen Erfolg anstoßen können!«

Wieder klirrten die Gläser und alle prosteten Pat zu.

Damit begann der gesellige Teil der Feier. Es gab leckere Fischplatten mit Schollen und Lachs. Dazu als Überraschung für Krumme »Sylter Royal«-Austern. Weil er jetzt doch so ein Sylt-Experte war, erklärte Krüger gut gelaunt.

»Siehst du«, flüsterte Pat, als alle durcheinander am Plaudern waren, »Horst hat dich nicht vergessen.«

Krumme seufzte und kratzte unentschlossen an der steinigen Austernschale. Ein einfaches Krabbenbrötchen als Dankeschön wäre ihm lieber gewesen.

»Herr Krumme«, sprach Franziska Krüger ihn an, »Horst hat mir von Ihrer Fahrt nach Sylt erzählt. Was für ein Abenteuer! Unglaublich!«

Krumme lächelte verlegen. »Nun, ich habe nur meine Arbeit ge…«

»Sie haben Heide Owen kennengelernt!«, unterbrach Franziska ihn. »Wie beneidenswert.«

»Heide Owen? Die berühmte Schauspielerin?« Auch Pats Freund Mike war beeindruckt.

Franziska Krüger konnte sich gar nicht beruhigen. »Meine Güte, sie ist ein absoluter Weltstar. Ich liebe sie. Ich habe alle ihre Filme gesehen.«

»Er war sogar bei ihr im Haus«, verriet Krüger. »Kommen Sie, Krumme. Nicht so schüchtern, erzählen Sie doch mal.«

Krumme räusperte sich und begann, ein wenig von seinem Besuch in dem Friesenhaus in Munkmarsch zu berichten. Zum Glück merkte Marianne schnell, dass ihm bei dem Thema etwas der Schwung fehlte, und übernahm diskret. »Eine ganz reizende Person. Und stellen Sie sich vor, seit vielen Jahren lebt sie dort ganz allein, nur mit dem wunderschönen Panorama der Nordsee und ihren Erinnerungen an die goldenen Zeiten.«

Die beiden Krügers und Mike hörten gebannt zu, als sie erzählte, wie sie die Schauspielerin durch Sunnys Hilfe kennengelernt hatten, bekamen glänzende Augen, als Marianne von Heide Owens großer Romanze mit Dylan Carter berichtete. Und klatschten begeistert in die Hände, als sie erfuhren, dass das Hemd, das Krumme an diesem Abend trug, ein Geschenk von Frau Owen war und früher ihrer großen Liebe gehört hatte.

Krumme hörte schweigend zu und war froh, dass Marianne das für ihn etwas peinliche Zwischenspiel mit dem seidenen Hausmantel und den Wollsocken weggelassen hatte.

Nur die neben ihm sitzende Pat schien in Gedanken ganz woanders zu sein.

»Hast du was von Harke gehört?«, fragte er sie leise, während Marianne den anderen von Heide Owens neuer unzertrennlichen Freundschaft mit Ursel erzählte.

Pat schüttelte den Kopf. »Ich habe bei der Brauerei angerufen. Er ist jetzt wieder in Kleebüll. Das letzte Mal habe ich ihn gesehen, als er zu mir ins Büro gestürmt ist und unbedingt wollte, dass ich dich warne. Nachdem das erledigt war, ist er einfach wieder gegangen, als wäre nichts geschehen. Du weißt ja, wie er ist.«

Krumme nickte. O ja, das wusste er. Er hatte Pat

von seiner Ohnmacht im Hafenbecken erzählt und dass Harkes Anruf ihm wohl tatsächlich auf seltsame Weise das Leben gerettet hatte. Von Karina Maurers »Erscheinung« hatte er ihr nichts verraten und wollte das auch nicht tun.

»Übrigens«, sagte sie und beugte sich jetzt vertraulich zu ihm, »ich habe Horst gesagt, dass du mindestens genauso für diesen Erfolg in Berlin verantwortlich bist. Schließlich hast du das Foto bei Fichte gesehen und sofort die Bedeutung verstanden.«

»Schon gut. So klar war mir das in dem Moment auch nicht.«

»Du hast auf den ersten Blick erkannt, dass auf dem Foto ein Kollege von Agnes Mahler zu sehen war, der nach den damaligen Ermittlungen überhaupt nicht dort hätte sein dürfen. Du hast dich an die Gesichter erinnert, nach dreißig Jahren!«

»Jaja, aber du hast herausgefunden – nach dreißig Jahren –, dass der Lehrer vorher eine geheime Beziehung zu Frau Mahler hatte. Und dass der Mann ein noch schlimmerer Psychopath als Fichte war und die arme Frau Mahler schließlich aus Eifersucht umgebracht hat. Dein Patenonkel hat recht, das war eine reife Leistung!«

»Ach, halb so wild. Die meiste Arbeit hat dein alter Kumpel Dieter in Berlin gemacht. Ich hab hier nur im Büro gehockt und immer neue Diagramme gemalt, wie du es mir beigebracht hast.« Sie grinste.

Auch Krumme lächelte. Er hob sein Glas und stieß mit ihr an, er mit einem Pils, sie mit einer Cola.

»Fühlst du dich jetzt besser?«, fragte sie ihn.

»Warum?«

»Na ja, jetzt hast du die Gewissheit, dass du damals richtig gehandelt hast und dass sich deine Kollegen getäuscht haben. Fichte hatte damals nichts mit dem Mord zu tun.«

Er überlegte. »Ja, und jetzt auch nichts mit dem Mord an seiner Frau. Wer hätte das gedacht?«

»Niemand. Also war es doch eine gute Idee von ihm, dich zu Hilfe zu holen.«

Krumme nippte an seinem Bier. »Was nichts daran ändert, dass er ein entsetzlicher Mensch ist, der immer wieder Frauen geschlagen hat. Agnes Mahler, seine Frau Karina und wer weiß, wen noch.«

»Meinst du, er kommt ungestraft davon?«

Krumme schüttelte den Kopf. »Für die Entführung und seine Attacken auf Daniel Behrens wird er auf jeden Fall verurteilt werden.«

»Aber was ist mit den Attacken auf die Frauen?«

Krumme musste ausgerechnet an Grödes Gerede in der Kampener Bäckerei denken. »Auch dafür wird er zahlen müssen. Mach dir keine Sorgen, Pat, der wird nie wieder glücklich. Ich habe mal gehört, Menschen wie Fichte sind sich selbst der schlimmste Feind. Am Ende treiben ihre Dämonen sie fast immer in den Wahnsinn.«

Pat schaute ihn ernst an. »Ich hoffe, du hast recht.« Sie hob erneut ihre Cola. »Darauf müssen wir anstoßen!«

55

Gerhard Fichte stand mit geballten Fäusten vor der Tür, versuchte, sich zu beruhigen, seine Wut herunterzuschlucken.

Dann klopfte er an.

»Herein«, hörte er von drinnen eine Frauenstimme.

Er holte noch mal tief Luft und trat ein.

Ein kleines, aber mit viel Liebe eingerichtetes Büro. Auf dem Tisch frische Blumen. An der Wand ein Kalender mit Einsatzplänen und Postkarten, die Mitarbeiter und Mitarbeiterinnen der Direktorin aus dem Urlaub geschickt hatten.

»Guten Tag, Frau Schneider. Sie wollten …«, fing Fichte an, aber die kleine Frau hinter dem Bürotisch hob die Hand.

»Moment!«, unterbrach sie ihn, ohne zu ihm aufzuschauen.

Fichte stand verwirrt vor ihrem Tisch und sah ihr dabei zu, wie sie ein Formular ausfüllte.

Endlich war Frau Schneider fertig. Sie legte den Stift zur Seite und sah ihn mit eisiger Miene an.

Fichte lächelte. »Schönes Kleid haben Sie da an.«

»Wie bitte?«

»Steht Ihnen gut. Ich mag Frauen, die wissen, wie …«

»Sparen Sie sich Ihre Sprüche«, unterbrach sie ihn erneut. »Ich kenne Ihre Vorgeschichte. Ich kenne Ihre Einstellung gegenüber Frauen und wie Sie sie behandeln. Also schweigen Sie und hören Sie mir zu.«

Fichte presste die Lippen zusammen und schwieg.

»Es gibt Beschwerden über Sie«, fuhr Frau Schneider fort. »Erneut. Einige Damen und Herren aus dem Malkurs haben sich über Ihren ungehobelten Ton beklagt.«

»Frau Ahrens etwa? Die mit dem Dackelbild? Ich habe wirklich viel Geduld mit ihr gehabt, aber die Gute hat Probleme, auch nur den Pinsel richtig zu halten, deswegen ...«

Frau Schneider schüttelte den Kopf. »Herr Fichte, wissen Sie eigentlich, warum Sie hier sind?«

»Um ein wenig Kultur in dieses Haus zu bringen?«

»Falsch. Ich weiß, dass Sie ein berühmter Maler sind. Oder vielleicht waren. Aber das, was Sie unter Kultur verstehen, interessiert mich nicht im Mindesten.«

»Wie bitte?« Fichte starrte die Frau überrascht an.

»Die Damen und Herren bezahlen viel Geld, um ihren Lebensabend bei uns zu verbringen. Und unabhängig davon haben sie es wie alle Menschen verdient, dass man ihnen mit Anstand und Respekt begegnet.«

»Dann sollen sie doch in den Töpferkurs gehen. Oder zum Bingo-Abend oder ...«

»Schweigen Sie!«, fiel Frau Schneider ihm ins Wort. Sie musterte ihn streng, schüttelte dann den Kopf. »Welche Kurse unsere Bewohner besuchen, liegt einzig und allein im Ermessen unserer Bewohner. Ihre Aufgabe, Herr Fichte, besteht darin, den Damen und Herren, die malen möchten, zu zeigen, wie das geht – wie man eine Blume malt oder einen Baum oder auch einen Dackel. Und wenn eine Dame nicht weiß, wie man den Pinsel richtig hält, dann zeigen Sie es ihr.«

Fichte lachte bitter.

Frau Schneider stemmte die Hände auf die Tischplatte und beugte sich vor. »Wenn Ihnen das nicht passt, Herr Fichte«, sagte sie mit ruhiger Stimme, »und die Sozialarbeit bei uns im Seniorenheim für Sie eine solche Qual ist, kann ich gern bei der JVA anrufen, dass Sie lieber zurück ins Gefängnis wollen. Sie sind auf Bewährung, vergessen Sie das nicht!«

Kurz darauf ging Gerhard Fichte durch den langen Flur in den Gruppenraum zu seinem Malkurs. Seine Kiefer mahlten, als er die Tür öffnete und sich umschaute.

Alle waren schon da.

Herr Detlefsen, der seine Leinwand immer nur mit einer einzigen Farbe beschmierte.

Frau Naglatzki, die versuchte, ihre Enkelkinder von einem Foto abzumalen. Aber sosehr sie sich auch bemühte, sahen sie am Ende doch nur wie dünne Teletubbies aus.

Die demente Frau Beck, die nur lachende Sonnen malen wollte.

Herr Güler, der durchaus Talent hatte, aber warum versuchte er sich immer nur an Blumensträußen?

In der Ecke sah Fichte den stämmigen Horst, der

ihn mit verächtlicher Miene beobachtete. Er wusste, dass Schneider dem kräftigen Pfleger den Auftrag gegeben hatte, auf ihn aufzupassen.

Und schließlich war da noch Frau Ahrens.

Die alte Dame klatschte fröhlich in die Hände, als sie Fichte sah.

»Wie schön, dass Sie wieder da sind«, jubelte sie und schien komplett vergessen zu haben, dass er sie gestern wegen ihres Geklecksels beschimpft hatte.

Nun zog sie ihn stolz vor das Bild ihres toten Muckis, der eher an eine Ratte als an einen Hund erinnerte.

»Sie haben doch gesagt, es fehlt noch das gewisse Etwas«, sagte sie.

Hatte er das? Fichte konnte sich nicht erinnern.

»Und ich habe da eine wunderbare Idee«, verkündete Frau Ahrens, während sie übers ganze Gesicht strahlte.

Sie griff in eine Tüte und warf zwei Handvoll Glitzerkonfetti auf das Bild – und auf Fichte, der direkt davor stand.

Diese Geschichte ...

... ist nicht nur für Theo Krumme eine sehr persönliche Angelegenheit, sondern auch für mich. Meine Mutter Sigi (Künstlername Sigi Helgard) war eine bekannte Malerin. Ich bin zwischen Leinwänden und Paletten aufgewachsen, habe im Atelier meiner Mutter auf dem Boden mit Bausteinen gespielt, während sie an der Staffelei gearbeitet hat. Den Geruch von Ölfarben und Terpentin werde ich nie vergessen. Zusammen mit meinem Vater und meinem Bruder habe ich sie zu Ausstellungen in ganz Europa begleitet. Unser Haus war übervoll mit Kunst, an jeder Wand hingen ihre Bilder, Traumlandschaften, Porträts, Stillleben, Tierimpressionen und vieles mehr. Ihr Stil: fantastischer Realismus. Ähnlich wie Gerhard Fichte hat auch meine Mutter mit Farben gespielt, ihre Bilder dabei aber auf besondere Weise leuchten lassen. Auch sonst war sie als Mensch das genaue Gegenteil von der narzisstischen Hauptfigur meiner Geschichte, nämlich freundlich, herzlich und auf ergreifende Weise eine unverbesserliche Optimistin.

Entdeckt wurde sie Anfang der Siebzigerjahre von einem Galeristen in Kampen. Mit der Folge, dass wir als Familie viele Jahre lange immer wieder nach Sylt gefahren sind. Der Beginn meiner Liebe für diese schöne Insel und überhaupt Nordfriesland.

Vor zwölf Jahren ist meine Mutter viel zu früh verstorben und hat dadurch leider nicht mehr erleben können, wie mein erster Roman zwei Jahre später in die Buchhandlungen kam. Aber es hätte sie bestimmt sehr stolz gemacht, hat sie mich doch immer darin unterstützt, an meinen Traum vom Schreiben zu glauben.

Auch in unserem Haus in Köln hängen natürlich viele Bilder von Sigi Helgard. Aber den größten Schatz habe ich bei mir im Büro: das erste Ölbild meiner Mutter, das sie im Alter von nur sechzehn Jahren gemalt hat.

Dieses Abenteuer von Theo Krumme ist bereits sein neunter Fall in Nordfriesland. Vielen Dank an alle, die mich bei der Arbeit an diesem Buch unterstützt haben. An Kerstin Schaub und all die guten Menschen im Goldmann Verlag. An meinen immer strengen Lektor Heiko Arntz, der seine Finger auf alle wunden Stellen meines Manuskripts gelegt hat. An Beate Kohmann vom Lektorat Wortgut für ihren Einsatz bei der Organisation von Lesungen, an die unermüdlich dynamische Britta Peddinghaus von Talent-Exchange für die PR. Ein ganz besonderer Dank geht an Nadja Kossack und Lars Schultze-Kossack. Wie schön, dass ich seit diesem Jahr Teil eurer Literarischen Agentur sein kann. Ich freue mich schon sehr auf eine lange und bestimmt spannende gemeinsame Reise!

Ein ganz besonderer Gruß geht an all die wunderbaren Büchermenschen, die im Laufe der Jahre Teil meines Lebens geworden sind. Zum Beispiel an meinen Autorenkollegen Janne Mommsen, mit dem ich die große Liebe für Nordfriesland teile. An den tapferen Bubu, den Föhrer Leuchtturm, für alles, was mit Büchern zu tun hat. An die Leseinsel Pellworm und da ganz besonders die liebe Melli, ich freue mich schon auf unser nächstes Wiedersehen. An Inga und Frank, meine Lieblingsnordfriesen in Tetenbüll.

Und schließlich: Ein ganz besonders herzlicher Dank an die vielen Freundinnen und Freunde von Theo Krumme und Pat, die die beiden nun schon so lange begleiten und jetzt auch dieses Buch in den Händen halten. Ihr seid mein Antrieb, um immer weiterzuschreiben.

Hendrik Berg

Autor

Hendrik Berg wurde 1964 in Hamburg geboren. Nach einem Studium der Geschichte in Hamburg und Madrid arbeitete er zunächst als Journalist und Werbetexter. Seit 1996 verdient er seinen Lebensunterhalt mit dem Schreiben von Drehbüchern. Er wohnt mit seiner Frau und seinen beiden Kindern in Köln.

Weitere Informationen zu Hendrik Berg unter:
www.hendrik-berg.de

Hendrik Berg im Goldmann Verlag:

Dunkle Fluten. Roman (🖥 nur als E-Book erhältlich)

Deichmörder. Ein Nordsee-Krimi.
Ein Fall für Theo Krumme 1 (🖥 auch als E-Book erhältlich)

Lügengrab. Ein Nordsee-Krimi.
Ein Fall für Theo Krumme 2 (🖥 auch als E-Book erhältlich)

Küstenfluch. Ein Nordsee-Krimi.
Ein Fall für Theo Krumme 3 (🖥 auch als E-Book erhältlich)

Schwarzes Watt. Ein Nordsee-Krimi.
Ein Fall für Theo Krumme 4 (🖥 auch als E-Book erhältlich)

Kalte See. Ein Nordsee-Krimi.
Ein Fall für Theo Krumme 5 (🖥 auch als E-Book erhältlich)

Eisiger Nebel. Ein Nordsee-Krimi.
Ein Fall für Theo Krumme 6 (🖥 auch als E-Book erhältlich)

Dunkler Grund. Ein Nordsee-Krimi.
Ein Fall für Theo Krumme 7 (🖥 auch als E-Book erhältlich)

Strandfeuer. Ein Nordsee-Krimi.
Ein Fall für Theo Krumme 8 (🖥 auch als E-Book erhältlich)

Dünenrache. Ein Nordsee-Krimi.
Ein Fall für Theo Krumme 9 (🖥 auch als E-Book erhältlich)

Unsere Leseempfehlung

592 Seiten
Auch als
Hörbuch und
E-Book erhältlich

BKA-Profiler Maarten S. Sneijder ist bei seinem letzten Einsatz nur knapp dem Tod entronnen und hat fast sein gesamtes Team verloren; auch seine Kollegin Sabine Nemez. Da ergibt sich ein Hinweis, dass sie eventuell noch am Leben sein könnte. Unter Hochdruck muss Sneijder nun ein neues Team zusammenstellen, um sie aufzuspüren. Dabei ist vor allem die Mitarbeit des exzentrischen Leipziger Kripoermittlers Walter Pulaski entscheidend. Doch der ist gerade selbst einem grausamen Verbrechen auf der Spur...